Johannes Wally

Was dazwischen kommt

Roman

edition
keiper

Eine frühe Version des Kapitels Wappnungen erschien in der
Literaturzeitschrift *manuskripte* 233 (2021).

Ein Auszug aus dem Kapitel Akte erschien in der Literaturzeitschrift
manuskripte 243 (2024).

www.editionkeiper.at

© edition keiper, Graz 2024
1. Auflage März 2024
literatur nr. 141
Layout und Satz: textzentrum graz
Lektorat: Maria Ankowitsch
Covergestaltung: Karin Kröpfl
Coverbild: iStock
Autorenfoto: Foto Fischer
Druck: Balto print
ISBN 978-3-903575-10-3

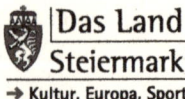 

JOHANNES WALLY

Was dazwischen kommt

ROMAN

Für Lisa
Für Raphael

Liste wichtiger Personen

Bettie   Schulfreundin Lauras; ersetzt eine banale Widmung durch eine ambivalente Aufforderung

Bursche mit bartlosem, rührend weichem Gesicht unter schweren Locken; erinnert an Karl Jesenký und hätte wohl eine eigene Geschichte zu erzählen

Fotomeister Fürst, Betreiber des Fotofachgeschäfts, in dem Laura nach der Matura ein Praktikum macht; formt mit den Händen ein Kamerasuchfenster

Frau Lesiak   Nachbarin aus Sophies Kindheit; blockiert mit ihrer Telefonstimme, schrill wie ein Probealarm, die Vierteltelefonanschlüsse der anderen Wohnungen

Fürwider, Ignaz, Priester, Klassenvorstand und Lehrer von Wildner, Götz und Jesenký, ehemaliger Mitbruder von Thomas Lázadó; fragt sich, ob es nicht die Einsamkeit war, die ihn sein ganzes Leben so hat toben lassen

Götz   Wildners Freund und ehemaliger Schulkollege, Jesenkýs ehemaliger Schulkollege, Exmann von X und Vater von Hannah; sieht die Welt glasklar, wie durch die Optik eines SSG 69

Guido   Langzeitaffäre von Sophie und Vater von Laura; schreibt einen rätselhaften Satz auf die Rückseite eines Porträtfotos, das einen jungen Punk zeigt

Hannah	Götz' und X' Tochter; nimmt ihren Vater an der Hand wie für einen Seiltanz
Harald	ehemaliger Geschäftspartner von Götz und Lebensgefährte von X; weiß, dass Demütigungen Publikum benötigen
Jesenký, Karl	Schulfreund von Wildner und Götz, Bruder von Sophie, Schüler von Ignaz Fürwider; verstarb 1983 auf der Maturareise bei einem Tennismatch gegen Haimo Wildner
Laura	Wildners (Ex-)Partnerin und Mutter von Moritz, Tochter von Guido; hat eine spielerische Art, mit der sie Flirts beginnt und Konflikte entschärft
Lázadó, Thomas,	Ehemann von Riccardo und ehemaliger Dienstälterer von Ignaz Fürwider; fragt sich, was wäre, wenn Menschen wie Fische wären und Schwärme bildeten, um so als Ganzes jeden Einzelnen zu schützen
Lützel, Kurt	Vater von Haimo Wildner; strahlt Durchschnittlichkeit aus, so man diese ausstrahlen kann
Michael	jüngster Sohn Kurt Lützels und Halbbruder Wildners; neigt zu Jähzorn und zu gesellschaftlich verharmloster Gewalt
Moritz	Wildners und Lauras Sohn; würde aussehen wie eine kluge Frage, vorausgesetzt, dass kluge Fragen Gesichter hätten
Olivia	Sophies Freundin und Betreiberin eines Reisebüros; weiß jedes Ereignis im Sinne einer Kosten-Nutzen-Rechnung zu lesen
Omar	Schüler von Sophie; reckt trotzig das Kinn nach vorne, sodass die Sehnen an seinem Hals hervortreten

Pfarrer Dembrowski, Pfarrer in einem Wiener Außenbezirk; jagt nach Büchern wie ein Graureiher nach Fischen

Riccardo   Thomas Lázadós Ehemann und Moritz' Gitarrelehrer; ist kein Rechthaber und liebt Etüden von Heitor Villa-Lobos

Sophie   Schwester Karl Jesenkýs und Langzeitaffäre von Guido; sieht in fremden Gesichtern das Gesicht ihres verstorbenen Bruders

Wildner, Haimo, (Ex-)Partner von Laura und Vater von Moritz sowie außerehelicher Sohn von Kurt Lützel; glaubt seinen ehemaligen Schulkollegen Karl Jesenký bei einem Tennismatch auf der Maturareise umgebracht zu haben

X   Exfrau von Götz, Mutter von Hannah und Partnerin von Harald; spricht mit Gereiztheit in der Stimme – auch ohne, wenn es der Anlass erlaubt

Xavier   Urlaubsflirt Wildners; möchte wissen, was es heißt, Mensch zu sein zu einer Zeit, in der immer wieder das Ende der Menschheit verkündet wird

And every life became
A brilliant breaking of the bank,
A quite unlosable game.

(Philip Larkin, *Annus Mirabilis*)

2008

WAPPNUNGEN oder
Wildners erster Zwischenfall

Brustpanzer ist nicht Brustpanzer. Auch Harnische folgten einer Mode. Zu Beginn des sechzehnten Jahrhunderts bevorzugte man eine schlanke Silhouette. Zu Ende des sechzehnten Jahrhunderts fand man den Gansbauch schicker.

Das las Wildner auf einer Erklärungstafel im Großmeisterpalast von Valletta und fand es bezeichnend. Dass Brustpanzer ihre Träger nicht einfach nur schützen, sondern auch schmücken sollten. Das sagte etwas über die menschliche Natur aus, und wäre Laura mit ihm nach Malta geflogen, würden sie, mit den Händen auf die Exponate zeigend, darüber diskutieren. Laura würde meinen, dass das Streben nach Schönheit zur Seele des Menschen gehöre wie der Kopf zu seinem Körper. Man fände es bei allen Dingen, die Menschen anfertigten, sogar bei Brustpanzern. Das sei ihm zu idealistisch, würde Wildner entgegnen. Schön ist, was selten ist.

Modelmaße sind selten.

Reichtum ist selten.

Ein modischer Brustpanzer ist selten.

Seine Entgegnung würde Laura irritieren, zumindest auf jene spielerische Art, mit der sie Flirts begann und Konflikte entschärfte: Willst du vielleicht sagen, dass ich selten bin, aber nicht schön?

Zurück im Hotelzimmer würden sie miteinander schlafen. Leise und möglichst ohne Flecken auf den Bettlaken zu hinterlassen, und während Laura nachher auf seiner Schulter einnickte, würde sich Wildner wieder einmal denken, wie ungerecht das alles war: Laura, eine Frau von seltener Schönheit, wie man so sagte, klug, neun Jahre jünger als er, ein Geschenk für jeden Mann, insbesondere für einen in der Midlife-Crisis. Aber er musste sich überwinden, mit ihr zu schlafen, musste seine ganze Vorstellungskraft bemühen.

Er ging zur nächsten Vitrine und sah die groteske Fratze eines Visierhelms. Der ungewöhnliche Anblick verhinderte, dass er sich erinnerte, wohin ihn seine Vorstellungskraft führte, wenn Laura unter ihm seufzte. Eingehend studierte er den einem ekstatischen Ausdruck nachempfundenen Gesichtsschutz. Die großen Augen, den aufgerissenen Mund.

Als er wenig später auf der Merchants Street stand und die bunten Holzbalkone betrachtete, fühlte er sich gut. Es war gut, allein Urlaub zu machen. Gut, diese märchenhafte Insel ohne Laura abzuschreiten.

Dass etwas gut ist. Das ist selten. Als Anästhesist hat Wildner einen realistischen Blick auf das menschliche Leben. Man weiß, wie es anfängt, man weiß, wie es endet. Was dazwischen kommt, ist Ablenkung. Das sei die Haltung eines Menschen, der gewohnt ist, andere zu betäuben – so Laura mit jener spielerischen Art, mit der sie Flirts begann und Konflikte entschärfte. Und zwar die Haltung eines sensiblen Menschen, der, indem er das Empfinden banalisiert, die Empfindungslosigkeit banalisiert.

In Malta gab es nur eine Stunde pro Tag, die nicht gut war: die Stunde zwischen nachmittäglicher Heimkunft ins Hotel und allabendlichem Restaurantbesuch. Er hätte nicht sagen können, wieso die gegen dreiviertel sieben eintretende Dämmerung seine Stimmung derart trübte. Doch er war trübsinnig, als er die Dusche betrat, und trübsinnig, als er sie wieder verließ. Und das, obwohl ihn das Einmassieren des Shampoos entspannt und das kalte Wasser belebt hatte. Eingehend betrachtete er sich im Spiegel, folgte den Formen seines Körpers.

Den breiten Schultern.

Den kräftigen Brustmuskeln.

Den im Verhältnis zu kurzen Beinen.

Dick war er nicht, schlank war er nicht. Von den im Großmeisterpalast ausgestellten Brustpanzern hätte ihm kein einziger gepasst. Sein prüfender Blick stieg wieder, hielt bei seinem Gesicht inne. Seit einigen Jahren durchzogen vermehrt Falten die hohe Stirn, und zusammen mit den weißen Haaren im rotblonden Bart erinnerten sie ihn an den Tennisplatz des *L'hotel di uomini non illustri*. Wildner schüttelte den Kopf und wandte sich ab. Dann zog er sich an. Jeanshose, ärmelloses Unterhemd, weißes Leinenhemd.

Jetzt ging es schon wieder besser.

Jetzt konnte der Abend kommen.

Eine weiße Linie auf rotem Sand, schon brüchig werdend. Ein Symbol für Vergänglichkeit. Und was, wenn Blut das Bild ergänzt?

Wildner hatte bestellt, nicht viel, eine Käseplatte in einer spanischen Tapasbar, fünf Gehminuten vom Hotel entfernt. Er war nicht sonderlich hungrig, aber Essen war mehr als Nahrungsaufnahme, das wusste ein Anästhesist, der einen realistischen Blick auf das menschliche Leben hatte. Rituale erzeugten Sinn, und wer sich freute, stellte sich die Sinnfrage nicht. Also tunkte er den Queso Manchego abwechselnd in Feigensenf und Honig und trank zwei Gläser Rioja. Er war kein Weinkenner, aber ein Genießer, wollte es zumindest sein, und so behielt er den Rioja für einige Momente im Mund, bevor er ihn hinunterschluckte.

Gut schmeckten Käse und Rioja. Gut fühlte er sich, als der Kellner Glas und Teller abräumte. Noch etwas Süßes? Einen Espresso? Einen Cognac? Wildner schüttelte den Kopf und fragte nach der Rechnung. Der Kellner brachte das Mäppchen aus Lederimitat, und Wildner rundete großzügig auf. Weltmännisch trat er vor die Tapasbar. Es war noch immer eine laue Nacht, windarm und verheißungsvoll. Im Hotel würde er fernsehen oder in der Caravaggio-Biografie lesen. Doch in solch lauen Nächten saß man nicht vor der Glotze oder bildete sich über Licht und Schatten eines toten Barockmalers. Also folgte er den kleinen Gässchen und ihren Verwinkelungen, gemächlich, denn es gab viel zu sehen. Außerdem: Wo auch immer er heute Abend noch hingehen würde, er wollte nicht verschwitzt ankommen.

Vor der Auslage eines Herrenausstatters blieb Wildner stehen. Vergünstigte Polohemden wurden angepriesen, ebenso Chinos und Sommerpullover. Die ausgestellte Ware gefiel Wildner. Er kleidete sich mit Sorgfalt, das war eine

Frage des Savoir-vivre, der Lebenskunst also, mehr noch, der Überlebenskunst. Brustpanzer ist nicht Brustpanzer.

Dass er darüber so verwundert gewesen war: Modeströmungen im Waffenbau. Dabei: Jemandem, der wusste, dass das Leben eine Ablenkung zwischen einem wohlbekannten Anfang und einem wohlbekannten Ende war, müsste gerade dieses historische Detail einleuchten. Je mehr Ziele es bei einer Sache zu erreichen galt, desto mehr Ablenkung hatte man erzielt. Er ging weiter und akzentuierte, ohne es zu bemerken, seine Überlegungen mit schroffen Handbewegungen.

Funktion und Form.

Schönheit und Tod.

Schlankheit und Gansbauch.

Du fuchtelst schon wieder herum, würde Laura sagen und ihn amüsiert ansehen: Woran denkst du? Denk einmal nach, sagte Wildner zu sich selbst, denk einmal nach: Du warst acht Jahre in einem – so genannten – Elitegymnasium.

Acht Jahre!

Das ist ausreichend, um den Zusammenhang zwischen Mode und Gewalt zu kennen.

Seine Schlussfolgerungen wurden von Lachen und Gläserklirren unterbrochen. Am Ende der Gasse, vielleicht fünfzig Meter entfernt, saßen wenige Leute auf wenigen Stühlen, andere standen um diese Stühle herum, in den Händen Biergläser, Zigaretten, Cocktails. Das sah gut aus. Das hörte sich verheißungsvoll an.

Diese Nacht hatte ihre Ablenkung gefunden.

Der junge Mann, der sich neben ihm an die Bar stellte, war vielleicht fünfundzwanzig. In jedem Fall unter dreißig. Wildner hatte sein Mobiltelefon ausgeschaltet und seinen zweiten Gin Tonic getrunken. Er fühlte sich gut, im Flow, wie man so sagte, und als der kompromisslose Beat der Pet Shop Boys durch das Lokal stampfte, sagte er: Das ist ein Wahnsinnssong. Worauf der junge Mann ihn ansah, hintergründig, wie Wildner meinte, und auf Englisch, wenn auch mit maltesischem Akzent, eine erstaunliche Frage stellte: Magst du allein sein?

Jetzt gerade nicht, gab Wildner zurück, erstaunt über seine Schlagfertigkeit und über seine Englischkenntnisse. Dann bestellte er noch einen Gin Tonic und auch einen für … *What's your name?*

Xavier war sechsundzwanzig Jahre alt und hatte soeben ein Doktoratsstudium an der L-Università ta' Malta begonnen. Worüber genau Xavier forschte, verstand Wildner nicht so ganz. Doch Xaviers Zusammenfassung, dass er sich dafür interessiere, was es bedeute, Mensch zu sein, zu einer Zeit, in der immer wieder das Ende der Menschheit verkündet wurde, fand Wildner einleuchtend. Ein philosophisches Thema. Aber auch ein medizinisches. Er sei ja Arzt, zwar nicht in der Forschung tätig, aber mit Menschen kenne er sich notgedrungen aus. Und heute habe er ebenfalls eine Entdeckung gemacht: Brustpanzer ist nicht Brustpanzer.

Xavier sah ihn verständnislos an und strich sich eine schwere Locke aus der Stirn. Wildner tat sein Bestes, um die in seiner Vorstellung geführte Diskussion mit Laura wiederzugeben.

Menschliche Natur.

Schönheit.

Seltene Dinge.

You know.

Schließlich nickte Xavier, verstand ihn offensichtlich, denn er wiederholte mit seinem maltesischen Akzent: *armour isn't armour.* Doch vielleicht hatte Xavier ihn auch missverstanden, hatte *armour* mit *amor* verwechselt. Das konnte man bei seinem Akzent nicht genau sagen. In jedem Fall legte er seine Hand auf Wildners Knie und sah ihn intensiv an: Ich mag deinen Bart. *Experienced.* Die weißen Haare … Anstatt weiterzusprechen strich Xavier mit dem Zeigefinger über Wildners Kinn. Wildner erstarrte, verharrte regungslos, wie um nicht bemerkt zu werden. Wie um auch nichts von dieser Berührung zu verpassen. Dann sagte er auf Deutsch: Wie eine weiße Linie auf rotem Sand.

What?

Nein, Blut ergänzt das Bild nicht. Bei einem Subduralhämatom sind äußere Blutungen nicht zwingend. Das weiß Wildner mittlerweile. Ein Medizinstudium kann dir helfen, dein Leben zu deuten. Jesenký hatte einfach Pech gehabt. Man müsse unterscheiden zwischen dem Bösen und dem Übel. So Pater Ignaz' hilflose Predigt in der Aufbahrungshalle 2. Eine Frage kann man allerdings selbst fünfundzwanzig Jahre später nicht wegpredigen. Eine Frage kann auch ein Medizinstudium nicht wegdeuten: Bin ich schuld?

Ob denn alles okay sei? Du siehst irgendwie … Komm! Xavier winkte mit dem Päckchen Marlboro Lights und ging vor die Tür. Wildner folgte. Seit 2004 gebe es in Malta ein umfassendes Rauchverbot. Bars, Restaurants, öffentliche Gebäude. Geraucht werde also im Freien, und das stelle Lokalbetreiber vor ein Problem, denn sie hätten die Plätze vor ihrem Lokal sauber zu halten. Hier hätten die Betreiber eine originelle Lösung gefunden, meinte Xavier, nun ganz Fremdenführer, und wies mit der Hand auf ein kastenförmiges Behältnis, das in zwei Schächte geteilt war und als Aschenbecher diente. Über dem linken Schacht war ein Bild von Al Pacino angebracht, über dem rechten eines von Robert de Niro. Du kannst entscheiden, wer heute Nacht gewinnt, lachte Xavier und hielt ihm das Päckchen hin. Ich rauche nicht, erwiderte Wildner und kam sich spießig vor. Xavier zündete sich eine Zigarette an und blies den Rauch aus dem linken Mundwinkel aus. Ein Bild von Jugend, dachte Wildner. Gemessen an der Weltbevölkerung ist Jugend nicht selten. Gemessen an der eigenen Lebensspanne schon.

Du siehst traurig aus.

Wildner schüttelte den Kopf. Nachdenklich.

Xavier dämpfte die Zigarette aus und warf sie in den Schacht von Al Pacino. Komm! Ich habe etwas zu Hause, das düstere Gedanken vertreibt.

Dass etwas gut war. Das war selten. Dass etwas zu gut war. Das kam öfter vor. Doch zu welcher Kategorie gehörte ein zugedröhnter Wildner, der sich aus der Vogelperspektive zusah, wie ihm Xavier das Hemd aufknöpfte?

Xavier hatte offenbar auch schon einiges eingeworfen, denn die Hemdknöpfe durch das jeweilige Knopfloch zu drücken, fiel ihm schwer. Immer wieder rutschte er ab, kicherte und setzte erneut an. Jetzt versuchte Wildner (der unkoordinierte Akteur) ihm zu helfen, vielleicht wehrte er sich aber auch, so genau konnte das Wildner (der schwebende Zuseher) nicht sagen. Xavier drückte seinen Mund auf den Wildners (des unkoordinierten Akteurs), eine Geste so beruhigend wie erregend. Jetzt hatte Xavier das Hemd aufgeknöpft, jetzt fasste er es am Kragen und zog es hinunter. Doch so einfach ging das nicht. Gut Ding braucht Weile. Und Koordination. Diese aber fehlte Wildner (dem unkoordinierten Akteur). Er verfing sich in den aufgekrempelten Hemdsärmeln und begann sich zu drehen, um das Hemd abzuschütteln. Xavier hielt ihn an den Armen, wahrscheinlich um ihn zu beruhigen. Wieder schienen die beiden miteinander zu ringen, so genau konnte das Wildner (der schwebende Zuseher) nicht sagen. Endlich war das Hemd ausgezogen und Wildner (der unkoordinierte Akteur) stand aufrecht, aber schwer atmend vor Xavier.

Die breiten Schultern.

Die kräftigen Brustmuskeln.

Das Unterhemd.

Nun machte sich Xavier an seinem Hosengürtel zu schaffen. Wildner sah sich jetzt nicht mehr aus der Vogelperspektive, war jetzt nicht mehr unkoordinierter Akteur und schwebender Zuseher, sondern einfach nur er selbst: also ein zugedröhnter, aber in diesem Moment glücklich zugedröhnter Facharzt in seinen Vierzigern. Was Xavier mit Gürtelschnalle und Hosenknöpfen tat, war eigentlich alltäglich. Jeder, der Jeans trug, machte das mehrmals täglich, wenn auch nicht unbedingt bei jemand anderem. Für Wildner aber war es unglaublich.

Und der Traum ist Fleisch geworden.

Aber kein Traum, der nicht auch Albtraum ist. In den nächsten Tagen wird Wildner diese Situation immer wieder – zwanghaft, wie auch ein Anästhesist weiß – aufsuchen. Wird diese »Episode« analysieren wie eine lückenhafte Krankengeschichte. Wird das, woran er sich nicht mehr erinnern kann, mit Vorstellungen ergänzen. Die Version, die sich schließlich durchsetzt und durch viele Selbstgespräche zur Erinnerung wird, ist folgende:

Xavier hatte den Gürtel geöffnet, den Hosenverschluss aufgeknöpft und tastete sich nun nach innen. Wildner, der bis dahin die Augen geschlossen hatte, riss sie auf, stöhnte dabei und erfasste Xaviers Blick, der ihn schräg von unten, denn Xavier war etwas kleiner, traf.

Die grünen Augen.

Die hohen Backenknochen.

Der Zug um den Mund.

Für Nichteingeweihte konnten Nasolabialfalten auf alles Mögliche hindeuten. Hautalterung infolge von Nikotinabusus, zum Beispiel. Gastritis, zum Beispiel. Wildner jedoch wusste sofort, was dieser Zug um den Mund bei Xavier signalisierte:

Häme.

Bösartigkeit.

Du bist wie Jesenký.

Wie Jesenký, dieses Schwein, der mich acht Jahre lang gequält hatte. Der Wildner, der kann sich nichts leisten. Der hat ja nicht einmal einen Vater. Jesenký, dieses Schwein, mit seinen Poloshirts von Lacoste und seiner Herzinsuffizienz.

Xavier ließ Wildner los und trat einen Schritt zurück. Aus seinen grünen Augen wich alle Erregung und machte Angst Platz. Immerhin: Vor ihm stand ein ihm unbekannter Mann, ziemlich kräftig, ziemlich zugedröhnt, völlig außer sich und brüllte irgendetwas in einer unbekannten Sprache, irgendetwas, das – selbst wenn Xavier die Sprache gesprochen hätte – wenig Sinn ergeben hätte: Du bist wie Jesenký. Und:

Nein.

Nein.

Nein.

Noch immer tobend zog sich der unbekannte und zugedröhnte Mann die Hose hoch, knöpfte sie zu, schloss die Gürtelschnalle und rannte aus der Wohnung. Das heißt, zuerst verlief er sich und rannte in die Küche, wo er – wahrscheinlich unabsichtlich, aber trotzdem ärgerlich – den handgetöpferten Wasserkrug zertrümmerte. Endlich war er draußen und donnerte die Stiegen hinunter. Für ein paar Sekunden war er noch auf der mitternächtlichen Straße zu hören.

Nein.

Nein.

Nein.

Spätestens am nächsten Morgen wird der tobende Mann bemerken, dass er im Unterhemd zum Hotel gelaufen ist.

Seit über vier Jahren ist Malta EU-Mitglied, hat sich also zum freien Waren-, Dienstleistungs- und Personenverkehr verpflichtet. Trotzdem muss Wildner beim Check-in seinen Reisepass herzeigen. Die Stewardess sieht offenbar ganz genau hin: Sie haben sich rasiert? Wildner nickt, hätte unter anderen Umständen kokett gescherzt: So sieht man jünger aus. Heute aber sagt er nichts, fährt sich stattdessen mit der rechten Hand über Wangen und Kinn, dort, wo früher der Vollbart war, rotblond mit vereinzelten weißen Haaren. Während die Stewardess den Koffer wiegt, starrt er auf das Malteserkreuz im Logo der Fluglinie. Weiß auf rotem Hintergrund. Schließlich nimmt er Pass und Ticket entgegen und geht grußlos in Richtung Gate.

Natürlich war sein Entschluss lächerlich. Das wusste Wildner, spätestens seitdem die Wirkung, von was auch immer ihm der junge Malteser gegeben hatte, abgeklungen war. Aber trotzdem hatte er dieses Zeichen gesetzt, hatte den Rasierschaum für einige Minuten einwirken lassen, um dann Schneise um Schneise zu ziehen: Weg mit dem Bart! Weg mit weißer Linie und rotem Sand! Als er die Reste des Rasierschaums mit kaltem Wasser abgespült hatte, blickte ihm ein Fremder entgegen.

Kantiges Gesicht.

Augenringe.

Trotz breiter Schultern und Brustmuskeln: schwach.

Wenn sein Gesicht zuvor ein Sandplatz gewesen war, war es nun eine Kegelbahn. Glatt. Kein Blick würde daran hängen bleiben. Angewidert wandte er sich vom Spiegel ab und drehte das Handy auf. Fünf Anrufe in Abwesenheit. Eine SMS von Laura: Alles okay? Wildner starrte auf das Display. Ich habe mich rasiert, könnte er Laura schreiben, und Laura könnte postwendend antworten, vielleicht mit einem wortlosen Fragezeichen, in jedem Fall auf jene spielerische Art, mit der sie Flirts begann und Konflikte entschärfte. Wildner hatte keine Lust, spielerisch zu sein, und er hatte keine Lust, einen Konflikt zu entschärfen. Also antwortete er nicht und warf das Handy unwillig aufs Bett. Er würde endlich mit Laura reden müssen. Aber Laura war momentan nicht sein Problem. Jesenký war sein Problem. Wie in acht Jahren Gymnasium. Wie eigentlich immer.

Um dreizehn Uhr zwang sich Wildner, das Hotelzimmer zu verlassen. Obwohl er bereits an seinem ersten Urlaubstag dort gewesen war, ging er noch einmal in die St. John's Co-Cathedral und vertiefte sich in das berühmteste von Caravaggios Gemälden. Die Souveränität, die er an anderen Tagen aus seinem realistischen Blick auf das menschliche Leben zog, ließ ihn heute im Stich. Schon möglich, dass alles, was wir zwischen Anfang und Ende taten, und alles, was wir zwischen Anfang und Ende erlebten, eine Ablenkung war. Aber was half diese Ablenkung, wenn sie zu jedem Zeitpunkt als das Eigentliche, als *das eigene Leben* wahrgenommen wurde?

Wildner trat dicht an die Kommunionbank, die den Altarraum begrenzte. Das Altarbild war das einzige Werk, das Caravaggio signiert hatte. Das Blut, das aus der Halswunde von Johannes dem Täufer strömte, versickerte als Signatur im Kerkerboden.

Rote Linie auf dunkelblondem Sand.

Er griff nach seinem Mobiltelefon, nein, keiner der lästigen Aufseher war zu sehen, und schrieb nun doch an Laura: Wusstest du, dass Caravaggio nur ein einziges Gemälde signiert hat? Die Antwort kam prompt, Laura kannte sich aus: Die Enthauptung des Johannes.

Er tippte noch eine zweite SMS ein: Caravaggio signierte das Bild, da er vermutete, ihn würde dasselbe Schicksal wie Johannes den Täufer ereilen. Was würdest du malen, wenn du deine Todesahnung malen würdest?

Er schickte die SMS nicht ab. Was sollte Laura auch darauf antworten? Vor allem: Was sollte er selbst Laura antworten, wenn sie wissen wollte, wie er auf derart morbide Gedanken kam? Er steckte das Handy wieder ein und blieb noch einige Zeit regungslos stehen, das Spiel von Licht und Schatten betrachtend. Dann kam doch noch ein Aufseher und zeigte auf seine Armbanduhr. Die Kathedrale würde bald schließen. *Time to leave.*

Was Wildner auch tat.

Der Wildner, der kann sich ja nichts leisten. Der hat ja nicht einmal einen Vater.

Von Jesenkýs Schmähung stimmt nur der erste Teil.

Der Wildner beziehungsweise seine Mutter können sich nichts leisten. Einen Vater hat er natürlich schon. Nur, der hat sich etwas geleistet und jetzt hat er zwei Familien. Eine diesseits des Semmerings, eine jenseits des Semmerings. Wildners Mutter ist die Affäre, Wildner der Affärensohn. Er ist im Vorschulalter, als er in rechtlicher Hinsicht gegenüber seinen ehelichen Halbgeschwistern bessergestellt wird. Bessergestellt, wohlgemerkt. Gleichgestellt wird er nie. Er ist ja nicht einmal unehelich, sondern außerehelich. Eine Unterscheidung, die Jesenký nicht vornimmt. Muss er auch nicht, es läuft ja auf dasselbe hinaus: Der hat ja nicht einmal einen Vater!

Natürlich habe ich einen Vater.

Ach. Und bei welcher Familie ist der?

Was hätte Wildner darauf antworten können?

Man weiß, wie es anfängt. Man weiß, wie es aufhört. Was dazwischen kommt, ist das Problem. Sitzend beobachtete Wildner, wie sich die Passagiere in einer losen Schlange anstellten, die sich träge in Richtung der Fluggastbrücken schob. Ein Astrophysiker hatte unlängst errechnet, wie Verzögerungen beim Boarding vermieden werden könnten: Die Sitze nacheinander einsteigender Passagiere müssten durch mindestens zwei Reihen getrennt sein. So hätte jeder Einsteigende genügend Platz, um seine Tasche zu verstauen, und genügend Zeit, um es sich bequem zu machen. Vertreter von Fluglinien zeigten sich allerdings skeptisch. Was in einer Simulation funktioniere, müsse noch lange nicht in der Realität funktionieren. Menschen seien eben Menschen, keine Variablen in einer komplexen Gleichung.

Die Menschenschlange im Blick musste Wildner den Vertretern der Fluglinien zustimmen. In ihrem Versuch, sich abzulenken, folgten Menschen keinen Mustern. Wer, der ihn hier sitzen sah – beige Stoffhose und blaues Hemd –, würde vermuten, dass er sich vor zwei Tagen beinahe hätte verführen lassen? Und zwar von einem bildhübschen, Englisch mit maltesischem Akzent sprechenden Philosophiestudenten. Doch er war wieder einmal nur beinahe verführt worden, denn Dr. Haimo Wildner, Facharzt für Anästhesie und Schmerztherapie, hatte sich die Erfüllung dieses erotischen Traumes versagt. Und zwar auf eine Art, die zum An-den-Kopf-Greifen war. Dass plötzlich der Erzfeind und Folterknecht Karl Jesenký die Realität überlagerte. Sich vor ein maltesisches Engelsgesicht schob wie die groteske Fratze eines Visierhelms.

Wildner schlug ein Bein über das andere und lehnte sich zurück. Eine Frau mit einer turbanartigen Kopfbedeckung löste sich aus der Warteschlange und kam auf die Sitzreihe, an deren Ende Wildner saß, zu, in jeder Hand eine prall gefüllte Einkaufstasche.

The Spirit of Malta.

The Azure Window.

Get a great deal and a great deal more.

Die Frau setzte sich nicht gerade neben Wildner, aber ihm gegenüber. Es war unmöglich, sie nicht anzusehen. Nicht nur, weil sie sich in das Zentrum seines Gesichtsfelds geschoben hatte. Der groteske Turban, die rote Brille schlugen Wildner in Bann, erzwangen eine Fokussierung auf das Faltennetz ihres blassen Gesichts, auf den mit der Brillenfarbe abgestimmten Lippenstift. Wildner kannte diesen Menschentypus. Sie blieben prinzipiell auf Kreuzungen oder Straßenecken stehen und telefonierten lautstark in einer abendlichen Straßenbahn. Wies man sie auf ihre Rücksichtslosigkeit hin, empörten sie sich, legten die Opferrolle an wie einen eigens angefertigten Brustpanzer. Die Frau mit dem Turban war Wildner zu nahe. Ihre Nähe war eine Kriegserklärung. Seine Hände schlossen sich zu Fäusten. Die Oberarmmuskeln spannten sich an. Wildner hatte Mühe, seine Mimik zu kontrollieren: Gleich würde sich sein Unterkiefer vorschieben, gleich würde er mit den Augen rollen wie ein Irrer. Da hauchte die Frau: Mir ist nicht gut.

Dass jemandem nicht gut ist. So etwas kommt vor. Da reagiert Wildner wie auf Autopilot. Da muss er nicht an seinen hippokratischen Eid erinnert werden. Mit einem Satz ist er bei der Frau, Mimik nun besorgt, professionell besorgt, hat ihr Handgelenk ergriffen und die Symptome evaluiert.

Schweißperlen auf der Stirn.

Pulsrasen.

Wahrscheinlich Blutdruckabfall.

Legen Sie die Beine hoch, trinken Sie einen Schluck. Atmen Sie ruhig. Bald wird es Ihnen wieder besser gehen. So etwas kommt bei der Hitze schon einmal vor.

So etwas war vor fünfundzwanzig Jahren auch vorgekommen, am Tennisplatz des *L'hotel di uomini non illustri*, der letzten Station der Maturareise. Vielleicht war Jesený von der Busfahrt durch Oberitalien erschöpft gewesen, gut möglich, dass ihn besonders die letzte Etappe von Verona nach Lignano mitgenommen hatte. In jedem Fall hatte

Jesenký gezögert: Es ist noch zu heiß. Du weißt ja, mein Herz. Dann aber hatte er das Match doch nicht abschlagen wollen. Seit der Maturafeier war man ja befreundet. Nichts für ungut. Kinder sind eben Kinder. Aber jetzt ist die Schule aus. Jetzt fängt das Leben an.

Doch für Jesenký hatte diese Binsenweisheit nicht gestimmt.

Es beginnt mit dem Take-off, es endet mit der Landung. Was dazwischen ist, hängt in der Luft. Das war kein gutes Gefühl. Zu behaupten, dass er fliegen hasste, wäre zu viel gesagt. Doch behaglich war Wildner auch nicht zumute. Er war Anästhesist. Da befasste man sich mit Daten, mit biologischen Prozessen, der menschlichen Natur. Doch eigentlich war ihm alles Naturwissenschaftliche fremd: Warum fliegt ein Flugzeug? Diese Frage, gestellt von der Tochter seines Freundes Götz, hatte Wildner vor Jahren ordentlich ins Stottern gebracht. Er hatte irgendetwas von Auftrieb und Antrieb gefaselt, doch die Frage nicht einmal ansatzweise beantworten können. Es funktionierte und damit gab er sich zufrieden.

Und zufrieden war er nun – so gut das eben ging, wenn man in der Luft hing. Die Abreise hatte eine erfreuliche Wendung genommen. Wildner hatte Economy gebucht und war in die Businessclass upgegradet worden. Mit dieser Geste wollte ihn der Pilot dafür entschädigen, dass er während des Fluges ein Auge auf die Frau mit dem grotesken Turban haben sollte. Sie hatte den Turban mittlerweile abgenommen und das dünne Haar, von getrocknetem

Schweiß gekräuselt, klebte an ihrer Stirn. Es ging ihr so weit gut. Blass war sie eben, blass das Gesicht, grau und gekräuselt die Haare, rot und verschmiert der Lippenstift. Sie saß in der Reihe vis-à-vis vom Mittelgang und schlief.

Nun erfüllte ihre Nähe Wildner mit Zärtlichkeit. Arzt sein zu können, hatte ihm wieder Sicherheit gegeben. Er neigte sich über den Mittelgang. Die Brust der Frau hob und senkte sich regelmäßig. Hätte man ihn gefragt, ob Menschen erst durch Betäubung liebenswert würden, hätte Wildner dies selbstverständlich abgestritten. Doch völlig daneben war diese Frage nicht. Laura, mit ihrer spielerischen Art, mit der sie Flirts begann und Konflikte entschärfte, hatte nicht ganz unrecht, wenn sie ihm unterstellte, er wolle das Empfinden banalisieren. Allerdings hatte sie nicht verstanden, dass er das Empfinden nicht banalisieren wollte, sondern lindern.

Nehmen:

dem Leben das Chaos,

dem Schmerz das Sengende,

der Erinnerung das Krampfende.

Das war Heilung. Man konnte nicht jeden Menschen heilen, man konnte nicht jeden Menschen glücklich machen. Doch man konnte versuchen, möglichst wenigen Menschen zur Last zu fallen. Und deswegen, dachte Wildner und lehnte sich zurück, würde er mit Laura reden müssen. Laura, dieser Frau von seltener Schönheit, wie man so sagte, klug, neun Jahre jünger als er, ein Geschenk für jeden Mann, insbesondere für einen in der Midlife-Crisis.

Aber sie machte ihn nicht glücklich.

Allerdings: Was war das für ein Anspruch?

Was dazwischen kommt, ist Ablenkung. Doch das bedeutet nicht, dass es einfach ist. Wildner steht im vierten Stock der Heiligenstädter Straße 123 und kramt nach Lauras Wohnungsschlüssel. Schließlich findet er ihn in der linken Jackentasche und sperrt auf. In der Wohnung riecht es muffig, vielleicht bildet er sich das auch nur ein, in jedem Fall stellt er die Einkaufstaschen auf den Boden und öffnet das Vorzimmerfenster. Laura ist noch einmal zum Billa gegangen, sie haben das Müsli vergessen, Müsli und Joghurt, es wird ein paar Minuten dauern, bis sie zurück ist. Dann werden sie reden müssen.

Ausgerechnet heute.

Binnen zwölf Stunden ist Wildner gleich zwei Mal am Flughafen Schwechat gewesen, das erste Mal nach seiner Landung, das zweite Mal, um Laura abzuholen. Sie war auf einer Konferenz in Köln gewesen. Eigentlich mag Wildner Flughäfen. Er mag diesen Zwischenort, gemacht für Ankunft und Abflug, dieses Glas und Beton gewordene Versprechen: Die Welt ist in Reichweite, zumindest in Flugweite. Doch nun hat er von Flughäfen für einige Zeit genug. Er ist erst nach zwei Uhr ins Bett gekommen. Der Neffe der Frau mit dem grotesken Turban kam verspätet, und Wildner hatte mit der Herzpatientin gewartet, bis sie abgeholt worden war. Sein Beruf, aber auch die Businessclass, in die er upgegradet worden war, schienen ihn dazu zu verpflichten.

Und jetzt das Gespräch.

Ausgerechnet heute.

Laut der digitalen Anzeige an Lauras E-Herd ist es 13:34. Wildner hebt die Tasche auf den Küchentisch und räumt die Einkäufe ein. Käse und Butter in den Kühlschrank, das Brot in die Brotdose, Nudeln und Fertigsugo in die Lade links vom E-Herd. Dass man sich trennt, heißt ja nicht, dass man dem anderen schaden muss. Er faltet die Einkaufstasche zusammen und geht ins Wohnzimmer. Allerdings setzt er sich doch nicht auf die Couch, sondern öffnet die Tür zum Schlafzimmer. An der Schwelle bleibt er stehen, betrachtet die fast mannsgroße, urnenförmige Stehleuchte, den orangen Überwurf des Betts. Ablenkung hin, Ablenkung her: Moderne Biografien sind erstaunlich. Eine Generation, denkt sich Wildner, für die Billigflüge und Gelegenheitssex nichts Ungewöhnliches sind, mag es nicht weiter erstaunen, dass man binnen zweiundsiebzig Stunden in zwei Schlafzimmern steht, die tausendvierhundert Kilometer voneinander entfernt sind. Doch erstaunlich ist es. Vor hundertfünfzig Jahren hätte er es in dieser Zeit gerade einmal bis nach Köttmannsdorf geschafft. So heißt der Ort, den bis gestern Nacht außer den Köttmannsdorfern niemand gekannt hat, der aber seither stündlich von Nachrichtensprechern genannt wird.

Zäsur oder nicht Zäsur, wer weiß das schon. Doch was die Nachrichtensprecher berichten, hemmt Wildner. Denn da rast einer, den sein Stellvertreter als Sonne bezeichnet, mit seiner allradbetriebenen Sonnenkutsche in den Tod. Plötzlich, vielleicht unter fragwürdigen Umständen, aber in den Tod. Und wieder gibt es eine Konstante weniger im Leben. Also in Wildners Leben. Das ist in jedem Fall ein Grund zur Trauer, was auch immer dieser Unfall sonst noch ist. Und da soll Wildner sich trennen, von Laura, dieser Frau von seltener Schönheit und so weiter? Wildner atmet tief ein und will sich an der Schlafzimmerschwelle umdrehen, hinein in den neutraleren Raum des Wohnzimmers –

Hast du es schon so eilig?

Er hat Laura nicht kommen hören. Sie sieht zu ihm hinauf, die grünen Augen unter den nicht zu bändigenden Locken. Dieser Unfall ist ein Glücksfall, hat sie gemeint, als sie im Auto die Mittagsnachrichten hörten.

Bei dir immer, hört er sich antworten.

Jetzt ein kleiner Witz und die Gelegenheit zum Gespräch ist endgültig verstrichen. Und warum auch nicht, denkt sich Wildner, als er Laura ansieht, die seinen Blick mit rätselhafter Intensität erwidert. Was verpflichtet ihn, dieser Frau, diesem Geschenk für jeden Mann, besonders für einen in der Midlife-Crisis, weh zu tun? Wenn es doch reicht, dass einer leidet, vielleicht sogar berechtigt leidet. Immerhin: Warum nur hat er den herzinsuffizienten Jesený zum Match fordern müssen?

Wildner lächelt Laura an, voller Wehmut, obwohl er hofft, dass es wie Weisheit aussieht. Er will etwas von Bedeutung sagen. Er will davon sprechen, dass man sich mehr freuen muss, mehr lieben muss und mehr danken. Denn das hier, dieses Chaos, dieses Hinterherhinken, ist doch das Einzige, was wir haben – Ablenkung hin, Ablenkung her.

Da nimmt ihn Laura bei der Hand und führt ihn zur Couch: Setz dich hin. Ich muss mit dir reden.

AUSSCHNITTE oder
Sophies erster Zwischenfall

Ein Blick über Guidos massigen Oberkörper hinweg zeigte Fenster und Fensterläden geöffnet. Das hatte nichts zu bedeuten, dennoch: Sophie war nicht gut.

Sie senkte den Blick wieder, sah nun Haut- und Körperhaar und ein Schweißrinnsal, das sich an einer Aknerötung teilte wie vor ein paar Stunden die Landstraße an einem verwachsenen Olivenbaum. Sie war aus dem Mietwagen, einem silbergrauen Fiat Punto, ausgestiegen, um nach dem Weg zu fragen. Im Gastgarten vis-à-vis war Guido gesessen. Kurze Hose, löchriges Poloshirt, eine Flasche Retsina auf dem Tisch: Frau Kollegin! Was machst du denn hier?

Ich habe mich verfahren. Und du?

Urlaub.

Ganz allein?

Ja. Willst du dich nicht setzen?

Wollte sie sich setzen? In jedem Fall hatte sie sich gesetzt, nicht gerade mechanisch, doch mit der Selbstverständlichkeit ehemaliger Gewohnheit. Nein zu sagen, hätte Guido brüskiert, außerdem hatte sie sich, seit sie in den silbergrauen Fiat Punto gestiegen war, einen Wunsch erfüllen wollen: dass am Ende dieser schlecht asphaltierten Landstraße etwas auf sie warten möge – eine Aussicht, eine Begegnung, irgendein Ereignis, das sie das Konferenzzimmergemurmel mit seinen Verdächtigungen für eine Weile vergessen lassen würde. Guido im Pfingsturlaub und fast tausendvierhundert Kilometer entfernt von den lärmenden Gängen des Stefan-Zweig-Gymnasiums zu treffen, war so ein Ereignis.

Und wenn der Zufall so eine Begegnung einfädelt, warum nicht sehen, wohin der Zufallsfaden führt?

Denn: Zufall ist Ausdruck höherer Notwendigkeit. In diesem Paradoxon fand Sophie Trost. Darin und in Rotwein. Mit Retsina hatte sie keine Erfahrung. Allerdings benötigte man keine Kristallkugel, um vorherzusehen, wohin etliche Gläser Retsina, getrunken mit dem Vorsatz, etwas Besonderes zu erfahren, führen würden. Doch welche Kristallkugel hätte vorhersagen können, dass auf Urlaubsrausch auch Urlaubssex folgen würde?

Guido hatte nichts dem Zufall überlassen. Kurze Zeit, nachdem er begonnen hatte, ihr Zärtlichkeiten ins Ohr zu nuscheln, war er aufgestanden und verschwunden. Wie Sophie jetzt erkannte, war er nicht auf die Toilette gegangen, sondern auf sein Zimmer. Auf dem Tisch links vom Bett lag nun eine blauweiße Medikamentenschachtel und darauf die Durchdrückpackung aus Aluminiumfolie. Die oberste Tablette war herausgebrochen worden. Sophie musste die Medikamentenschachtel nicht in die Hand nehmen, um zu wissen, dass hier keine Kopfwehtablette herausgebrochen worden war.

Liebe ist eine Frage der Chemie.

Das wusste, wer sich in ihrem Alter noch auf Dates verirrte.

Draußen begann es zu dämmern und drinnen Guido zu schnarchen. Wäre das ein Date, wäre jetzt der Zeitpunkt gekommen, um sich auf Zehenspitzen zur Zimmertür zu tasten. Doch sich sang- und klanglos aus dem Staub zu machen, war keine Option. Was sollte sie zu Guido sagen, wenn sie sich in ein paar Tagen wieder in lärmenden Gängen treffen würden? Sie beschloss zu duschen. Vorsichtig wickelte sie sich aus dem Leintuch und stand auf. Dann griff sie nach ihrem Rucksack, holte ihr Reisehandtuch und ihr Mobiltelefon heraus. Keine Anrufe, keine Nachrichten. Sie legte das Telefon auf das Nachtkästchen und ging ins Bad. Als sie in die Dusche stieg, sah sie den Mistkübel und lächelte. Guido hatte die Verpackungen zweier Kondome hineingeworfen.

Die Dusche war weder heiß noch druckvoll, aber angenehm. Es ging ihr besser. Das Wasser mischte sich mit Seife und verzweigte sich über Hals, Schultern, Brüste, Bauch. Ein Körper wie ihr Grätzel, dachte Sophie: kultiviert und gepflegt, mit natürlichen Verfallserscheinungen, das schon, doch ohne sichtbare Spuren von Traumata. Im Grunde nicht nur ein Grätzelkörper, sondern ein österreichischer Durchschnittskörper. Vielleicht ein wenig gepflegter, sicherlich ein wenig älter, aber ein Durchschnittskörper, der von mehr als fünfzig Jahren Wohlstand und proteinreicher Nahrung erzählte, von kleinbürgerlichem Ordnungssinn und Rechtsstaatlichkeit. Kein Körper wie der von Omars Mutter, der von Flucht und Fremdheit kraft- und formlos geworden war. Sophie schüttelte den Kopf, um den Gedanken zu verscheuchen. Sie war ein paar Tage auf Urlaub gefahren, um nicht an Omar zu denken. Nicht an ihn, nicht an seine Mutter, nicht an das Konferenzzimmergemurmel. Freilich, nun waren Guido und der Retsina dazwischengekommen. Allerdings: Zufall ist höhere Notwendigkeit. Und offenbar hatten sie es notwendig gehabt.

Sophie drehte das Wasser ab und stieg aus der Dusche. Gerade war sie dabei, sich die Beine abzutrocknen, da läutete ihr Mobiltelefon. Sie band sich das Handtuch um die Brust und wollte die Badezimmertür öffnen, doch diese klemmte. Sie rüttelte ein paarmal, ging, als die Tür immer noch nicht aufging, einen Schritt zurück und stieß sie mit Wucht auf. Diesmal manifestierte sich höhere Notwendigkeit nicht als Zufall, sondern als Glück. Viel hätte nicht gefehlt und sie hätte Guido mit dem silbergrauen Mietwagen in die Notaufnahme fahren müssen. Denn Guido stand nur Millimeter außerhalb des Radius der aufschwingenden Tür: retsinaschwer und schlaftrunken, mit geschrumpfter Männlichkeit und Haaren wie ein Schulbub. Blinzelnd und als ob er etwas angestellt hätte, hielt er ihr das Mobiltelefon entgegen: Für dich.

Für dich und für mich.

Eine Stunde später saßen Sophie und Guido am Hauptplatz und teilten sich einen Vorspeisenteller: Ziegenkäse mit Oliven, Weißbohnenpaste, Melanzanisalat, Wurst, gewürzt mit Koriander. Die Speisen wurden in Tonschüsseln serviert. Betont einfach, betont ursprünglich, ein Marketinggag, natürlich, ebenso wie die aus farbigem Glas gefertigten Tischlichter. Aber die Vorspeisen schmeckten vorzüglich und die Tischlichter flackerten romantisch. Als Sophie satt war, schob sie ihren Teller von sich und lächelte Guido an: So viele verschiedene Gerichte auf einmal. Das ist meine Vorstellung von gutem Essen.

Ich weiß. Guido nickte kauend. Beide Bewegungen führte er mit etwas zu viel Energie durch – das Kauen zu geräuschvoll, das Nicken zu beflissen –, aber diese übertriebene Eindeutigkeit gehörte zu Guido wie seine Nuschelei oder sein gefärbtes Haar.

Weißt du noch, wie wir das letzte Mal Mezze gegessen haben?

Sophie nickte und prüfte dabei den Sitz ihres zu einem Turban geflochtenen Kopftuches: Das ist schon lange her.

Ich kann mich noch gut erinnern.

Das könnte Sophie auch, aber sie hatte keine Lust. Sie senkte den Blick und griff nach einem Stück Pitabrot, ließ die Hand allerdings wieder sinken: Ich hoffe, du bist nicht mehr wütend.

Guido legte das Besteck weg und sah an Sophie vorbei. Für einen Moment wirkte sein Gesicht undefiniert wie ein Fernsehbild bei schlechtem Empfang. Doch schon kehrte die übertriebene Eindeutigkeit seiner Mimik zurück. Nein, nickte er beflissen: Ich bin nicht mehr wütend. Schon gar nicht nach heute Nachmittag.

Da bin aber ich froh. Und Sophie war tatsächlich froh, obwohl etwas ihre Freude trübte. Höhere Notwendigkeit hin, höhere Notwendigkeit her: Mittlerweile bezweifelte sie, dass der Nachmittag eine gute Idee gewesen war. Sie hob den Blick, glaubte trotz flackernder Tischlichter vereinzelte Sterne zu sehen und unterdrückte ein Gähnen. Es ist eine wunderschöne Nacht. Wir sollten trotzdem aufbrechen. Guido nickte und wandte den Kopf. Doch der Kellner war nirgendwo zu sehen. Schweigend beobachteten sie das Treiben auf dem Hauptplatz. Da sagte Guido plötzlich: Omars Mutter hat dich angerufen?

Stille.

Dann Sophie: Bitte nicht, Guido.

Guido hob beschwichtigend beide Hände: Ich meine nur, weil … weil unsere Kollegen sich das Maul zerreißen?

Sophie sah Guido feindselig an. Dieser senkte den Blick, flüsterte beinahe: Es ist nur wegen der Optik.

Scheiß auf die Optik.

Nun ging der Kellner an ihrem Tisch vorbei und Sophie deutete ihm, dass sie zahlen wollten. Dieser nickte, griff nach Teller und Tonschalen und ging. Sophie sah dem Kellner nach und spürte, wie sie ruhiger wurde. Ich habe nichts mit Omar, sagte sie müde.

Das weiß ich doch. Aber vielleicht solltest du ein bisschen zurückhaltender sein.

Sophie sah Guido an – altes Gesicht unter junger Frisur – und zuckte mit den Achseln: Vielleicht hast du recht.

Nun kam der Kellner und brachte die Rechnung in einem Lederumschlag. Guido wollte nach dem Umschlag greifen, doch Sophie schüttelte den Kopf: Wir haben uns das Essen geteilt, wir teilen auch die Rechnung.

Ein Stall oder ein Wirtschaftsgebäude konnte es sein. Etwas zu hoch und etwas zu wuchtig vielleicht, doch genauso schmucklos, genauso funktional. Aus der Ferne jedenfalls nicht viel mehr als ein Quader aus Ziegelsteinen mit Giebeldach.

Aber Sophie war fasziniert.

Denn den Quader umgab ein Glanz. Das konnte sie durch die Windschutzscheibe des silbergrauen Fiat Punto sehen. Es war kein strahlender und kein blendender, sondern ein abgedunkelter Glanz, wie ihn noch vor einer halben Stunde die bunten Tischlichter abgegeben hatten. Natürlich hatte Guido protestiert und seine Arme dabei allzu weit von sich gestreckt: Jetzt bleib doch, wir werden uns doch von Omar und den Kollegen nicht den Abend verderben lassen. Aber Sophie war bei ihrer Entscheidung geblieben. Guido würde einen anderen Anlass finden müssen, um Tabletten aus einer weißblauen Packung zu drücken.

Nun war sie an dem Ziegelquader mit Giebeldach vorbeigefahren. Und schon hatte sie ihn wieder im Rückspiegel fixiert. Auch jetzt war der dunkle Glanz nicht verschwunden. Er umgab den Stall wie ein Rahmen ein Bild. Und mit einem Mal konnte Sophie nicht anders: schon wieder ein Zufall, schon wieder höhere Notwendigkeit. Mitten auf der Landstraße, und ohne sich umzusehen, drehte sie um und fuhr den Weg, den sie gekommen war, zurück, bis sie zu einem Asphaltweg kam, der über felsiges Gelände zu dem Ziegelquader führte. Sie stieg aus dem silbergrauen Fiat Punto und ging auf das Gebäude zu. Nun war es von dunklem Glanz umgeben wie von einem aufgerissenen Maul. Bei der Tür angekommen, griff sie nach dem Knauf. Die Tür öffnete sich ohne Widerstand. Sie hielt inne, sie musste sich sammeln: Das war ein wichtiger Moment, nein, das musste ein wichtiger Moment sein. Dann machte sie einen Schritt vorwärts, bereit, von der Dunkelheit verschluckt zu werden.

Allerdings war es im Ziegelquader gar nicht so dunkel. Im rötlichen Schein der Kerzen, die auf einem schmiedeeisernen Opferlichttisch leuchteten, erkannte Sophie, dass der Quader innen so schmucklos war wie außen. Und das war ungewöhnlich. Denn der Ziegelquader war weder Stall noch Wirtschaftsgebäude, sondern Kapelle. Doch kein gegenreformatorischer Prunk verdeckte die Ziegelwand und kein Kreuz schwebte als Richtschwert über dem Altar. Ein einfaches, wenn auch kitschiges Bild zeigte eine junge Frau. Sie kniete bei einem Olivenbaum und vor ihr, mit den Füßen den Boden kaum berührend, stand ein junger Mann. Spuren von Tod und Folter zeichneten seinen muskulösen Körper. Doch die Wunden schmerzten nicht. Denn seine Hand war gebieterisch gehoben und von weißem Leuchten gerahmt. Sophie verengte die Augen und fixierte die junge Frau auf dem Altarbild. Sie wollte nach ihrem Handy greifen, um mehr Licht zu machen, griff aber ins Leere. Das Telefon lag in ihrem Reiserucksack auf dem Beifahrersitz.

Doch Sophie musste die Frau genau betrachten, und weder Grenze noch Gebot konnten sie daran hindern. Sie ignorierte die Stufe, die heilige von alltäglicher Fläche trennte, drang in den Altarraum ein, hob den Blick und erstarrte: Die Frau im Bild trug einen Schleier, so wie die Betrachterin vor dem Bild ein zu einem Turban gebundenes Tuch. Und ihr Gesicht darunter war jung und faltenlos, so wie das der Betrachterin älter und von Falten durchzogen.

Doch es war eindeutig dasselbe Gesicht.

Das Bild zeigte Sophie. Nicht die lebenserfahrene Skeptikerin, sondern die junge Studentin, die in einem Sesselkreis das Bibelwort diskutiert hatte und deren Leben offen und weit gewesen war – so offen und so weit, dass sie kaum Zeit für ihren kleinen Bruder fand, der dann, Jahre später, auf seiner Maturareise an Herzversagen verstarb. Sophie streckte die Hand aus, hielt sich am Altar fest und ging schließlich auf die Knie. Denn dort, wo sonst das Symbol Gottes hing, hing ihr Ebenbild, getarnt als heilige Hure. So gebraucht wie geächtet, loyal zu ihrem Geliebten. Über alle Grenzen hinweg.

Da verstand Sophie.

Aber irgendetwas musste sie missverstanden haben: Warum sonst die Katastrophe, wenige Tage später?

Als Sophie den Tag begann, hatte es dafür keine Anzeichen gegeben. Sicherlich, in der Rückschau wurde alles zu einem Vorboten der späteren Demütigung: die über zwei Zimmer verstreuten Pantoffel oder das zur Neige gegangene Kaffeepulver. Doch am Morgen ging sie durch das Tor des Stefan-Zweig-Gymnasiums wie eine Außerwählte durch ein Spalier. Leichtfüßig tänzelte sie zum Konferenzzimmer hoch. Dort grüßte sie Guido mit einem Winken, das eigentlich die Geste einer jüngeren, zumindest aber unbekümmerteren Frau war. Guido winkte zurück und die Gewissenhaftigkeit seines Grußes steigerte ihre Laune. Selbst als ihr die Unterlagen aus der Hand fielen und sich über dem Gangboden verteilten, überkam sie keine böse Ahnung. Denn: Sie hatte sich selbst entdeckt, in einem Ziegelquader, näher bei Afrika als bei Europa. Sie hatte sich entdeckt und sie hatte verstanden: loyal, über alle Grenzen hinweg.

Und deshalb auch das Thema der heutigen Doppelstunde: Grenzen und Grenzüberschreitung. Sie freute sich auf die Gedanken ihrer Lieblingsklasse. Insbesondere auf die Gedanken und Erzählungen eines Schülers. Dessen Mutter hatte am Wochenende mehrmals angerufen. Ihr Anruf hatte Sophie schließlich auf dem Deck einer Fähre erreicht, die auf den Hafen von Mgarr zusteuerte. Der Wind überlagerte die Stimme in der Hörmuschel, und so musste Sophie scharf nachfragen: Was ist los? Omar wolle nicht mehr lernen, so die Mutter erschrocken und in gebrochenem Deutsch. Sophie hatte sie beruhigt, Stimme nun wieder sanft, wenn auch immer noch etwas scharf wegen des Windes: Lass ihm ein paar Tage Zeit und: keine Sorge. Als sie auflegte, fuhren sie in den Hafen ein. Der Bug durchschnitt eine plötzliche Welle, Gischt sprühte, und durch beschlagene Sonnenbrillen blickte Sophie auf eine Welt, in der es tatsächlich keine Sorge zu geben schien. Im Hafen Fischerboote, bunt wie Tischleuchten, und am Hang darüber eine Kirche, wuchtig wie ein Kastell.

Sophie schüttelte den Kopf. Das Postkartenpanorama verschwand und Sophie blickte in den Mittelgang, der die Tischreihen unterbrach. Die Schülerinnen und Schüler diskutierten in Kleingruppen unterschiedliche Aspekte des Themas. Grenzen und Grenzüberschreitung in der Kunst, in der Geschichte, in der Politik und so weiter. Gemurmel und gelegentliches Lachen waren zu hören. Der typische Unterrichtssound eben, der Sound ihres Lebens.

Plötzlich wurde ihr Lebenssound von einem gellenden Aufschrei unterbrochen. Ein Sessel fiel krachend um, gefolgt von Fluchen und schallendem Gelächter. Sophie wandte den Kopf und sah, wie Omar aufstand und sich dabei das T-Shirt auszog. Sein Oberkörper wurde sichtbar, muskulös und wie von weißem Leuchten gerahmt. Er schüttelte sein T-Shirt aus, lachte (gequält, wie Sophie meinte) und fluchte (deftig, wie Sophie hörte). Und dann zerfiel das weiße Leuchten in kleine Papierkugeln, die über den Boden sprangen.

Gelächter in der Rabaukenreihe hinter Omar, Kopfschütteln in der Streberreihe ganz vorne. Sophie kannte das. Je näher die Matura rückte, desto kindischer wurden die Schüler. Das machte ihr nichts aus. Sie war alt genug, um solche Muster zu kennen, und klug genug, um sie zu ignorieren. Dass aber ausgerechnet der Flüchtlingsjunge Opfer eines Streichs war, verärgerte sie. Da musste sie eingreifen, da musste sie einschreiten. Über alle Grenzen hinweg.

Was soll das?

Wer war das?

Auch ohne Wind war ihre Stimme scharf wie auf dem Deck der Fähre nach Mgarr. Den Sohn schüchterte diese Schärfe jedoch weniger ein als seine Mutter. Alles cool, erwiderte Omar, nachdem er sich das T-Shirt wieder übergestreift hatte. Dann setzte er seine Baseballkappe auf und fläzte sich auf den Sessel, Körper durchgestreckt und trotzdem ohne Spannung.

Sophie fühlte sich ertappt.

Irgendetwas hatte sie falsch gemacht. Irgendetwas hatte sie nicht verstanden. Doch sie wusste nicht was. Da blieb nur der Rückzug in strenges Fragen: Was fällt dir zu Grenzüberschreitungen ein?

Sex.

Gelächter in der Rabaukenreihe hinter Omar, Kopfschütteln in der Streberreihe ganz vorne. Und Schamesröte in Sophies Gesicht. Schamesröte im Gesicht und Zittern in der Stimme: Also bitte … das können wir auch diskutieren. Aber ich dachte, du könntest uns etwas erzählen, wie du nach Österreich gekommen bist, wie es …

Da warf sich Omar nach vorne, wendig wie eine Raubkatze. Den Oberkörper über den Tisch gebeugt und das Kinn nach vorne gereckt, sodass die Sehnen an seinem Hals hervortraten, zischte er, heiser vor Frustration: Kann ich nicht. Weil ich nicht geflohen bin. Meine Eltern sind geflohen. Ich war damals ein Baby.

Und dann: Wie oft noch?

Welcher Wind könnte Sophies Schamesbrennen kühlen? Der Wind auf dem Deck der Fähre nach Mgarr konnte es nicht. Die abgestandene Luft im Konferenzzimmer konnte es schon gar nicht. Dort saß Sophie mit geschlossenen Augen und Wangen, die glühten wie Draht. Sie konzentrierte sich auf das Farbspiel hinter ihren Lidern. Doch so sehr sie sich auch konzentrierte: Sie konnte nicht verhindern, dass aus dunklem Glanz immer wieder das gleiche Bild aufstieg. Ein Bildausschnitt war es eigentlich. Der Ausschnitt zeigte einen Hals in vielfacher Vergrößerung, langgezogen und nach vorne gereckt, sodass die Sehnen hervortraten. Und jedes Mal, wenn der Ausschnitt so nahe schien, dass sie den Hals mit der Zunge hätte berühren können, hörte sie Omars Frage, zischend und heiser vor Frustration: Wie oft noch? Dann musste sie die Füße gegen den Boden stemmen, um nicht vom Sessel zu rutschen und sich unter dem Konferenzzimmertisch zusammenzurollen wie ein Embryo.

Doch vielleicht hätte sie das tun sollen.

Denn vielleicht hätte sie Guido dann nicht entdeckt.

Als sie die Augen wieder öffnete, sah sie ihn auf sich zukommen, mit gewissenhaft gebügeltem Hemd und ebenso gewissenhaft gefärbtem Haar. Dazwischen sein erwartungsvolles Gesicht.

Guido wollte etwas loswerden. Etwas, das ihm nicht nur auf dem Herzen lag. Denn in seiner Hand hielt er einen Quader, liebevoll in weißrotes Papier gewickelt und mit einem silbernen Bändchen verziert. Sophie überkreuzte die erste und zweite Zehe in ihrem rechten Schuh – ein alter Trick, um Anspannung zu kanalisieren – und verscheuchte einen immer größer werdenden Bildausschnitt. Nun war Guido bei ihr angekommen und hielt ihr den liebevoll verpackten Quader hin: Das musste ich dir einfach mitbringen.

Danke, erwiderte Sophie und presste die beiden Zehen fester aneinander: Das ist ja süß von dir.

Doch damit war es nicht getan. Denn Guido blieb stehen, gänzlich unbeeindruckt von zwei fest aneinandergepressten Zehen. Er sah sie erwartungsvoll an. Also löste Sophie ihre Zehen voneinander, quittierte das Nachlassen des Drucks mit einem Ausatmen und nahm eine Schere aus dem Stifteköcher. Sie durchschnitt das Zierbändchen, löste die Klebestreifen und faltete das Geschenkpapier auseinander. Dann hob sie das darunterliegende Päckchen heraus. Sie öffnete es und holte, die Lippen anerkennend schürzend, ein buntes Teelichtglas hervor. Danke, wiederholte Sophie, und: sehr, sehr schön.

Wie die Tischleuchten aus buntem Glas, nuschelte Guido und sah sie an, erwartungsvoll, flehentlich. Sophie betrachtete das Teelichtglas in ihren Händen, froh, dass es nicht plötzlich von einem Bildausschnitt überlagert wurde, und sagte schließlich, durchwegs verbindlich, wie sie meinte, durchwegs poetisch: So glänzt jedes Licht dunkel.

Das schien nicht die Antwort zu sein, die sich Guido erhofft hatte. In seinem Blick flackerte Irritation. Verstehe ich nicht, nuschelte er. Allerdings musste Sophie keine weitere Erklärung abgeben. Denn Guido hatte Sprechstunde und eine Mutter klopfte an die Konferenzzimmertür und bat, ihn zu sprechen. Guido drehte sich um und ging Richtung Konferenzzimmertür, wobei seine Halbschuhe trotz Gummisohlen krachend aufsetzten.

Nun war Sophie wieder allein mit Schamesbrennen und einem Bildausschnitt, der trotz geöffneter Augen ihr Blickfeld zu überlagern drohte.

Das war nicht gut.

Und am Konferenzzimmertisch zu sitzen und ein buntes Teelichtglas in den Händen zu halten, würde die Situation nicht verbessern. Sie musste sich bewegen. Sie musste eine Runde durch das Schulhaus drehen.

Sophie stand auf und ging an Guido, der breitbeinig vor der Mutter stand, vorbei. Als sie zur Stiege kam, die sie in der Früh hinaufgetänzelt war, ging sie hinunter. Im Erdgeschoß angekommen, bog sie um die Ecke und öffnete die Tür, die zum weitläufigen Keller führte. Dort befand sich die Schülergarderobe. Jeder Klasse war ein Bereich zugewiesen worden, wo Jacken und Mäntel aufgehängt und Straßenschuhe ausgezogen werden konnten. Im Winter roch es hier nach Schuhen und ungelüfteter Kleidung. Im Mai war die Luft besser. Nur wenige Jacken hingen an den Metallhaken und keine Straßenschuhe standen unter den Holzbänken. Ein seltsamer Ort, dachte Sophie. Voll mit Hinweisen auf jene, die nicht da sind. So war es auch mit einem Altarbild in einem Ziegelquader am Mittelmeer. Dort war Sophie anwesend und auch nicht. Der Gedanke beruhigte Sophie. Sie fühlte sich besser und schritt die Garderobe ab.

Da hörte sie ein Rascheln. Weiter hinten, nahe beim gegenüberliegenden Eingang bewegte sich etwas. Sophie stutzte, widerstand dem Impuls, sich zu verstecken, und ging zügig, wenn auch vorsichtig auf die Bewegung zu.

Und erstarrte.

Denn in dem Bereich, der ganz eindeutig nicht seiner Klasse zugewiesen worden war, stand Omar. Die Hand hatte er in die Tasche einer Jeansjacke gesteckt und nun holte er etwas heraus, etwas, das zusammengefaltet, rechteckig und bedruckt war und das, als es auf den Boden fiel, nicht viel Geräusch verursacht hätte, wenn nicht auch ein paar metallene Scheiben mitgefallen wären. Omar ging in die Hocke, den Rücken Sophie zugewandt.

Was machst du?

Omar schnellte hoch und drehte sich um. Als er Sophie erkannte, entspannten sich seine Gesichtszüge.

Du hast mir einen Schrecken eingejagt.

Du sollst mich in der Schule nicht duzen.

Entschuldige.

Omar ging wieder in die Hocke, hob das Geld auf und stopfte es zurück in die Jackentasche. Inzwischen war

Sophie bei Omar angekommen und wiederholte ihre Frage: Was machst du?

Ich wollte einen Kaugummi, und Gerald hat gesagt, ich soll ihn mir aus seiner Jackentasche holen.

Sophie schüttelte den Kopf, schob Omar zur Seite und griff in die Jackentasche. Und holte tatsächlich ein aufgerissenes Päckchen Kaugummi hervor. Sie steckte das Päckchen zurück und drehte sich zu Omar: Stiehlst du?

Was sind das für Verdächtigungen? Können *Sie* von mir nur in Klischees denken?

Mach deine Taschen leer.

Nein.

Trotzig hatte Omar das Kinn nach vorne gereckt. Würde er den Hals nur ein wenig mehr strecken, würden seine Sehnen hervortreten und seine Stimme heiser werden vor Frustration. Da schäumte etwas in Sophie hoch, dunkel und glänzend, wahrscheinlich Wut. Und mit diesem Hochschäumen zog sich ihr Blickfeld zusammen. Kein Bildausschnitt überlagerte es, nun war das Blickfeld selbst ein Ausschnitt. Eine Nahaufnahme von Omars Hosenbund war zu sehen. Und dann: eine nicht mehr junge Hand mit faltiger Haut und rot lackierten Fingernägeln. Und auf einmal war die Hand in Omars linker Hosentasche verschwunden.

Was soll das?

Eine Frage scharf genuschelt.

Sophies Sichtfenster wurde wieder weit, so weit, dass sie sich selbst sehen konnte, als sei sie nicht nur Akteurin, sondern auch abseitsstehende Beobachterin. Und was sie sah, war nicht gut. Sie: gebückt vor Omar, Hand in seiner Hosentasche und beim Garderobeneingang, wenige Meter

entfernt, Guido: angewidertes Gesicht zwischen exakt gebügeltem Hemd und exakt gefärbtem Haar.

Fäuste geballt.

Mir ist nicht gut.

Mit dieser Entschuldigung nahm Sophie ihre Handtasche, ließ das Teelichtglas auf ihrem Platz stehen und verließ
das Konferenzzimmer. Die Stiegen quälte sie sich hinunter,
und durch das Tor des Stefan-Zweig-Gymnasiums ging sie
nicht wie durch ein Spalier, sondern eine gallertige Masse.
Müdigkeit bremste jede ihrer Bewegungen, legte sich um
ihren Kopf wie ein zu einem Turban gewickeltes Tuch. So
verstand sie nicht, was Guido ihr nachrief, hörte nur, dass
er ihr nachrief. Sie war froh, die Straße endlich überquert
und den Straßenlärm durchtaucht zu haben.

Auch zu Hause fiel die Müdigkeit nicht von ihr ab. Sie
griff nach der silbernen Dose mit dem Kaffeepulver. Als
sie sah, dass diese leer war, ließ sie die Dose achtlos fallen.
Anstelle des Kaffees nahm sie eine Flasche Gran Reserva
aus dem Regal und schenkte sich ein Glas ein. In einem
Zug trank sie es leer. Und schenkte sich noch ein Glas ein.
Dann nahm sie Flasche und Glas und setzte sich auf die
Wohnzimmercouch. Samtig sickerte der Wein durch ihre
Taubheit. Der Geschmack von Zimt und Mandelholz
belebte den Gaumen. Der dunkle Glanz des Weins begann
die Müdigkeit zu verdrängen. Als Sophie ein drittes Glas
getrunken hatte, wurde ihr Denken klar und sie energisch.

Das Problem war: Sie konnte Guido nicht erklären, warum sie die Hand in Omars Hosentasche gesteckt hatte.

Selbst wenn nichts nachgewiesen werden konnte, würde ihrem Flüchtlingsjungen der Verdacht des Kollegendiebstahls anhaften. Die Lösung war daher: Guido anrufen und ihn bitten, ihr zu glauben. Er kannte sie schon so lange und nie hatte sie ihn belogen. Ein wenig Vertrauen würde er ihr wohl entgegenbringen.

Sie griff nach ihrem Mobiltelefon und wählte Guido an. Guido hob ab, sagte jedoch nichts. Nur sein Atmen war zu hören, schwer und vorwurfsvoll.

Es ist nicht, wie du denkst.

Keine Antwort.

Ich hätte Omar nicht angreifen sollen. Das war falsch. Aber es ist nichts passiert, glaube mir doch einfach.

Du bist nicht nur eine Lügnerin, sondern auch eine Kriminelle. Ich will mit dir nichts mehr zu tun haben.

Wie bitte?

Doch da hatte Guido schon aufgelegt. Sophie rief Guido noch einmal an und dann noch einmal. Jedes Mal gelangte sie nur auf seine Sprachbox. Schließlich warf sie das Mobiltelefon auf das andere Ende der Wohnzimmercouch. Dann schenkte sie sich noch ein Glas ein, Bewegungen nun wieder verlangsamt – wie in einer gallertigen Masse –, und holte sich, als das Glas leer war, noch eine Flasche. Die Energie war verschwunden, die Müdigkeit zurückgekehrt. Und Sophies Denken war auf eine Frage verengt, die sie immer wieder stellte, ohne eine Antwort zu finden und ohne sie schließlich auch nur formulieren zu können: Wenn Zufall höhere Notwendigkeit war, warum war es dann notwendig gewesen, dass Guido sie ausgerechnet in diesem Augenblick gesehen hatte?

Es war nicht die neunte Stunde, sondern die Neun-Uhr-Pause, in der Sophie in die Direktion gerufen wurde. Es war aber auch keine Hinrichtung, nur eine Verurteilung.

Direktorin: Du weißt, warum du hier bist?

Sophie: Warum?

Direktorin: Gegen dich ist Anzeige erstattet worden.

Sophie: Weswegen?

Direktorin: Muss ich das wirklich sagen?

Sophie (mit gesenktem Kopf): Was hat Guido gesagt?

Direktorin (mit irritiert zusammengezogenen Augenbrauen): Wieso Guido? Guido hat gar nichts gesagt.

Sophie: Wer hat dann gegen mich Anzeige erstattet?

Direktorin: Das kann ich dir nicht sagen. Und nach einer Pause: Vielleicht solltest du dir etwas Neues suchen.

Sophie: Wie meinst du das?

Direktorin: Du hast die Jahre beisammen. Lass die Schule Schule sein. Mach dir ein schönes Leben.

Ein schönes Leben.

Das war für Sophie immer gewesen: Freunde, eine unkomplizierte Langzeitaffäre, gutes Essen, gutes Trinken (am liebsten an einem frühen Sommerabend im Garten eines Innenstadtcafés), lesen, reisen, Kino, keine finanziellen Sorgen, keine sonstigen Sorgen. Und natürlich ihr Beruf, insbesondere ihre Schüler und Schülerinnen, in den letzten Jahren insbesondere ein Schüler.

Ein schönes Leben.

Das ist für Sophie nun: wenn sie nicht allzu verkatert aufsteht; wenn sie im Stiegenhaus gegrüßt wird; wenn ein sanfter Wind ihre Wangen kühlt wie auf dem Deck der Fähre nach Mgarr; wenn sie sich nicht unter dem Küchentisch verkriechen will, um den Blicken, die ihr niemand zuwirft und die sie dennoch andauernd auf sich spürt, zu entkommen.

Doch kein schönes Leben währt ewig. Schon gar nicht, wenn eine Antwort gefunden werden soll, diesmal auf eine einfachere Frage, zumindest syntaktisch einfacher. Eine Frage, die sich jedoch nicht unter einem Küchentisch sitzend beantworten lässt. Zur Beantwortung so einer Frage muss man aufbrechen wie zu einer Wallfahrt.

Vor fünf Monaten hat sich Sophie in einen silbergrauen Fiat Punto gesetzt und sich bereits beim Einhaken des Gurtschlosses einen Wunsch erfüllen wollen. Das will sie auch jetzt, wieder in einem silbergrauen Fiat Punto sitzend, wahrscheinlich nicht in demselben, aber möglich wäre es. Doch der Wunsch, den sie sich erfüllen will, ist ein anderer. Nun will sie keine Ablenkung von Verdächtigung und Gemurmel. Nun will sie Klarheit. Die Frage, auf die sie eine Antwort sucht, lautet: Was habe ich gesehen und was hätte es bedeuten sollen?

Sophie löst die Kupplung und biegt in die Landstraße ein, die sich in ein paar Kilometern an einem verwachsenen Olivenbaum teilen wird. Doch diesmal folgt sie der Landstraße nicht bis zu dem Olivenbaum. Sie fährt vorher ab und gelangt schon bald zu dem Asphaltweg, der zu einem Ziegelquader führt, der an einer Klippe steht und ein Stall oder ein Wirtschaftsgebäude sein könnte, und doch keines von beiden ist.

Die Nachmittagssonne ist hell und die Luft klar. Nichts Dunkles, schon gar kein dunkler Glanz umgibt die Kapelle. Scharf heben sich die Kanten des Gebäudes gegen den blauen Himmel ab. Sophie greift nach dem Knauf und die Tür öffnet ohne Widerstand.

Sophie tritt ein.

Auf den ersten Blick ist alles so wie in ihrer Erinnerung. Dort der schmiedeeiserne Opfertisch mit den hinuntergebrannten Kerzen. Dort ein paar vereinzelte Stühle.

Doch dann wendet sich Sophie dem Altarbild zu. Und nun schiebt sich die Realität durch die Erinnerung wie ein Relief durch das Muster eines 3D-Bildes. Maria Magdalena ist zu sehen, kniend vor dem auferstandenen Christus, im Hintergrund ein Olivenbaum.

So weit alles richtig.

So weit alles gut.

Doch dort, wo das Gesicht von Maria Magdalena sein soll, ist nur eine farbige Fläche. Witterung und Alter haben den Großteil des Heiligengesichts weggefressen, sodass sich nur mehr erahnen lässt, wo sich einmal Augen in Staunen weiteten oder ein Mund zu einem Lächeln öffnete. Das, was Sophie sieht, ist so allgemein, dass es jeder Frau ähnelt. Aus so einem Gesicht eine Epiphanie, eine intime Kommunikation des Schicksals abzuleiten, ist lächerlich. Genauso gut könnte Sophie annehmen, dass die Spamnachrichten, die sie jeden Morgen aus ihrem Account löscht, mit dem Gedanken an sie verfasst wurden. Ein tröstlicher Gedanke vielleicht, vor allem, wenn man einsam ist, aber ein lächerlicher Gedanke. Und wer will schon Trost in einem lächerlichen Gedanken finden?

Ich.

Ich würde gerne Trost finden, denkt sich Sophie mit Blick auf das leere Heiligengesicht. Und sei es in einem lächerlichen Gedanken. Aber ich schaffe es nicht.

Ich schaffe es einfach nicht.

Was also tun, wenn man sein Gesicht in einem Altarbild nicht mehr findet?

Man sucht woanders. Am besten dort, wo eine Suche erfolgversprechender ist. Einen solchen Ort findet Sophie im Duty-Free-Bereich des Malta International Airport. Dort funkeln und blinken Ware und Werbung in geradezu gegenreformatorischer Pracht. Soziale Bedenken und ökologisches Zaudern erblinden im Gleißen der Glücksversprechen. Wie soll Sophie da widerstehen? Noch dazu, wo sie zwischen zwei Warentürmchen nun doch ihr Gesicht entdeckt, in Szene gesetzt wie die Schutzpatronin der zweiten Jugend.

Sophie trägt an ihrem Abreisetag Brille, das ist ein Statement – immerhin hat sie nun einen klaren Blick auf die Welt –, und nichts kann so ein Statement subtiler unterstreichen als ein farblich abgestimmter Lippenstift. Und so steht Sophie vor einem Schminkspiegel und zieht Abdeckung um Abdeckung von den zur Schau gestellten Lippenstiften. Jede Farbe studiert sie genau. Zur Hölle mit dunklem Glänzen. Von nun an soll ihr Leben in freundlicher Pracht erstrahlen. Beschwingt von dieser Erkenntnis trägt Sophie, nachdem sie einen passenden Farbton entdeckt hat, den Lippenstift auf, reibt die Lippen aneinander, spitzt sie zu einem Kussmund und betrachtet sich schließlich zufrieden: Ja, das passt gut. Statt dunklem Glanz der helle, ein zu einem Turban gebundenes Tuch und dann noch Brille und Lippenstift als markante, blickführende Momente.

So kann das neue Leben beginnen.

Doch auch im neuen Leben wirft das alte ein Echo. Sophie kauft auch einen Lippenstift für Omars Mutter, ein Parfum für Omar und eine Flasche Retsina für Guido. Vielleicht redet man ja doch irgendwann einmal wieder miteinander. Missverständnisse lassen sich doch aufklären. Das hat Sophie mit ihrer Reise immerhin bewiesen. Man muss nur wollen. Man muss sich nur darauf einstellen, dass es nicht einfach wird.

Dass es allerdings so schwer wird, hätte sich Sophie nicht gedacht. Wie schwer, erfährt sie, als sie in der Warteschlange zum Boarding ansteht. Jetzt hat sie sich mit freundlichen Farben gewappnet und nun wird ihr schwarz vor Augen! Einmal kann sie den Schwindel ignorieren, gleich wird sie ohnehin sitzen. Doch ein zweites Mal schafft sie es nicht mehr.

Sophie löst sich aus der Warteschlange und torkelt, in jeder Hand eine vollgepackte Einkaufstasche, auf die Sitzreihen vor dem Gate zu. Bis auf einige wenige Reisende sind die Sitzreihen leer. Sie wird sich gleich auf den nächsten freien Sitz setzen, gleich gegenüber dem Herrn im blauen Hemd und mit der hohen Stirn, der sie an irgendwen erinnert.

Junges Gesicht unter alter Frisur.

Und schon wieder ein Zufall, schon wieder höhere Notwendigkeit: Der Mann im blauen Hemd und mit der hohen Stirn ist ein umgedrehter Guido. Für einen Moment fühlt sich Sophie euphorisch, und mit einem letzten Schritt gelangt sie zu dem Sitz und lässt sich fallen. Sie atmet tief ein und tief wieder aus. Die Konturen des umgedrehten Guido werden undefiniert wie ein Fernsehbild bei schlechtem Empfang. Und bevor sie zur Seite kippt, haucht Sophie, so leise, dass es fast ein Wunder ist, dass sie der umgedrehte Guido hört: Mir ist nicht gut.

ZIELE oder
Götz' erster Zwischenfall

Götz stand im Badezimmer und dachte an Wildners hohe, in Falten gezogene Stirn. Da läutete das Handy. Missmutig warf er einen Blick auf das Display und erstarrte. Er musste nicht abheben, um zu wissen, dass er dieses Gespräch nicht führen wollte. Er löste das Handtuch, das er sich um die Hüften geschlungen hatte, hängte es an den Badezimmerhaken und ging, das Läuten ignorierend, ins Schlafzimmer.

Jeans, Hemd, Sakko – das war der Gefechtsanzug für die Kundenakquise. Die Frage war nur: blau oder grau? Beides. Er griff nach dem grauen Sakko und nahm ein blaues Hemd aus dem Kasten. Nur nichts Auffälliges, es ging ja um IT-Sicherheit, da schadete es nicht, wenn er einen soliden Eindruck machte, noch dazu wo er den Auftrag dringend brauchte. Als er sich angezogen hatte, auch die braunen Clarks, setzte er die Espressokanne auf und griff schließlich doch nach seinem Handy. Dann wählte er den verpassten Anruf an.

Sechsundzwanzig Buchstaben hat das Alphabet, und einer davon eine ganz besondere Bedeutung: zwei Gerade, die sich in einem spitzen Winkel schneiden, wie ein verzogenes Fadenkreuz, das eine zukünftige Katastrophe markiert. Und dieses Fadenkreuz erschien nun auf seinem Handybildschirm. Er musste nicht lange läuten lassen.

Gut, dass du zurückrufst, sagte X.

Die Bedingungen für den idealen Präzisionsschuss: zwanzig Grad Celsius, Luftfeuchtigkeit bei dreißig, vielleicht vierzig Prozent, windstill. Und dann: die vollkommene Regungslosigkeit. Und dann: die Überraschung, als hätte jemand anderer den Abzug gedrückt. Ideale Bedingungen hatte Götz nicht gehabt, als er in der Nähe von Deutsch Goritz durch die Optik seines Neunundsechzigers ins Niemandsland geblickt hatte. Aber er hatte auch nicht schießen müssen. Kein Soldat, kein Zivilist hatte sich über Beton und Grasnarben bis zur Feuerlinie genähert.

Ob er dankbar war dafür?

Wofür?

Dass er nicht hatte schießen müssen.

Natürlich.

Das war die Antwort, die alle hören wollten. Auch Wildner und Pater Ignaz, mit denen er gestern Abend auf Wildners Urlaub angestoßen hatte. Doch die Wahrheit war: Er wusste es nicht. In Hollywoodfilmen wurde das Bild vom Soldaten als weisem Mönchskrieger gezeichnet, der Gewalt nur in Notwehr und nur als letzten Ausweg anwendet. Doch das war Propaganda. Wer Soldat wurde, wollte auch Gewalt anwenden. Konnte es sich zumindest vorstellen. Und damit war er schon nicht mehr ganz so anders als die Wildners und Patres, die sich Hollywoodfilme ansahen und sich wie Buben in Feuergefechte hineinfantasierten. Götz hatte nicht schießen müssen, aber er hätte es getan. Anders als jener Romanheld, der im entscheidenden Moment die Waffe nicht abfeuern kann, hätte Götz das näherkommende Ziel anvisiert und gewartet, bis sich die Welt auf den Ausschnitt über dem kaltgehämmerten Lauf reduziert hätte.

Und dann.

Götz stand auf und streckte sich. Er hatte weniger getrunken als Wildner und Pater Ignaz und war für seine gestrige Disziplin dankbar. Er vertrug den Alkohol nicht mehr so wie früher und heute war ein wichtiger Tag. Er ging auf die Knie und positionierte die Liegestützgriffe, die neben seinem Bett lagen, so, dass bei der Ausführung der Übung seine Schultermuskulatur besonders belastet werden würde. Dann atmete er einige Male tief durch. Und:

Eins.

Zwei.

Drei.

Vier.

Fünf.

Wenn er sich etwas vornahm, zog er es auch durch. Und IT hatte ihn immer interessiert. Mit derselben Konzentration, mit der er früher durch die Optik seines Neunundsechzigers gesehen hatte, sah er nun auf Programme und suchte keine Pappkameraden, dafür Ziele anderer Art: Fehler oder Lösungen, je nachdem. Er war Autodidakt, aber gut. In den ersten drei Jahren hatten sie Mis-en-Tech zu zweit betrieben, doch dann war Harald gegangen, kaum ein halbes Jahr nach Götz' Scheidung. Haralds Ausscheiden aus Mis-en-Tech war problemlos verlaufen. Die Scheidung nicht. Dass Götz das Sorgerecht für Hannah nicht erhalten hatte, war zu erwarten gewesen, blieb allerdings ein Pochen, manchmal auch ein Stechen, so konstant wie seine Kreuzschmerzen, die – seit er sich beim Fallschirmspringen zwei Rückenwirbel beschädigt hatte – nie ganz nachließen. Heute allerdings ging es gut:

Sechsunddreißig.

Siebenunddreißig.

Achtunddreißig.

Neununddreißig.

Vierzig.

Wer vierzig Liegestütze am Stück schafft, muss sich um seine Herzgesundheit keine Sorgen machen. Das hatte Wildner gestern gesagt und das Gespräch wieder einmal auf seine Obsession gelenkt: Herzgesundheit und Herzversagen. Götz stand auf, etwas kurzatmig, dehnte seinen Oberkörper und ging ins Bad. Er machte sich ohnehin keine Sorgen, zumindest nicht um sich.

Vielleicht wurde von einem ehemaligen Elitesoldaten erwartet, dass er sich kalt duschte? Götz jedenfalls mochte seine Dusche heiß. Erst wenn es im Bad dampfte, hatte er den Eindruck, die Rastlosigkeit der vorangegangenen Nacht abspülen zu können. Hannah hatte als Baby gerne gebadet. Er konnte sich noch gut erinnern, wie er sie in die Babywanne gesetzt hatte, vorsichtig, um seine Tochter nicht zu verschrecken, und dann mit hohler Hand Wasser geschöpft und über Hannahs Arme, Oberkörper und Kopf gegossen hatte. Manchmal hatte Hannah vor Vergnügen gekräht. Duschen hingegen hatte sie gehasst. Einmal, da war sie wenige Monate alt, hatte er sie in die Duschkabine mitgenommen. Hannah hatte gellend geschrien und den Duschkopf mit weit aufgerissenen Augen angestarrt.

Götz massierte das Duschgel ein und griff sich an sein Geschlecht, routinemäßig und ohne Ambition. Er ließ es auch nach ein paar halbherzigen Versuchen bleiben. An Hannah zu denken, war nicht die Bedingung für den idealen Schuss, Präzision oder nicht. Warum musste er überhaupt an seine Tochter denken?

Ach ja. Wildner.

Warum fährst du morgen nach Graz?, hatte Pater Ignaz gefragt, und Götz hatte seinem ehemaligen Klassenvorstand geantwortet: ein Treffen mit Kurt Lützel. Es gehe um einen möglichen Auftrag für Mis-en-Tech, IT-Sicherheit, eine ganz kurzfristige Sache. Ignaz hatte anerkennend das Glas gehoben und ›toi toi toi‹ gewünscht. Wildner aber hatte sein Glas auf den Tisch gestellt, nun blass wie bei einem Herzanfall, und fragend wiederholt: Der Unternehmer Kurt Lützel?

Ja.

Wieso?

Da hatte Wildner die blasse Stirn in Falten gezogen: Das ist doch mein Vater.

Und dann läutete das Telefon und Zeit musste gefunden werden, dabei hatte Götz keine Zeit, schon gar nicht, um X zu treffen, schon gar nicht heute. Doch X hatte völlig aufgelöst geklungen. Das war nicht ihre Art. Als er ihr damals erzählt hatte, dass er zum Sicherungseinsatz einberufen worden war – per Telefonanruf, übrigens ganz unspektakulär –, wollte sie nur wissen, wie lange er fortbleiben würde und wie man den Videorekorder programmierte. Gerade letztere Frage hatte ihn irritiert. Da zog er aus, nicht gerade um Land und Leute zu verteidigen, aber immerhin um die Staatsgrenze zu Ex-Jugoslawien zu sichern, und alles, was X sicherstellen wollte, war, dass sie nur ja keine Folge von *Dallas* versäumte. Nein, irgendetwas war passiert, irgendetwas, das X überforderte, auch wenn sie das nie zugeben würde. Und so hatte Götz – im blauen Hemd und grauen Sakko, Kaffee in der Hand – eingewilligt: Also gut, aber dann jetzt gleich und nicht länger als eine halbe Stunde.

Dass X noch immer ins Café Jelinek ging, überraschte Götz nicht. X mochte Wiederholungen und Rituale, das gab ihr Sicherheit. Vielleicht hatte sie deshalb so gut mit Hannah gekonnt, als diese klein gewesen war. Wie sie mit ihrer erwachsenen Tochter auskam, wusste Götz nicht. Er war etwas früh dran – vielleicht weil er es eilig hatte, vielleicht weil ihn ein Treffen mit X immer beunruhigte – und bestellte ein Mineralwasser mit Zitrone. Lange musste er nicht warten. Denn da betrat X auch schon das Café. Roter Mantel, schwarze Strumpfhose, das blonde Haar kinnlang. Wahrscheinlich gefärbt.

Was gibt es?

Bewusst ließ Götz die Begrüßung weg. Er hatte es eilig, war ganz Geschäftsmann und IT-Experte. Nur nicht persönlich werden, nur nichts preisgeben. Doch X schien seine Unhöflichkeit nicht einmal zu bemerken. Zu beschäftigt war sie mit dem, was sie am Telefon nicht hatte sagen wollen. Und das aus gutem Grund. Sie sah Götz direkt in die

Augen, allerdings nicht kämpferisch, nicht herausfordernd, sondern hilflos: Hannah liegt im Spital. Sie ist überfallen worden.

Darauf war Götz nicht gefasst gewesen.

Die Zulassung zur Scharfschützenausbildung ist eine Auszeichnung. Zwanzig Klimmzüge – am Reck hängend und auf Kommando – musste man schaffen, komplexe Rechenaufgaben in einem immer kleiner werdenden Zeitfenster lösen, »inadäquates Feedback« – also Demütigungen – ertragen, während man offenkundig sinnlosen und körperlich fordernden Anweisungen nachkam. All das hatte Götz geschafft. Seine seelische Robustheit beeindruckte besonders den zartbesaiteten Wildner. Doch auch Pater Ignaz, dem vielleicht am feinen Gewissen seines ehemaligen Schülers etwas liegen sollte, hatte gestern Abend – durchwegs anerkennend, von Mann zu Mann quasi – auf Götz' Souveränität angespielt: Dich bringt auch nichts aus der Ruhe?

Doch.

Eine Person. Und diese musste deswegen entpersonalisiert werden: Ihr Name war auf eine Zielmarkierung zu reduzieren und Kontakt mit ihr zu vermeiden. Sonst war es vorbei mit der Ruhe.

So auch diesmal.

Wie sehr ihn das Treffen mit X mitgenommen hatte, wurde Götz erst auf der Autobahn bewusst, als er einen

Passat, der, ohne zu blinken, auf die Überholspur drängte, zu spät bemerkte und heftig bremsen musste.

Du musst etwas unternehmen! So X.

Was?

Ich weiß nicht. Du bist ja der Krisenspezialist.

Aber ich habe Hannah seit Jahren nicht mehr gesehen! Ich weiß nicht einmal, ob ich sie noch erkennen würde.

Anstatt einer Antwort hatte X ihr Mobiltelefon entsperrt und ihm das Telefon hingehalten. Auf dem Bildschirm war ein junges Paar zu sehen, er hatte die Hand um ihre Schulter, sie den Kopf kokett zur Seite gelegt. Erwachsen war Hannah geworden. Erwachsen und hübsch. Gelocktes Haar, dichte, exakt gezupfte Augenbrauen, ein Nasenpiercing. Seit letztem März studiere Hannah in Graz. Das sei ihre Telefonnummer: Mich will sie ja momentan nicht sehen. Also musst du zu ihr. Du bist trotz allem noch immer ihr Vater.

Das Schild mit der Ankündigung der Ausfahrt zog an Götz vorbei. Obwohl er sich über die Selbstverständlichkeit ärgerte, mit der X versucht hatte, ihm ein schlechtes Gewissen zu machen, sah er sich mit Bedacht um, fuhr vorsichtig auf den rechten Fahrstreifen und mit gedrosselter Geschwindigkeit auf die Ausfahrt auf. Kaum dass er die lange Kurve und die Einfahrt nach Graz genommen hatte, klingelte sein Mobiltelefon. Es war Wildner. Seine Stimme war tief und dröhnend im Headset der Freisprechanlage, ein Echo des gestrigen Abends: Wann triffst du dich mit meinem Vater?

Bald. Wieso?

Ich wollte dich nur warnen. Er ist manipulativ.

Götz zuckte mit den Achseln. Der Unternehmer Kurt Lützel war gerade nicht sein Problem und manipulieren ließ er sich sowieso nur von X. Geistesabwesend fragte er zurück: Wundert mich, dass dein Vater überhaupt noch aktiv ist.

Was soll er sonst tun? Er ist gerne Chef.

Hast du irgendeine Ahnung, wie er auf mich gekommen ist?

Wildner verneinte.

Götz bedankte sich und bremste auf fünfzig Stundenkilometer hinunter. Seine Reise war beinahe zu Ende, laut Navi würde sie nur mehr wenige Minuten dauern. Dann würde er beim Fußballstadion angekommen sein.

Backhendl und Schnitzel, Käferbohnensalat und Kernöl: Das waren hier die Bausteine des guten Lebens, und die Männer, die sich an der Büfettstraße im VIP-Bereich drängten, hatten diese Bausteine zu eindrucksvollen Figuren geschichtet. Kaum einer, bei dem das Hemd nicht spannte, kaum einer, bei dem der Dreitagebart nicht ein Doppelkinn kaschierte. Die Frauen waren schlanker und jünger, wollten es zumindest sein, und ihr Lachen – schrill wie Klingeltöne – durchschnitt das dumpfe Dröhnen der Gespräche. Still sind sie nur, wenn sie fressen, dachte Götz, korrigierte seine Beobachtung jedoch gleich wieder: Nein, still sind sie auch, wenn sie sich die Teller füllen.

Es war nicht so, dass Götz Schnitzel und Käferbohnensalat nicht mochte. Doch dass der Radius des guten Lebens dem eines Hauptspeisentellers entsprechen sollte, fand er jämmerlich. Außerdem gefiel ihm der VIP-Bereich nicht, vielleicht deswegen seine Ablehnung. Alles war sauber, alles war teuer, alles war bieder.

Und wo war Wildners Vater?

In dieser Loge war er nicht. In der nächsten Loge war er auch nicht. Aber in der übernächsten. Götz zeigte sein VIP-Band her, nicht ohne den Securitymitarbeiter unauffällig auf dessen Gefährlichkeit zu mustern – Macht der Gewohnheit, und nein, gefährlich war er nicht –, und trat ein.

Kurt Lützel war in ein Gespräch mit einem älteren Herrn vertieft und nickte, während der ältere Herr gestikulierte und sich in regelmäßigen Abständen die nach vorne gerutschte Brille zur Nasenwurzel schob. Auch ohne die Fotos, die Götz im Internet gefunden hatte, hätte er Lützel sofort erkannt: Er sah aus wie eine ältere Version seines unehelichen Sohnes, bullig und bärtig. Eine Kellnerin hielt Götz ein Tablett mit gefüllten Sektgläsern hin, doch Götz lehnte ab: Haben Sie einen Orangensaft? Die Kellnerin nickte lächelnd, bezaubernd lächelnd, und ging wieder. Götz sah ihr nach, gab sich dann aber einen Ruck. Die Kellnerin könnte seine Tochter sein, außerdem: Konzentration war gefragt, sein Vorhaben war zu fokussieren, wie früher sein Blick durch die Optik seines Neunundsechzigers.

Götz stellte sich beim Logeneingang neben einen Glaskasten mit Fußballreliquien. Das also war Wildners Vater, der Grund für die vielen Demütigungen, die Wildner in der Schule hatte erdulden müssen. Irgendetwas Böses strahlte er nicht aus. Wenn Kurt Lützel überhaupt irgendetwas ausstrahlte, dann Durchschnittlichkeit. So man diese ausstrahlen konnte. Nickend nahm sich Lützel ein Käseobst-spießchen und, kaum dass er es gegessen hatte, noch ein zweites. Dabei sah er satt und freundlich aus: ein Mensch, dem es schmeckte und der der Befriedigung seiner Bedürf-nisse höchste Bedeutung beimaß.

Durchschnittlich, wie gesagt.

Nun kam die Kellnerin zu Götz und reichte ihm den Orangensaft im Sektglas. Götz nickte, sah dabei bewusst an der Kellnerin vorbei und ging auf Kurt Lützel zu. Es gelang ihm nicht sofort, Lützels Aufmerksamkeit zu erre-gen. Zu vertieft war der Unternehmer in das Gespräch mit dem Herrn, der seine Brille in regelmäßigen Abständen zur Nasenwurzel schob. Doch schließlich drehte ihm Lützel den Kopf zu. Satt und freundlich lächelte er Götz an, und nur am Zusammenziehen der Augenbrauen war zu erken-nen, dass er Götz nicht einordnen konnte. Doch Lützels Zaudern währte nur kurz. Sein sattes Lächeln blieb unver-ändert freundlich: Wir kennen uns noch nicht?

Nein. Wir haben allerdings gemailt und mit Ihrer Sekre-tärin habe ich telefoniert.

Gemailt haben wir? Geschäftliches? Lützel legte den Kopf zur Seite, sein Lächeln verschwand und machte Kon-zentration Platz. Dann verschwand auch die Konzentration und Lützels Gesicht hellte sich wieder auf: Sie sind der Herr Götz?

Richtig.

Lützel streckte ihm die Hand hin, Götz wechselte sein Sektglas von der rechten in die linke Hand und schlug ein: Sie sind hier wegen der Computerangelegenheit?

Richtig, wiederholte Götz.

Wir haben seit einiger Zeit Serverprobleme. Mein Assistent wird mit Ihnen alles Nähere besprechen. Für diese Dinge bin ich schon zu alt, ich bin schon froh, wenn ich den Computer aufdrehen kann.

Götz lachte höflich, und als ihn Lützel fragte, ob er ein Glas Muskateller wolle, irgendeinen preisgekrönten Wein aus der Umgebung, willigte Götz ein. Lützel reichte ihm ein Glas und stieß mit ihm an: Sie waren einmal Soldat?

Diese Frage kam unvermittelt.

Ja. Wieso?

Finde ich gut. Disziplin, Stressresistenz, Durchsetzungsvermögen. Das lernt man als Soldat. Und das sind Tugenden, die man auch in der Wirtschaft braucht. Wenn ich nicht stressresistent wäre, könnte ich mein Unternehmen nicht leiten.

Woher wissen Sie, dass ich Soldat war?

Meine Sekretärin. Die weiß alles.

Lützel lächelte komplizenhaft und nahm einen Schluck Muskateller. Er schien noch etwas sagen zu wollen, doch da berührte ihn ein junger Mann im dunkelblauen Anzug am Arm und flüsterte ihm etwas ins Ohr. Lützel nickte ein paarmal, zog eine Augenbraue hoch und wandte sich Götz zu: Ich muss leider weiter. Können Sie morgen zu mir ins Büro kommen? Götz nickte. Lützel sah den jungen Mann im dunkelblauen Anzug fragend an, dieser starrte prüfend auf den Bildschirm seines Blackberrys und fragte schließlich: Vierzehn Uhr? Wieder nickte Götz. Lützel gab ihm die Hand und lud ihn ein, noch zu bleiben, vielleicht auch noch den Morillon zu probieren, sich auf alle Fälle das Match anzusehen. Dann ging er Richtung Logenausgang, vorbei am Glaskasten mit Fußballreliquien, den Kopf gesenkt, den Mund geöffnet.

Götz stellte, ohne auszutrinken, das Weinglas neben den Teller für die Plastikspießchen. Auch wenn er hier gratis essen und trinken konnte, hatte er keine Lust zu bleiben. Er ging ebenfalls Richtung Logenausgang, da spürte er ein Vibrieren in der Sakkotasche. Götz griff nach dem Handy und wusste mit einem Blick, dass er dieses Gespräch nicht führen wollte. Er steckte das Handy wieder ein und fragte den Securitymitarbeiter, den ungefährlichen, wo denn das WC sei. Dritte Tür links, nicht zu übersehen.

Nichts zu übersehen.

Das hatte Götz trainiert, jahrelang, daher war es nicht nur Ahnung, sondern Gewissheit, dass er den jungen Mann kannte, der die WC-Tür aufstieß und sich an ihm vorbeidrängte. Trotzdem brauchte Götz einen Moment, um zu realisieren, wo er den jungen Mann schon einmal gesehen hatte: ein Handydisplay, darauf ein junges Paar. Er hat die Hand um ihre Schulter, sie den Kopf kokett zur Seite gelegt. Götz fuhr herum. Nun stieß er die Toilettentür auf: Wo war der grobe Kerl, der ihn beinahe niedergerannt hatte? Doch so sehr er das Getümmel vor der Büfettstraße auch anvisierte und so sehr auch nichts übersah: Hannahs Freund konnte er nicht entdecken.

Das Zimmer, in dem sich Götz das graue Sakko auszog und das blaue Hemd aufknöpfte, war funktional eingerichtet, ohne irgendein persönliches Detail. Das fand Götz behaglich. Er mochte die Anonymität von Hotelzimmern.

Dennoch war er unruhig. Er setzte sich auf das Bett und schnürte sich die braunen Clarks auf. Dann ließ er sich nach hinten fallen. Regelmäßig blinkte der Rauchmelder, doch die Regelmäßigkeit machte Götz nicht ruhiger. Er hatte auf X' Anruf nicht reagiert. Dafür hatte er Hannah angerufen. Morgen würde er sie im Spital besuchen.

Vorfreude mischte sich in seine Unruhe.

Und Angst.

Als Hannah abgehoben hatte, war ihm beinahe die Stimme gebrochen: Hallo, hier spricht Papa. Es war ihm seltsam vorgekommen, sich bei seiner erwachsenen Tochter nach so vielen Jahren mit Papa zu melden. Doch noch seltsamer wäre es ihm vorgekommen, es nicht zu tun. Hätte er sich wie Darth Vader vorstellen sollen: Hannah, ich bin es, *dein Vater*? Er hatte immer Papa genannt werden wollen, nicht Vater. Als er bei Deutsch Goritz gelegen war und das Niemandsland durch die Optik seines Neunundsechzigers observiert hatte, war ihm klar geworden, was er außerdem noch wollte: ein zweites Kind, ein Geschwisterchen für Hannah, damit sie eine richtige Familie sein würden. Doch X hatte gezweifelt: Hannah sei jetzt endlich aus dem Gröbsten heraußen. Endlich nicht mehr jede Nacht stillen. Endlich nicht mehr stundenlanges Auf-und-Abgehen, damit das Baby einschlief. Und jetzt alles noch einmal von vorne? Nein. Götz hatte sie mit Argumenten nicht überzeugen können und einmal voll Verständnis und ein anderes Mal voll Frustration das Thema gewechselt. Dann war ohnehin alles anders gekommen, als er es sich in seiner Stellung, die Innenriste auf den Boden gedrückt, ausgedacht hatte.

Götz stand vom Bett auf und knöpfte sich das Hemd wieder zu. Er hatte früh schlafen gehen wollen, um seiner Tochter ausgeruht zu begegnen. Doch auf dem Hotelbett zu liegen und in das Blinken des Rauchmelders zu starren, hatte keinen Zweck. Davon wurde er nicht müde und die Zeit verging nicht schneller. Er zog sich die braunen Clarks an und griff nach dem grauen Sakko. Er musste sich noch ein wenig die Beine vertreten.

Es war ein milder Herbsttag gewesen, nun wurde es kühl. Götz ging zügig. Er war an Österreichurlauben nie interessiert gewesen. Vietnam, Mexiko, Ostafrika – das waren die Ziele, die er anflog, wenn er das Geld hatte. Doch den kleinen Gassen folgend, an malerischen Innenhöfen vorbei, verstand Götz, wieso der Österreichtourismus boomte. Es war schön hier. Sauber, südliches Flair, unbeschwert. Er ging vorbei an einem weißen Barockpalais mit italienischen Fensterläden – zumindest nahm er an, dass es ein Barockpalais war –, folgte einer weiteren schmalen Gasse zum Hauptplatz, ging weiter und überquerte die Mur. In einem Café neben dem Kunsthaus bestellte er ein Bier, das ihm der Kellner mit grober Freundlichkeit brachte. Das Bier schmeckte, und als Götz es ausgetrunken hatte, fühlte er sich erfrischt. Doch an Schlaf war nach wie vor nicht zu denken. Er beschloss, noch auf den Schloßberg zu gehen.

Außer Atem erreichte er den Uhrturm. Das Panorama entschädigte ihn jedoch für den Anstieg. Mit Blick auf die Stadt begann Götz die Festungsanlage abzuschreiten. Schön war die Aussicht, beindruckend die Festungsanlage. Dennoch konnte die Kulisse nicht verhindern, dass Götz wieder an das Telefonat mit seiner Tochter denken musste.

Überrascht war sie gewesen. Und erfreut. Als er ihr erzählte, dass er in Graz war, hatte sie ihn eingeladen, ohne dass er danach gefragt hatte: Magst du mich besuchen kommen? Natürlich, hatte er geantwortet und die Stimme war ihm gebrochen.

Es war Zeit, zum Hotel zurückzugehen. Als er wieder am Fuße der Schloßbergstiege angekommen war, orientierte sich Götz und ging los. Kalt war es geworden. Götz schlug den Kragen seines Sakkos hoch. Er hatte einen Spaziergang von ungefähr eineinhalb Kilometern vor sich und bald lagen die Auslagen und Werbeplakate des Stadtzentrums hinter ihm. Das war ihm recht. Mit gesenktem Kopf und ohne Eile ließ er noch einmal den Tag Revue passieren, dachte an Kurt Lützel und die überraschende Begegnung mit Hannahs Freund. Er war vielleicht zehn Minuten gegangen und in eine dunkle Seitengasse eingebogen, da blieb er mit einem Ruck stehen. Vor ihm stand jemand, ein gewaltiger Mann, und streckte ihm die Hand hin: Papermoney, please!

Götz wollte gerade die Klinke zu Hannahs Zimmer hinunterdrücken, da zog er die Hand noch einmal zurück. Nein, seine Hand sah aus wie immer. Weich auf hart, hart auf weich. Wenn man so lange trainiert hatte wie er, hatte man diesen Grundsatz internalisiert und die Bewegungsabläufe automatisiert. Wie hätte er sich da verletzen sollen? Er atmete tief ein und ebenso tief wieder aus. Es wäre ihm unangenehm gewesen, wenn er Hannah über den Arm gestreichelt und sie dabei ein Cut an seinem Fingerknöchel entdeckt hätte. Aber da war nichts. Nein, seine

Hände sahen aus wie immer. Nicht gerade Künstlerhände, aber schmal, beinahe zart. Götz atmete durch, glättete sein sorgfältig rasiertes Gesicht. Nach all den Jahren sollte Hannah ihn wiedersehen, wie er immer gerne gewesen wäre: gutherzig, wenn er es sein konnte, hartherzig, wenn er es sein musste. Und vor allem: ein Papa, der alles für seine Tochter tat. Götz klopfte und wartete ein paar Atemzüge lang. Dann öffnete er die Tür.

Und hätte sie beinahe wieder geschlossen.

Denn das Erste, das Götz sah, gestochen scharf wie durch die Optik seines Neunundsechzigers, war das geschundene Gesicht seiner Tochter. Ein Verband verdeckte ihre Nase, unterhalb der Augen waren Blutergüsse sichtbar. Mit ihren schweren Locken sah Hannah aus wie die Wunschfantasie eines verklemmten Drehbuchautors: ein gemarterter Engel, hilflos und auf Rettung hoffend; die Rechtfertigung jedes Rachefeldzugs.

Aber an Rache war nicht zu denken. Zumindest nicht jetzt, Götz konnte an überhaupt nichts denken. Er öffnete den Mund, wollte etwas sagen, doch ihm brach die Stimme. Er räusperte sich, erst ein Mal, dann ein zweites Mal. Schließlich zog er die Augenbrauen hoch und hob die Achseln. Da kam ihm Hannah zu Hilfe: Sieht schlimmer aus, als es ist, Papa. Morgen lassen sie mich wieder raus.

Götz kam näher, wusste nicht, ob er Hannah über den Kopf streicheln oder ihr die Hand geben sollte. Zum Glück fiel ihm die Bonbonniere ein, die sich in seiner Aktentasche befand und auf die er eine Packung Kinderschokolade geklebt hatte, die Hannah früher so gerne gehabt hatte.

Ich habe dir etwas mitgebracht.

Hannah nahm die Bonbonniere entgegen, lächelte, als sie die Kinderschokolade sah, und legte sie auf den aufgeklappten Drehtisch, der auf ihrem Nachtkästchen befestigt war.

Hast du Schmerzen?

Nicht so schlimm.

Götz stellte den Sessel neben Hannahs Bett und setzte sich: Wie ist das passiert?

Hat dir Mama das nicht erzählt?

Götz nickte, sagte jedoch nichts. Er war abgelenkt und starrte auf Hannahs Verband, als suche er dahinter etwas. Seit Jahren hatte er seine Tochter nicht gesehen, und dennoch war sie ihm, so wie sie vor ihm lag, das Kopfende des Bettes hochgestellt, auf diffuse Art vertraut. Als könne er sie mit einer Erinnerung abgleichen. Hannah legte den Kopf zur Seite und sah Götz ins Gesicht, nicht gerade streitlustig, aber fordernd: Was hat sie dir erzählt?

Dass du überfallen worden bist.

Hannah nickte und löste gedankenverloren die Kinderschokolade von der Bonbonniere. Mit geübten Handgriffen öffnete sie den Karton und schüttelte eine von den einzeln verpackten Schokoladerippen heraus. Als sie die Rippe zu zwei Dritteln ausgewickelt hatte, nahm sie einen Bissen. Sie kaute nachdenklich, ganz in ihren Genuss versunken, dann sagte sie: Ich bin nicht überfallen worden.

Wie bitte?

Das habe ich nur gesagt, weil mir nichts Besseres eingefallen ist.

Und woher hast du dann das? Götz zeigte auf den Nasenverband.

Michael.

Wer ist das?

Mein Freund.

Warum hatte Götz plötzlich das Bedürfnis zu flüchten? Denn nichts anderes war dieses Spannen seiner Muskeln, dieses Hochschnellen seines Pulses. Für einige Augenblicke konnte er dem Impuls aufzuspringen widerstehen, doch dann wurde der Druck zu groß: Aufspringen und Umdrehen waren eine Bewegung. Der Sessel fiel mit einem hellen Klirren um, und Götz wollte schon nach seiner Aktentasche greifen und mit federnden Sprüngen zur Zimmertür eilen, da streifte sein Blick die vor Überraschung, nein vor Schreck geweiteten Augen seiner Tochter.

Nein.

Er durfte jetzt nicht gehen. Mit betont gelassenen Bewegungen hob er den Sessel wieder auf und scherzte bemüht: Ich muss nur kurz auf die Toilette. Es ist offensichtlich dringender als ich gedacht habe.

Auf der Toilette setzte er sich auch tatsächlich auf die Klomuschel, als würde seine Schwindelei deswegen plausibler. In jedem Fall half das Sitzen, seine Anspannung verschwand zwar nicht, wurde jedoch weniger und machte etwas anderem Platz: Fluchtbereitschaft wich Entsetzen. Schließlich betätigte Götz die Spülung, nun musste er das Theater auch zu Ende spielen, wusch sich Hände und Gesicht mit kaltem Wasser. Jetzt ging es wieder besser, jetzt war er wieder er selbst. Er öffnete die Tür und trat wieder ins Spitalszimmer. Hannah fixierte eine Strähne hinter ihrem Ohr und sah von ihrem Handy hoch. Und mit einem Mal wusste Götz, was er hinter Hannahs Verband gesucht hatte, welche Erinnerung sich angedeutet hatte, ohne Form zu gewinnen: Er hatte X gesehen. Denn mit ihrem Verband sah Hannah aus wie X.

Wie X damals.

Eines war mittlerweile klar: Kurt Lützel liebte die Inszenierung. Deswegen hatte er Götz im VIP-Bereich der UPC-Arena empfangen, deswegen ließ er ihn nun im Vorzimmer bei seiner Sekretärin warten. Die Sekretärin, die angeblich alles wusste, hatte ihn über eine Gegensprechanlage angekündigt und ihn dann eingeladen, noch ein wenig Platz zu nehmen – der Herr Direktor sei noch in einer Besprechung. Darf ich Ihnen einen Kaffee bringen? Milch? Zucker? Götz nickte, schwarz bitte, blieb jedoch vor einer meterhohen Fotografie eines Wolkenkratzers stehen, ohne das Bild zu betrachten.

Er war noch immer aufgewühlt.

Versprich mir, dass du nichts unternimmst!, hatte Hannah gefordert. Ihr Gesicht, eben noch verletzlich, eben noch erschrocken, war abweisend gewesen. Mehr noch: enttäuscht. Sein Fluchtimpuls hatte ihn disqualifiziert, Hannah brauchte das gar nicht auszusprechen.

Du musst die Wahrheit sagen, hatte Götz geantwortet, alle väterliche Fürsorge in seine Stimme legend.

Ich muss gar nichts.

Dann mache ich das.

Da war Hannah heftig geworden: Jahrelang kümmerst du dich nicht um mich, und jetzt willst du mir sagen, was ich zu tun habe?

Es ist zu deinem Schutz.

Ich brauche deinen Schutz nicht.

Und dann hatte sie sich auf die Seite gedreht und nichts mehr gesagt. Schließlich war Götz aufgestanden und hatte seine Aktentasche genommen. Bei der Tür hatte er sich noch einmal umgedreht und leise, beinahe flüsternd erklärt: Ich kann dir das nicht versprechen. Tut mir leid.

Hannah aber hatte nichts erwidert, sich auch nicht gerührt, genauso wenig wie sich Götz jetzt vor dem Bild mit dem Wolkenkratzer rührte. Die Sekretärin kam mit dem Kaffee und stellte ihn auf den gläsernen Tisch neben der Ledercouch für Besucher. Nun wollte Götz sich doch setzen, nicht weil er sitzen wollte, sondern weil er irgendetwas tun musste. Doch kaum dass er saß, ging die Tür zu Lützels Büro auf und der junge Mann im dunkelblauen Anzug trat heraus. Er gab Götz die Hand: Wir sehen uns gleich. Götz nickte, und da hörte er die Sekretärin auch schon sagen: Herr Lützel hat jetzt Zeit für Sie.

Ja, der alte Lützel liebte die Inszenierung. Als Götz eintrat, saß er hinter einem massiven Schreibtisch aus Edelholz und ordnete irgendwelche Dokumente. Nun blickte er hoch, als habe er Götz eben erst bemerkt, stand auf und ging um seinen Schreibtisch herum, die Hand ausgestreckt: ein bulliger alter Mann im Dreiteiler. Allerdings war Kurt Lützel nicht nur ein bulliger alter Mann, sondern auch ein schwerfälliger alter Mann, und so stieß er im Vorbeigehen eine gerahmte Fotografie um, die auf dem Schreibtisch stand. Lützel blieb stehen, doch Götz war schneller. Er legte Wert auf Höflichkeit, so war er erzogen worden, so hatte er Hannah immer erziehen wollen. Schon war er neben Lützel in die Hocke gegangen. Langsamer, viel langsamer stand er wieder auf. Und hatte trotzdem noch nicht so recht begriffen, was er sah, als er wieder aufrecht stand. Denn auf dem Foto war ein junges Paar zu sehen: Er hatte die Hand um ihre Schulter, sie den Kopf kokett zur Seite gelegt.

Als Götz endlich den Blick von der Fotografie löste, traf ihn Lützels lauernder Blick: Ich hoffe, wir werden uns einig.

Götz sagte nichts.

Mein Jüngster ist ein guter Kerl, aber er ist ein Hitzkopf. Aber Jähzorn ist Ihnen ja auch nicht fremd.

Wieder dieses Anspannen der Muskeln, wieder dieses Hochschnellen des Pulses. Nur war es diesmal kein Fluchtimpuls. Götz ließ die Fotografie fallen und packte Lützel am Revers seines Sakkos. Lützel blieb überraschend ruhig:

Machen Sie keinen Blödsinn. Meinem Sohn kann nichts passieren, Ihnen schon.

Mir egal.

Dann enttäuschen Sie wenigstens Ihre Tochter nicht. Was glauben Sie, wem Sie den Auftrag verdanken?

Götz atmete tief ein und wieder aus. Langsam weitete sich sein auf Lützel verengter Blick, langsam wurde das Zimmer wieder sichtbar. Er ließ Lützel los. Dieser drehte sich um und stolperte zu seinem Holzschreibtisch. Kaum hatte er sich wieder dahinter verschanzt, löste er seine Krawatte und knöpfte sich das Hemd auf. Dann griff er nach einem Glas und schenkte sich Mineralwasser ein. Nachdem er es getrunken hatte, räusperte er sich und sagte: Hannah hat darauf bestanden, dass ich Ihnen einen Auftrag gebe.

Sie haben einen Deal mit Hannah gemacht?

Lützel ging nicht auf seine Frage ein: Ich möchte, dass es Hannah gut geht. Ich möchte, dass es meinem Sohn gut geht. Dass Sie den Auftrag kriegen, hat sich Ihre Tochter gewünscht.

Sie glauben, Sie können mich kaufen?

Lützel sah ihn lange an. Seine Bewegungen waren nun ruhiger, seine schwerfällige Souveränität kehrte zurück. Gemächlich verschränkte er seine Arme vor der Brust: Kinder wollen auf ihre Eltern stolz sein. Nehmen Sie Hannah nicht diese Chance. Dann griff er nach seinem Telefon.

Doch Götz hörte nicht, was er sagte. Kurz darauf kam der junge Mann im dunkelblauen Anzug und lächelte Götz freundlich an: Kommen Sie mit, ich erkläre Ihnen, was wir brauchen.

Die Westernhelden, die Götz und Wildner als Buben fasziniert hatten, verfügten über zwei Eigenschaften. Erstens: Sie waren mit dem Colt besser als alle anderen. Zweitens: Sie waren ihr eigener moralischer Maßstab. Beide Ideale hatten Götz' Leben beeinflusst – *Spiel mir das Lied vom Tod* als Karriereplan, *Keoma* als Beichtspiegel. Den schmutzigen Antihelden der Spaghettiwestern hatte sein Respekt gegolten, nicht den biederen Mönchskriegern Hollywoods. Und ihr Codex war es, der ihn jetzt, dreißig Jahre später, von der Autobahn abfahren und auf der entgegengesetzten Fahrbahn wieder auffahren ließ.

Kaum dass er sich wieder auf der Autobahn befand, klingelte seine Freisprechanlage. Doch Götz hob nicht ab, er wollte mit Wildner nicht über Kurt Lützel sprechen. Und erzählen, was vorgefallen war, wollte er schon gar nicht. Götz beschleunigte, überholte einen Lastwagen, blinkte, um sich wieder rechts einzuordnen, blieb aber dann auf der Überholspur. In die andere Richtung hatte dichter Verkehr geherrscht. Götz hatte beständig abbremsen und Spur wechseln müssen. Hier war die Fahrbahn leer. Das ist ein Zeichen, lächelte Götz grimmig. Nur wofür? Er hatte keine Ahnung, was er tun würde. Er wusste nur, dass er zurück nach Graz musste.

Wieder läutete das Handy und diesmal hob Götz ab.

Warum rufst du nicht zurück?

Allein der Tonfall konnte einem ein schlechtes Gewissen machen. Doch auf ein schlechtes Gewissen hatte Götz keine Lust. Entsprechend knapp war seine Antwort: Weil ich mit dir nicht reden will.

Und dann legte er auf und drückte das Gaspedal durch. Die Nadel am Tachometer zeigte 150, dann 160, dann 180 Stundenkilometer an. Wie ein Ritt über eine Hochebene fühlte es sich nicht an.

Auch nicht wie Fliegen.

ZEICHEN oder
Lauras erster Zwischenfall

Einen Film stehlen!

Dieser Gedanke war am Ende des Abends zu einer Obsession geworden, zumindest zu Betties Obsession: Einen Film stehlen ist wie ein fremdes Tagebuch finden.

Nur besser.

Bettie beugte sich zu Laura, die Augen verengt, die Wangen gerötet. Seit dem letzten Jahr trug sie nur Langärmliges: ungebügelte Männerhemden über engem Top oder Long Shirts mit Bad-Religion-Logo, dazu eine durchgewetzte Jeans oder einen schwarz-rot-karierten Rock. Laura fand das faszinierend. Dass ihr Vater nach jedem Besuch über Bettie den Kopf schüttelte, verstärkte Betties Faszination, umgab sie wie ein magnetisches Feld. Doch so sehr sich Laura auch nach ihrer Freundin ausrichtete, die Idee überzeugte sie nicht.

Ich weiß nicht.

Wieso? Was soll schon passieren. Wenn dich der blöde Fürst erwischt, klimperst du einfach mit deinen falschen Wimpern und die Sache ist erledigt.

Ich habe keine falschen Wimpern.

Laura gab Bettie einen scherzhaften Tritt unter dem Tisch und ihre Freundin heulte auf, laut und übertrieben. Das fand offensichtlich auch der Barmann, denn über den Glutpunkt seiner Zigarette sah er sie scharf an. Nun röteten sich Lauras Wangen, und Betties schmales Gesicht weitete sich zu einem spöttischen Lächeln. Dann stand sie auf, neigte sich aber noch einmal zu Laura hin und sagte: Du musst einen Film stehlen. Nicht nur, weil es lustig ist. Sondern damit du endlich begreifst, dass du tun musst, was du willst! Dann ging sie Richtung Toilette, kecker Hüftschwung unter rot-schwarz-kariertem Rock, das gefärbte Haar so geschnitten, dass das Lederhalsband zur Geltung kam. Wer würde vermuten, dass Bettie bei der Matura die Jahrgangsbeste gewesen war?

Laura lehnte sich zurück und nippte an ihrem weißen Spritzer. Wenn Bettie an ihrer Stelle wäre, würde sie einen Film stehlen, Geheimnisse entdecken, vielleicht einen Skandal anzetteln. Aber Laura war nicht Bettie. Ihr Vater hatte ihr das Praktikum bei Foto Fürst verschafft, dem Fotofachgeschäft im neunten Bezirk, das, seit es Fürst übernommen hatte, den Szenestudios in der Innenstadt Konkurrenz machte: Porträtfotos von Chris Lohner und Tony Wegas waren in der Auslage zu sehen und seit ein paar Wochen ein Backstagefoto vom Donauinselfest: Bono mit schwarzen Sonnenbrillen, Axl Rose mit rotem Stirnband. Fürst selbst gab ganz den Bohemien: immer in Schwarz und das schüttere Haar zu einem Zopf zusammengebunden. Dennoch schätzte ihn Lauras Vater, und allein schon deswegen konnte Laura keinen Film stehlen. Für Bettie hingegen war das erst recht ein Grund. Als sie zurück zum Tisch kam, fragte sie, noch bevor sie sich hingesetzt hatte, und legte dabei alle Herausforderung in ihre Stimme: Also, was wirst du tun?

Also, was wirst du tun?

Diese Frage stellt sich Laura sechzehn Jahre später vor der Auslage ihres Lieblingsbuchladens, genau genommen ihres Zweitlieblingsbuchladens. Ihr Lieblingsbuchladen ist der British Bookshop. Dieser liegt allerdings nicht am Weg, außerdem weiß man nie, ob er nicht schon geschlossen hat. Lange wird es ihn nicht mehr geben, will man den Gerüchten trauen. Wer weiß, wen es sonst noch bald nicht mehr geben wird. Laura fokussiert weg von ausgestellten Büchern und Werbeplakaten auf ihr Spiegelbild. Sie ist eine schöne Frau, heißt es, ein Geschenk an jeden Mann, so Wildner, den jeder, auch sie, nur beim Nachnamen nennt. Seit einem dreiviertel Jahr sind sie ein Paar. Ein glückliches, könnte man sagen, in jedem Fall ein gutaussehendes.

Doch trotz der vielen Komplimente, die ihr Wildner macht, sieht Laura ihre Schönheit heute nicht. Oder besser: Sie sieht nur deren Kehrseite. Sie sieht deren Vergänglichkeit, abzulesen an den Falten unter den Augen, den beginnenden, mit jedem Tag deutlicher werdenden Linien von Nase zu Mundwinkeln. Das alles sieht sie so deutlich und so plötzlich, als sei ihr Gesicht heute Morgen mit einem Schlag um Jahre gealtert. Das ist natürlich Unsinn. Das weiß Laura. Aber seit sie heute Morgen nackt auf der Couch gesessen ist, unterliegt ihr Leben einer neuen Zeitrechnung: vorher/nachher. Und egal wie sie sich entscheidet, ihr Leben wird nicht mehr dasselbe sein.

Sehr dramatisch, sehr banal, denkt sich Laura: Im Grunde stimmt das ja für jeden Moment. Nur dass man sich dessen nur zu bestimmten Momenten bewusst wird.

Sie greift sich mit der rechten Hand an den Bauch, ohne es zu merken. Dann geht sie zur Tür ihres Zweitlieblingsbuchladens und drückt sie auf. Mit dem vertrauten Läuten, das ihr Eintreten begleitet, fällt auch der Druck, eine Entscheidung treffen zu müssen, von ihr ab.

Fürst kam fast eine halbe Stunde zu spät, und obwohl er es eilig hatte, hielt er Lauras Hand zu lange. Am Nachmittag hätte er mehr Zeit für sie. Sie könnten dann besprechen, was Laura gerne im Rahmen ihres Praktikums lernen würde. Mittlerweile müsse sie mit Katja, seiner Assistentin, vorliebnehmen, ihr werdet euch schon vertragen. Dann war er weg, eine schmale Fahne aus Schweiß und Deodorant nach sich ziehend.

Laura grüßte Katja und sah sich im Studio um. Eine Fototapete zeigte einen karibischen Strand, in einer Vitrine vis-à-vis der Verkaufstheke waren Fotoapparate und Zubehör ausgestellt. Daneben verhing ein metallener Perlvorhang einen Durchgang.

Coole Einrichtung, sagte Laura und lächelte Katja an. Diese reagierte jedoch nicht, sondern blätterte in einem in Leder gebundenen Kalender. Also ging Laura zur Vitrine, um sich Apparate und Zubehör anzusehen. Nachdem sie jeden Fotoapparat, jedes Objektiv und jedes Stativ eingehend betrachtet hatte, fragte sie schließlich: Kann ich etwas tun? Nun sah Katja doch auf, langsam, als müsse sie diejenige, der sie antworten sollte, erst suchen. Endlich fokussierte ihr Blick und sie meinte: Stell dich, von mir aus, zu mir hinter die Theke. Dann beugte sie sich wieder über den in Leder gebundenen Kalender, einen Bleistift zwischen Zeige- und Mittelfinger balancierend. Laura beschloss, Katjas Unfreundlichkeit zu ignorieren. Sie wollte sich schon hinter die Theke stellen, da sah Katja noch einmal auf und wies mit dem Kopf auf den metallenen Perlvorhang neben der Vitrine: Da geht es zu Fürsts Atelier. Dort kannst du Kaffee machen. Und dann, als Laura bereits den Vorhang klirrend zur Seite geschoben hatte, um durch den Vorraum zu Fürsts Atelier zu gelangen, hörte sie Katja rufen: Nichts anfassen.

Nichts anfassen.

Das galt für die Praktikantin, nicht aber für den Fotomeister. Als sich Fürst am Nachmittag mit Laura unterhielt, konnte er seine Hände nicht bei sich halten. Er hatte Laura einen Sessel bei seinem Schreibtisch angeboten und sich selbst gegen den Schreibtisch gelehnt, sodass er sich nur vorbeugen musste, um Laura zu berühren. Und das tat er in regelmäßigen Abständen, ganz nebenbei und ganz selbstverständlich. Besonders fürsorglich ruhte seine Hand auf Lauras Oberarm, als er fragte, was denn seine Praktikantin an der Fotografie fasziniere. Von den verschiedenen Überlegungen, die ihm Laura anbot, gefiel ihm eine ganz außerordentlich: Ich möchte Schönheit entdecken. Vielleicht verewigen. Das fand Fürst beeindruckend. Laura fühlte sich geschmeichelt, beinahe, und lächelte verbindlich. Nun richtete sich Fürst auf, nur um gleich darauf vor Laura in die Knie zu gehen. Allerdings schwor er ihr keine ewige Liebe, sondern formte mit den Händen ein Kamerasuchfenster und betrachtete durch dieses Lauras Gesicht: Deine Schönheit möchte ich verewigen.

Ist Laura erst einmal in ihren Zweitlieblingsbuchladen eingetreten, hat sie die äußere Schutzzone erreicht. Diese ist hell, an sonnigen Tagen sogar lichtdurchflutet: Laura durchquert sie tänzelnd. Am hinteren Teil der Schutzzone angekommen, findet Laura eine Wendeltreppe, die in ein Kellergeschoß voller Bücher führt. Das ist die innere Schutzzone. Mein Bücherbunker, mein Bücherorakel, denkt sich Laura, als sie die Wendeltreppe hinuntersteigt und sich, unten angekommen, umsieht. Hier unten bist du in Sicherheit und dennoch Entdecker. Du kannst dir ein Buch nehmen, vielleicht nur einen Satz lesen und es wieder weglegen, und es ist, als hättest du diesen Satz nie gelesen. Manchmal aber nimmst du ein Buch und liest einen Satz und etwas nimmt Form an, wird eine Frage, eine Zuversicht. Vielleicht ein Zeichen.
Beides ist möglich.
Es ist eine Frage des Satzes.

Du musst tun, was du tun willst. Das war der Satz, den Bettie gestern Abend wie ein Mantra und mit Weisheit in der Stimme wiederholt hatte. Ja, ja, hatte Laura gesagt und: Du hast ja recht. Mit Lauras Einlenken war für Bettie die Angelegenheit erledigt gewesen. Beiläufig hatte sie Laura noch zu einer Studentenfete eingeladen und dann aufgelegt. So war Laura zu keiner Entscheidung gekommen.

Sie war unsicher, als sie das morgendliche Fotostudio betrat. Wieder nahm Katja keine Notiz von ihr und blieb reglos hinter der Verkaufstheke stehen. Fürst würde erst am Nachmittag kommen – ein wichtiger Geschäftstermin, das nächste Mal bist du dann auch dabei und so weiter –, und so beschloss Laura, den Tag so zu beginnen, wie es ihr gestern angeschafft worden war: mit Kaffeekochen. Sie hatte den klirrenden Perlvorhang bereits zurückgeschoben, um zu Fürsts Atelier zu gehen, da rief Katja eine Abwandlung ihres gestrigen Kommandos: Nicht betreten.

Laura drehte sich um und sah Katja verständnislos an. Wir haben keine Zeit für Kaffee. Wir haben zu tun.

Dann wurde Laura in die Ordnung hinter der Verkaufstheke eingeführt. Da waren Blitzlichter und Batterien verstaut, dort der Schlüssel für die Vitrine. Filme zum Verkauf befanden sich in der Lade unter der Verkaufstheke. Filme, die zur Entwicklung abgegeben worden waren, kamen in einen Behälter auf der Verkaufstheke. Und was, wenn der Behälter voll war? Das kam so gut wie nie vor, denn die meisten Urlaubsfotografen nutzten mittlerweile die Aktionen der großen Drogerieketten, zwei Abzüge zum Preis von einem. Das Studio wurde immer mehr ein Ort für Amateure und Spezialisten.

Der Arbeitsauftrag, den Laura dann erhielt, war nichts für Amateure und nichts für Spezialisten. Es war die Arbeit einer Hilfskraft. Das Studio Fürst plante eine groß angelegte Marketingkampagne, im Zuge dessen sämtliche Kunden, aktuell und ehemalig, angeschrieben werden sollten. Dafür mussten die Kundenkartei durchgesehen, eingetragene Adressen überprüft und fehlende ergänzt werden. Nun durfte Laura das Atelier betreten, und dort fand sie Fürst auch am späten Nachmittag, im Türkensitz am Boden, vor sich die Karteikarten, neben sich das Telefonbuch.

Danke, das ist eine wichtige Arbeit für uns, sagte Fürst, während er eine wuchtige Fototasche auf den Boden und eine weitere auf den Schreibtischsessel stellte. Dann lehnte er sich wieder gegen den Schreibtisch, wie er es gestern gemacht hatte, und sah Laura, die noch immer im Türkensitz am Boden saß, an: Und? Hast du dir meinen Vorschlag überlegt?

Ich weiß nicht. Laura sah auf das Telefonbuch, das vor ihr lag: Eigentlich will ich lernen, hinter der Kamera zu stehen.

Du kannst beides lernen: vor der Kamera stehen und hinter der Kamera stehen.

Fürst lächelte, gar nicht unsympathisch für einen Grapscher, wie Laura fand, und das machte die Sache nicht einfacher. Sie wusste nicht so recht, was sie antworten sollte, da unterbrach Katja, die im Sommerkostüm am Eingang zum Atelier stand, ihr Gespräch: Ich gehe jetzt.

Geht in Ordnung. Schönen Abend.

Fürst hob grüßend die Hand und wandte sich wieder Laura zu: Ich mach dir einen Vorschlag. Warum probierst du es nicht einfach aus? Ich fotografiere dich, und wenn du dich unwohl fühlst, hören wir auf.

Und so taten sie es auch.

Laura stellte sich vor den weißen Fotohintergrund, so wie sie angezogen war: Jeansshorts und ärmellose Bluse. Sie hob die Arme, senkte den Blick und fuhr sich mit beiden Händen durch die Haare, wie Fürst es eben wollte. Als er fragte, ob sie nicht die oberen Knöpfe ihrer Bluse aufmachen wollte, machte sie die oberen Knöpfe ihrer Bluse auf, und zog auch die Knopfleiste so weit zur Seite, dass man den Träger ihres BHs sehen konnte. Und als er ihr vorschlug, sich doch ein bisschen nach vorne zu neigen, so auf sexy und verspielt, neigte sie sich nach vorne, so auf sexy und verspielt. Doch als Fürst wollte, dass sie die Bluse auszog, sagte Laura: Nein. Das will ich nicht. Außerdem sollte ich jetzt gehen. Da nickte Fürst: Ganz wie du willst.

Was für ein Triumph.

Laura war schwindlig, als sie den Perlvorhang klirrend zur Seite schob und neben der Vitrine ins Geschäft trat. Und es muss wohl dieses Schwindelgefühl gewesen sein, dieses Berauschtsein am eigenen Willen und der eigenen Schönheit, das sie tun ließ, was sie tat. Denn in dem kurzen Moment, in dem Fürst noch im Vorraum zum Atelier und sie bereits im Geschäft war, griff sie in den Behälter auf der Verkaufstheke und trat, nachdem Fürst die Tür aufgesperrt hatte, ins Freie: einen Film in der Tasche ihrer Jeansshorts.

Schwindlig ist Laura auch im Bücherorakel. Schwindlig und schlecht. Dabei, das kann eigentlich noch gar nicht sein. Sie setzt sich auf einen Lesestuhl, aufrecht, die Augen geschlossen, die Wirbelsäule gestreckt und atmet tief ein und tief wieder aus.

Brustatmung.

Bauchatmung.

Flankenatmung.

Ruhig und regelmäßig durchgeführt. Das sollte die Übelkeit vertreiben, das sollte das Gewicht auf der Brust verringern. Tatsächlich geht es ihr nach ein oder zwei Minuten schon besser. Die Übelkeit ist nur mehr eine leichte Irritation des Gaumens, das Gewicht auf der Brust nur mehr eine fingerschwere Berührung.

Sie öffnet die Augen und greift nach einem Buch, das am Fuße des Bücherregals aufliegt. Ohne es näher zu betrachten, blättert sie es durch, bleibt an einem Satz hängen: *Menschen waren wie Filme, die Jahre für ihre Entwicklung benötigten.*

Interessant.

Darüber kann man nachdenken: Wer hat das geschrieben?

Sie klappt das Buch zu und schlägt die Biografie der Autorin auf der Umschlagseite nach. Was sie dort liest und was sie dort sieht, passt nicht zusammen. Irritiert verengt sie die Augen, ihr Blick wird prüfend, beinahe streng. Denn der Name und die Biografie der Autorin sind ihr fremd, das Autorenfoto aber nicht. Zehn, fünfzehn Jahre älter ist die Autorin als das letzte Mal, als Laura sie gesehen hat. Auch trägt sie kein Lederhalsband und das mittlerweile graumelierte Haar kurz.

Doch es ist eindeutig Bettie.

Lauras Lieblingstelefonzelle war besetzt. An einem anderen Abend hätte sie das geärgert, auch wenn sie es nicht gezeigt hätte, aber jetzt, den Film in der Tasche ihrer Jeansshorts, überlegte sie nur kurz, in welcher Richtung die nächste Telefonzelle lag, und stürmte los. Sie hatte Glück. Die Zelle war leer, und so trat sie durch die Schwingtüren und führte die Wertkarte ein. Niemand konnte Betties Nummer so schnell eintippen wie Laura, und jetzt tippte Laura noch schneller als sonst: Sie konnte es kaum erwarten, *Ich habe ihn* ins Telefon zu rufen, und auf Betties fragendes *Wen?* zu antworten: *den Film, natürlich!*

Doch Bettie hob nicht ab. Ihre Mutter war am Apparat und klang, wie immer, wohlerzogen und abweisend: Bettie ist nicht da. Sie hat nicht gesagt, wann sie nach Hause kommt. Laura bedankte sich und legte auf. Natürlich. Bettie war zur Studentenfete gegangen.

Sie griff nach dem Film in der Tasche und zog ihn heraus. Mit leicht verengten Augen betrachtete sie das zerknitterte Papierkuvert, den Namen und die Adresse des Kunden, die Formatangaben für die Fotoentwicklung. Noch konnte sie den Film zurückbringen und ihn unauffällig in den Behälter auf der Verkaufstheke legen. Noch war nichts passiert. Doch Laura wollte nicht, dass nichts passiert war. Irgendetwas musste doch endlich einmal passieren. Es war an der Zeit, dass endlich etwas geschah, das diesen Film aus Vorsicht und Wohlerzogenheit, der bislang all ihr Tun umhüllt hatte, zerreißen würde, sodass die echte Laura, die erwachsene Laura in ihr Leben treten konnte.

Sie packte das Papierkuvert und riss es auf. Den Film steckte sie wieder in die Tasche ihrer Jeansshorts. Das Kuvert zerriss sie und warf es in einen Mistkübel, der versteckt in einem Hauseingang gleich in der Nähe stand. Und als sie die Papierfetzen in den Mistkübel fallen sah – in ihrer Erinnerung in einer pathetischen Zeitdehnung wie in einem MTV-Video –, hatte sie ein Gefühl größer und wilder als nach der Matura, als sie auf den Betonplatz vor der

Schule getreten war und ohne Ironie gedacht hatte: Jetzt komme ich.

Und was, wenn sie das Kuvert nicht zerrissen hätte, fragt sich Laura mit Blick auf das Foto der kurzhaarigen Bettie. Hätte mein Vater dann keinen Grund gehabt zu behaupten, Bettie werde schon das Ihre dazu beigetragen haben?

Sie klappt den Roman zu und geht zur Wendeltreppe. Vorsichtig und langsam steigt Laura nach oben, als brächte sie jeder Schritt nicht der ersten Schutzzone näher, sondern auch einer Zukunft, in der sie kurzatmig und mit Beinen voll Wasser jeden Weg planen muss. Sie weiß nicht, ob sie so eine Zukunft möchte. Sie weiß nur, dass sie das nicht entscheiden will.

Und sie weiß noch etwas: Sie will wissen, was ihr Vater nie aussprach: *Wozu?*

Wozu hat Bettie angeblich etwas beigetragen?

Obwohl es nicht viel später als acht Uhr abends gewesen sein konnte, erzitterte das Studentenheim bereits vom Beat der Eurodance Songs, die irgendein DJ im Gemeinschaftsraum auflegte. Laura kannte niemanden und schob sich auf der Suche nach Bettie durch all das Tanzen und Schwitzen. Jemand berührte sie an der Schulter und Laura drehte sich um, in Vorfreude lächelnd. Doch es war nicht Bettie, sondern irgendein Bursche mit verkehrt aufgesetzter Schiebermütze und überraschtem Blick. Entschuldige, ich habe dich verwechselt, brüllte er ihr ins Ohr. Laura nickte und schob sich weiter. Bettie war nicht da. Schließlich entdeckte sie einen ehemaligen Mitschüler, der in die Parallelklasse gegangen war, und fragte ihn, ob er Bettie gesehen habe. Ja. Die sei aber vor etwa einer Stunde mit ein paar anderen auf ein Zimmer verschwunden.

Weißt du, in welches?

Der ehemalige Mitschüler wusste es, und Laura ging in den dritten Stock, wo das Zimmer lag. Als sie klopfte, antwortete niemand. Sie klopfte noch einmal und noch einmal. Dann trat sie ein.

Fast nackt und regungslos lag Bettie auf dem Bett. Ihr Arm hing pendelnd herab, die Augen waren nicht geöffnet und nicht geschlossen. Laura lief zu ihrer Freundin, sprach sie an, tätschelte ihr Gesicht, doch diese reagierte nicht. Sie überprüfte, ob Bettie atmete, drehte sie auf die Seite, deckte sie mit einem ungebügelten Männerhemd zu, lief auf den Gang und fand jemanden, den sie bestürmte, die Rettung zu rufen. Dann rannte sie zurück ins Zimmer und wartete, Ohr an Betties Mund, bis die Rettung kam und Bettie mitnahm.

Seither war nichts mehr, wie es gewesen war.

Mehrere Tage, vielleicht sogar ein oder zwei Wochen, ging Bettie nicht ans Telefon und rief auch nicht zurück. Und als sich Bettie wieder meldete, wollte Laura nicht mehr. Acht Jahre lang hatte sie sich nach Bettie ausgerichtet wie Eisenfeilspäne nach einem Magneten. Und mit einem Mal hatte der Magnet seine Anziehungskraft verloren.

Sie trafen sich noch ein-, zweimal im Café am Servitenplatz und bemühten sich, voller Pläne und Lachen zu sein. Doch schon damals wusste Laura, dass sie Theater spielten. Laura erwähnte ihren Filmdiebstahl mit keinem Wort, und Bettie verlor kein Wort über jenen Abend, warum sie nicht nur sturzbetrunken, sondern auch fast nackt auf dem Bett gelegen war, BH geöffnet und die Unterhose bei den Knien. Schon möglich, dass sie sich nicht erinnern konnte, aber dass sie gar nichts sagte? Nicht einmal Danke? Erst Jahre später würde sich Laura über die Distanz, die mit einem Mal zwischen ihr und ihrer ehemals besten Freundin klaffte, wundern. Damals dachte sie nicht darüber nach. Zu gewaltig war Betties Entzauberung. Als Bettie im nächsten Jahr nach Salzburg zog, ging Laura nicht zu ihrem Abschiedspicknick im Türkenschanzpark.

Du musst tun, was du tun willst. Das war kein schlechter Ratschlag. Der Haken war nur: Andere Menschen mussten das auch. Wer so dachte, durfte sich nicht über einen Wildner ärgern, selbst wenn dieser auch beim fünften Anruf nicht abhob und man wieder nur auf die Sprachbox umgeleitet wurde. An anderen Tagen hätte Laura Wildners Unerreichbarkeit geärgert, auch wenn sie nichts gesagt, Wildner allenfalls mit gespielter Empörung gerügt hätte. Heute hatte sie dafür keine Energie. So versandte sie nur eine SMS, ohne Anrede und ohne Zeitwort: Alles okay? Dann legte sie das Mobiltelefon beiseite. Sollte Wildner in seinem Urlaub doch machen, was er machen wollte. Sie musste tun, was sie tun wollte. Ihr Blick fiel auf den Test, den sie heute Morgen wie betäubt ins Wohnzimmer getragen hatte, um ihn, splitternackt und auf der Couch sitzend, anzustarren. Sie legte ihn mit dem Ergebnis nach unten in das Fach ihres Beistelltisches und griff nach dem Laptop. Nachdem sie sich den Laptop auf den Schoß gestellt hatte, drückte sie den Bildschirm nach hinten, sodass sie besser sehen konnte.

Der Bildschirm zeigte die Ankündigung einer Lesung von Bettie. Morgen zwanzig Uhr, Buchhandlung Kösel, direkt beim Kölner Dom. Das Foto, das die Ankündigung ergänzte, zeigte wieder eine kurzhaarige Bettie, allerdings nicht in nachdenklicher Schriftstellerpose, sondern lächelnd. Wahrscheinlich war es dieses Lächeln, das Laura einen Last-Minute-Flug nach Köln buchen ließ. So lächeln konnte nur Bettie, das hatte sie in all den Jahren nicht verlernt. Und so wird sie auch gelächelt haben, als sie sich das letzte Mal am Servitenplatz verabschiedet hatten. Frech, fröhlich. *La vita è bella.*

Der Flug ging am Nachmittag, Laura musste sich beeilen, falls sie rechtzeitig am Flughafen sein wollte. Sie ging ins Schlafzimmer, zog einen Trolley unter dem Bett hervor und öffnete den Kleiderschrank. Unentschlossen betrachtete sie ihre an Kleiderhaken hängenden Kostüme und Röcke, das dunkelblaue Cocktailkleid, das geblümte Wickelkleid. Was trug man zu einer Lesung? Sie griff nach einem karierten Rock, einem ähnlichen wie ihn Bettie immer getragen hatte, und betrachtete ihn prüfend. Nein. Mit einem Kopfschütteln hängte sie ihn wieder auf die Stange. Die Wahrheit war: Sie fragte sich nicht, was man zu einer Lesung trug, sondern wie sie Bettie gefallen würde. Das irritierte sie. War sie so verunsichert, dass sie sich wieder einen Magneten für ihren inneren Kompass suchen musste?

Laura machte den Kleiderschrank zu und öffnete die Kommode, wo ihre Tops und Jeanshosen lagen. Davon nahm sie drei Garnituren und vergaß auch nicht auf ein Seidentuch und einen Blazer sowie einen Kapuzenpullover, wenn es kalt werden sollte. Sie legte das Gewand zusammen und packte es in den Trolley. Anschließend suchte sie Pass und Kreditkarte, drehte, obwohl das unnötig war, das Wasser ab, und machte sich auf den Weg. Sie hatte die Tür bereits abgeschlossen und den Lift gerufen, als sie noch einmal umdrehte und zurück in die Wohnung ging. Als sie die Wohnungstür zum zweiten Mal abschloss, lag nicht nur Betties Roman, sondern auch der Test im Außenfach ihres Rucksacks.

Das kann kein einfacher Job sein, denkt sich Laura, als sie die Buchhandlung neben dem Kölner Dom betritt: Buchverkauf direkt neben einer Kirche. Aber andererseits: eine gediegene Adresse, Bettie muss einen guten Verlag haben, wenn sie hier ihren Roman vorstellen kann. Laura folgt einem Hinweisschild in den hinteren Teil der Buchhandlung, wo Betties Lesung stattfinden wird. Dort setzt sie sich an den linken Rand der letzten Reihe, außerhalb Betties Gesichtskreis, wie sie hofft.

Sie weiß nicht, ob Bettie sie erkennen wird. Vorsichtshalber hat sie sich eine Kappe aufgesetzt, die sie in einem H&M auf dem Weg zur Lesung gekauft hat. Ganz wohl fühlt sie sich nicht damit. Das ist nicht ihr Stil. Anstatt sie zu tarnen, scheint die Kappe auf sie hinzuweisen. Die Kappe macht sie unruhig, scheint über dem linken Ohr zu drücken. Der Impuls, sie wieder abzunehmen, wird stärker. Doch dann setzen sich mehrere junge Zuhörerinnen einige Reihen weiter vorne hin, ein paar von ihnen mit ähnlichen Kappen wie Laura. Da lässt sie es gut sein.

Sie wirft einen Blick auf ihre Armbanduhr. Gleich sollte es losgehen. Doch dieses kurze Wort kann eine lange Zeit bezeichnen. Das weiß Laura seit den nackten Minuten auf der Wohnzimmercouch gestern Morgen. Also betrachtet sie die Bücherwände. Viel Theologie wird hier verkauft. Auch Kirchengeschichte. Wer hätte gedacht, dass Bettie einmal inmitten von päpstlichen Enzykliken und Heiligenviten Anerkennung finden würde? Allerdings: Wer hätte gedacht, dass Laura einmal spontan, und ihren Freund und ihren Arbeitgeber gleichermaßen belügend, nach Köln fliegen würde, um eine ehemalige Freundin zu stalken? Bei dem Gedanken an ihre Lüge steigt Spannung in Laura auf wie Kohlensäure von einer Brausetablette. Und dann spürt sie ein Zerren, kurz und heftig, dort wo die Brausetablette sprudelt.

Denn da kommt Bettie.

Erwachsen und doch mädchenhaft wirkt Bettie in ihrem asymmetrisch geschnittenen Kleid, dessen Farbe auf ihr grau-meliertes Haar abgestimmt ist. Eine ältere Dame geleitet Bettie zum Rednerpult und spricht, sobald sich Bettie gesetzt hat, einige einführende Worte. Von einem ungeschönten, aber doch wohlmeinenden Blick ist die Rede. Von einer schnörkellosen und unpathetischen Sprache. Laura hört nicht hin, kann gar nichts hören. Ihr ist, als habe jemand sämtliche Geräusche aus der Buchhandlung Kösel herausgefiltert und Betties Gesicht mit einem Fünfzigfachzoom herangeholt. Jede Hautirritation, jede Falte kann Laura erkennen, die exakt gezupften Brauen, die grünbraunen Augen, das linke heller als das rechte. Laura weiß nicht, wie lange dieser Trancezustand anhält, wahrscheinlich nicht lange. Mit einem Mal platzt Applaus in die Stille wie Senderrauschen in eine morgendliche Radiomelodie. Betties Gesicht ist nun wieder fünfzehn Meter entfernt und etwas verdeckt von einer der kappentragenden Besucherinnen. Der

Applaus wird leiser und verebbt schließlich ganz. Da hebt Bettie den Kopf und sagt mit klarer Stimme: Also.

Cabin Crew, prepare for landing: die Verwünschungsformel eines Voodoo-Priesters, könnte man meinen. Denn kaum war der nasale Satz im dumpfen Dröhnen der Motoren verklungen, war er wieder da: der Druck auf der Brust, den sie in Köln nicht gespürt hatte und der mit jedem Meter Sinkflug zunahm, sich von einer fingerschweren Berührung zur Last verdichtete. Wie vor zwei Tagen im Bücherorakel schloss Laura die Augen und begann zu atmen:

Brustatmung.

Bauchatmung.

Flankenatmung.

Allerdings wurde es nicht besser. Gehetzt öffnete sie die Augen. Da bemerkte sie, wie ihr Sitznachbar zu ihr hinübersah, besorgt, beinahe mitleidig. Laura schüttelte den Kopf, sagte allerdings nichts, sondern führte die Hand vor den Mund. Übelkeit drängte sich hoch, doch es gelang ihr, den Brechreiz zu unterdrücken. Wird schon gutgehen, sagte der Mann beruhigend, und Laura hasste ihn augenblicklich. Nichts verstehen, aber sich überlegen fühlen – das war eine provokante Kombination. Laura aber hatte keine Lust auf eine Konfrontation, das hatte sie eigentlich nie. Also nickte sie nur und erwiderte mit, wie sie meinte, unüberhörbarem Sarkasmus in der Stimme: Danke, sehr fürsorglich. Der Mann musste sie jedoch wieder falsch verstanden haben, denn er legte ihr die Hand auf den Oberarm. Er wollte auch etwas sagen – doch dazu kam es nicht. Laura sah ihn an, wortlos und die Stirn runzelnd. Da nahm der Mann die Hand weg.

Und schon fühlte sich Laura besser. Nein. Nicht besser: Sie fühlte sich richtig gut. Ihr Körper war ein Resonanzraum, in dem Zuversicht schwang wie ein kraftvolles Summen. Aufrecht blieb sie sitzen, die Augen wieder geschlossen, auf ihre Zuversicht horchend: bis das Flugzeug auf der Landebahn aufsetzte. Als sie, Trolley in der Hand, über die Passagierbrücke ging, war sie bereit für das Gespräch mit Wildner. Sie wusste nicht, wie er reagieren würde. Aber sie wusste, dass sich hinter seinem charmanten, mitunter großspurigen Gehabe ein freundliches Wesen verbarg. Sie kannte Wildner nicht lange. Doch sie kannte ihn gut genug, um das zu wissen.

Allerdings hätte sie ihn beinahe nicht erkannt. Als sie durch den EU-Ausgang ging und ein bulliger Mann mit hoher Stirn auf sie zukam und dabei müde lächelte, verengten sich ihre Augen in einem Moment der Unsicherheit. Dann erinnerte sie sich, was Wildner geschrieben hatte. Mit Bart sieht er besser aus, dachte Laura. Das sagte sie aber nicht. Stattdessen sagte sie: Was für ein hübsches Gesicht – und das war nicht gelogen. Der Grundton der Zuversicht wurde dunkler und intensiver, war nicht Zuversicht und war nicht Liebe, aber etwas Ähnliches. Sie umarmte Wildner, roch sein Aftershave, das er schon als Bartträger verwendet hatte. Es roch vertraut, es roch gut. Wildner nahm ihr den Trolley ab, und sie gingen zu seinem Peugeot. Auf Lauras Frage erzählte Wildner von seinem Urlaub, von den enormen Kunstschätzen und dem gewöhnungsbedürftigen Englisch der Malteser. Dann schwiegen sie wieder, was Laura nicht störte.

Als sie auf die Autobahn auffuhren, drehte Wildner das Radio auf.

Die Wahrheit war: Laura hatte sich einen anderen Begrü-
ßungssatz erhofft als die nüchterne Frage, die Bettie stellte,
während sie den Roman auf dem Titelblatt aufschlug: Wem
darf ich das Buch widmen? Doch als Bettie den Roman wieder zurückgab, weiteten sich ihre Augen für einen Augenblick vor Verwunderung. Und dieser Moment genügte, um
Laura zu ermutigen. Und so fragte sie: Können wir reden?
Nachher? Bettie reagierte nicht, streckte bereits die Hand
nach dem Buch aus, das ihr die nächste Besucherin hinhielt, sah dann aber doch zu Laura hoch: Okay.

Laura musste beinahe eine Stunde warten. Wäre es nicht
Bettie gewesen, auf die sie wartete, wäre sie gegangen. So
aber blieb sie, und es wurde ihr nicht langweilig. Diese Frau
im asymmetrischen Kleid mit der achtzehnjährigen Rebel-
lin, die bewusstlos und fast nackt auf einem Studentenbett
gelegen war, abzugleichen, brauchte Zeit, brauchte Konzentration. Laura war so sehr mit diesem Abgleich beschäftigt, dass sie beinahe überrumpelt war, als Bettie schließlich
doch mit einem – zumindest angedeuteten – Lächeln auf
sie zukam: Also. Was führt dich hierher?

Dein Satz.

Bettie legte überrascht den Kopf zur Seite: Welcher Satz?

Statt einer Antwort holte Laura den Roman aus ihrem
Rucksack. Sie musste nur kurz blättern, dann fand sie die
Stelle. Hier: *Menschen waren wie Filme, die Jahre für ihre
Entwicklung benötigten.* Sie hielt Bettie das Buch hin, mar-
kierte die Höhe des Satzes mit dem Zeigefinger: Warum
hast du diesen Satz geschrieben?

Bettie las die Stelle, lächelte mädchenhaft: Wieso?
Stimmt er nicht?

Laura schüttelte den Kopf: Doch beziehungsweise weiß ich nicht. Aber hat der Satz etwas mit deiner Idee zu tun, dass ich einen Film stehlen sollte?

Hatte ich diese Idee?

Ja. Und ich habe auch einen Film gestohlen. Damals, als ich ein Praktikum beim Foto Fürst gemacht habe.

Es dauerte eine Weile, dann aber erinnerte sich Bettie, zumindest nickte sie deutlich, beinahe übertrieben. Laura sah ihre ehemalige Schulfreundin an, den Mund erwartungsvoll und, ohne es zu bemerken, geöffnet. Doch als Bettie endlich zu nicken aufhörte und antwortete, sagte sie nichts über die Studentenparty, sagte nicht, was ihr oder was mit ihrer Freundschaft passiert war, sondern stellte eine naheliegende Frage: Was war auf dem Film zu sehen?

Laura starrte Bettie an: Das weiß ich nicht. Ich habe den Film nie entwickeln lassen.

Da lachte Bettie: Schade. Das wäre bestimmt interessant gewesen.

Da musste Laura mitlachen, obwohl ihr zunächst nicht danach war. Sie wusste nicht, ob Bettie sich wirklich nicht erinnerte oder ob sie sich nicht erinnern wollte. Aber das war auch nicht mehr wichtig. Mit Bettie zu lachen, frech und herzhaft, so wie früher, tat gut. Bettie sah Laura an, freundschaftlich, beinahe zärtlich. Schließlich legte sie ihr die Hand auf den Oberarm: Gibst du mir bitte noch einmal den Roman?

Laura gab ihr das Buch und folgte auch Betties Anweisung, sich umzudrehen und nach vorne zu neigen. Dann spürte sie das Buch auf dem Rücken und hörte das Kratzen des Kugelschreibers. Als der Druck auf dem Rücken nachließ, drehte sie sich wieder um und nahm den Roman entgegen. Bettie neigte sich zu ihr, küsste sie auf die Wange und sagte: Ich muss jetzt. Melde dich wieder einmal.

Sie zwinkerte Laura noch einmal zu, dann drehte sie sich um und ging zu der älteren Dame, die zuvor von einem wohlmeinenden Blick und einer schnörkellosen Sprache gesprochen hatte und die nun gestenreich mit ein paar der jungen Kappenträgerinnen diskutierte. Laura packte das Buch in den Rucksack und hob die Hand für ein Winken, ließ sie jedoch wieder fallen. Niemand beachtete sie. Sie nahm die Kappe ab und legte sie auf einen Büchertisch. Dann verließ sie die Buchhandlung.

Draußen war es dunkel, aber warm. Lachen war zu hören und das Klirren der Gläser eines naheliegenden Gastgartens. Laura hatte sich vorgenommen, Betties Widmung erst im Hotelzimmer zu lesen, doch sie schaffte es keine fünfzig Meter weit, bevor sie den Roman herausholte. Dabei fiel der Test auf den Boden. Laura hob ihn auf und öffnete das Buch, den Test noch immer in der Hand. Die erste Widmung – nichtssagende Glückwünsche – hatte Bettie durchgestrichen. Darunter hatte Bettie eine neue Widmung, eine Ermutigung gesetzt: *Entwickle deine Filme!*

Laura las die Ermutigung einmal und dann noch einmal. Dann packte sie Test und Buch wieder in das Außenfach und warf sich den Rucksack über. Sie spürte ein Kribbeln wie Reisefieber und dann ein Schwingen und Summen, das das Lachen und Klirren der Gläser zu unterlegen schien wie ein Grundton einen Akkord.

2017

PUZZLETEILE oder
Pater Ignaz' Zwischenfall

Zur Sünde braucht man Gelegenheit. Und Mut. Diesen aber hat er nie gehabt, so wird sich Ignaz in der dritten Nacht nach der Bypassoperation denken, nur um diesen Gedanken beim Verlassen des Spitals schon wieder verworfen zu haben. So etwas hätte Thomas sagen können, und warum sich mit einer Erklärung belasten, die nicht wirklich eine ist?

Allerdings: So verzahnt mit der Heilsgeschichte kann das eigene Leben gar nicht sein, dass man nicht doch irgendwann wissen will, wer man gewesen wäre – hätte man nicht hassen können. Aber noch will er sich dieser Frage nicht stellen. Noch ist keine Zeit für diese Art der Nabelschau. Erst später, biblische sieben Jahre später, wird diese Frage ein Windstoß sein, der allerdings nur kurz den sich schließenden Vorhang aufwehen kann.

Denn wie Vorhänge, aufgeweht vom Frühlingswind, heben sich dann seine Lider. Und er sieht sie: Pater Wolfgang und Frater Marian, Pater Nikodemus, selbst Abt Paulus. In Zivil sind sie gekommen, dunkle Jeans und Zippweste, kariertes Hemd und Sakko, irgendwo ein kleines Kreuz am Revers oder um den Hals. Aber das ist es auch schon. Den Habit trägt kaum noch jemand, genauso wenig wie das Kollar, und die, die es noch immer tun, sind ihm oft unangenehm gewesen: Streber hat er sie im Zorn – also häufig – genannt, Bekenntniszwängler. Und doch hat auch er in den letzten Jahren wieder öfter das Priesterhemd getragen.

Noch öfter, freilich, das Spitalshemd.

Sein leiblicher Bruder steht inmitten der Ordensbrüder. Nun macht er einen Schritt auf das Bett zu und stützt sich mit beiden Händen am Seitengitter ab. Für ein oder zwei Augenblicke sieht er ihm in die Augen, eine Intimität, die sein Bruder früher selbst im Streit vermieden hätte. Schließlich hebt er die Hand: Gute Reise, Ignaz! Und da schließen sich die Vorhänge schon wieder. Ein rötliches Dunkel schiebt sich über den Bruder inmitten der Mitbrüder, und Ignaz nickt, will zumindest nicken und die Augen noch einmal öffnen. Aber da hat der Wind schon wieder an Kraft verloren.

Stunden später aber verdichtet sich noch einmal eine Frage zu einem Windstoß, der sich teilt, die Lider aufweht und, schon schwächer werdend, durch den Mund säuselt. Man versteht ihn nicht, beim besten Willen nicht. Nur ein Stöhnen gibt er von sich, ein gequältes Hauchen. Also nickt man hilflos und läutet nach der Krankenschwester. Diese holt mit begütigendem Raunen die Harnflasche. Die Mitbrüder, die noch da sind, bittet sie, den Raum zu verlassen. Sie will ihm die Harnflasche ansetzen, doch er schlägt gegen die Flasche, kraftlos, aber bestimmt. Anstrengung verzerrt sein Gesicht. Und endlich haucht er: Wo ist Thomas?

Thomas?

Wer soll das sein?

Nein, sie haben keinen Mitbruder, der Thomas heißt. Auch sein Bruder weiß nicht, von wem er redet. Ob sich die Krankenschwester nicht verhört hat? Vielleicht wissen es Götz oder Wildner? Aber als diese ihn fragen, reagiert er nicht mehr, reagiert auf nichts mehr, atmet noch, das schon. Aber wie lange noch?

Es ist immer ein Rätsel, wann jemand geht und wie.

Aber auch das Bleiben ist ein Rätsel. Besonders dann, wenn der mit nicht einmal zwanzig Jahren gewählte Lebensweg schon wenig später nicht mehr der einzig gehbare ist, sich verzweigt und gabelt, und Freunde plötzlich keine Freunde und Weggefährten keine Weggefährten mehr sind, sondern abbiegen und ihn alleinlassen. Kein Drohen, kein Fäusteschütteln holt sie zurück. Und welchen Grund hatte er, Pater Ignaz Fürwider, dreißig Jahre alt, ein Bild von einem Mann, Priester zu bleiben. Wo doch andere sagten – nach der Weihe! –, das sei nicht ihr Weg?

Wie üblich kokettiert er gegenüber Götz und Wildner mit dem Bild des einfachen, geheimnislosen Innenstadtpfarrers und beantwortet jede ihrer Fragen mit einem unverbindlichen: Das habe sich so ergeben. Selbst als die von Wildner spendierte Flasche ausgetrunken ist und Götz mit einer Flasche Gemischter Satz nachzieht und die Fragen mutiger werden, bleibt er bei dieser Antwort, nicht ohne die lausbübischen Indiskretionen seiner ehemaligen Schüler mit ein paar griffigen Anekdoten zu lenken. Er erzählt, wie er beim Bundesheer auf der Feldwoche einem Unteroffizier die Schulterklappe heruntergerissen hat. Oder wie er, unmittelbar nach dem Fall des Eisernen Vorhangs, als Teil einer Delegation nach Russland reiste und der Gastgeber, ein ehemaliger KGB-Offizier, nach dem neunten oder zehnten Glas Wodka, seine geladene Kalaschnikow aus dem Nebenzimmer holte. Abenteuergeschichten, die ehemaligen Schülern gefallen.

Und die Liebe?

Komm schon, wie war das mit der Liebe?

Die habe sich nie ergeben.

Wildner lacht und sieht sich nach dem Kellner um. Doch Götz zieht die Armbanduhr unter dem Hemdärmel hervor, es wird Zeit zu gehen. Er hat morgen einen harten Tag, Gerichtsverhandlung. Und da meint auch Wildner, es sei wohl besser, wenn sie gingen, er hat morgen Nachtdienst.

Vor dem Lokal stellen sie sich die Mantelkrägen auf, ziehen sich die Handschuhe an. Jetzt sollte die Demonstration bereits vorbei sein. Die Altlinken, die 68er und was sonst noch links von den Sozialisten keucht und fleucht, sollten schon nach Hause gekeucht und gefleucht sein. In einer Demokratie hat der Wähler recht, meint Wildner. Und der die Schnauze voll von den Gutmenschen, meint Götz.

Die Menschen werden wieder konservativer, sagt er nachdenklich, und es tut gut, das zu sagen. Vielleicht wird er doch wieder heimisch in der Stadt, in der er sein ganzes Leben gelebt hat und durch deren Zentrum er nun geht.

Und die Liebe?

Komm schon, wie war das mit der Liebe?

Es stimmt nicht, dass sie sich nie ergeben hat. Nur war es eine Liebe, die man nicht mit ehemaligen Schülern bei zwei Flaschen Wein bespricht. Auch fehlt Ignaz das Vokabular. Er hat nicht gelernt, über Gefühle zu sprechen. Und die katechetische Sprachregelung, schwer und dunkel wie ein brokatenes Messgewand, würde die Intimität dieses Moments verfehlen. Beim Wort *Liebe* erfasst ihn für gewöhnlich eine schamhafte Enge, das Gefühl, bei etwas Peinlichem ertappt worden zu sein. Doch er weiß noch genau, wie es ihn getroffen hat, allein in der Kapelle bei der Betrachtung des ewigen Lichtes. Wie er ohne Vokabular und Sprachregelung gewusst hat: Das gilt ihm.

Was willst du von mir?

Immer wieder nur: Was willst du von mir?

Und dann hat es ihn getroffen und er hat gewusst: Das gilt ihm.

Kein Mensch weiß von diesem Erlebnis.

Doch.

Einer.

Ignaz ist überrascht, dass er jetzt, als er über den Graben geht, an diesen nun bald vierzig Jahre zurückliegenden Moment denken muss. Damals war das Zweite Vatikanische Konzil in vollem Gange gewesen. Damals: überall Begeisterung, Aufbruch, ein frischer Wind. Kaum zehn Jahre später: überall nur Gegenwind. Und dieser weht heute mit besonderer Heftigkeit. Empörend findet er es. Dass die Innenstadt teilweise abgesperrt ist. Eine Frechheit. Dass da demonstriert wird. Eine Frechheit. Ignaz nimmt das persönlich. Endlich sind die Roten mit ihrer Korruption und ihrer Kirchenfeindlichkeit einmal nicht an der Macht.

Abtreibung. Familienzersetzung. Nestbeschmutzung. Sexkoffer. Das haben die letzten dreißig Jahre gebracht. Und dann gehen die Linken demonstrieren. Und die EU verhängt auch noch Sanktionen! Verrat ist das.

Und nicht der erste Verrat in seinem Leben.

Er bleibt stehen, um sich die Zeitung zu kaufen. Wieder kommt ihm ein Grüppchen verstreuter Demonstranten entgegen. Widerstand. *Haider ist Hitler.* Auf einem Transparent nur eine Zeichnung: ein Verkehrsschild mit einer durchgestrichenen Fliege. Für Widerstandskämpfer sind die Demonstranten ziemlich gut gelaunt. So schlimm kann es um die Republik Österreich also nicht stehen, wenn man lachend von einer angeblich antifaschistischen Demonstration nach Hause geht. Wildners Frage nach der Liebe und der Wein haben Ignaz milde gestimmt. So hat er bislang erfolgreich den Impuls unterdrückt, den Demonstranten zuzurufen, was er von ihnen und ihrer politischen Agitation hält. Doch es wird schwieriger, diesen Impuls zu unterdrücken. Was Milde war, wird Erregung.

Denn plötzlich sieht er ihn.

Seit mehr als fünfundzwanzig Jahren haben sie einander nicht mehr gesehen. Aber er ist es, unverkennbar. Hochgewachsen und schlaksig, trotz Glatze und Kälte ohne Haube. Ein junger oder zumindest jüngerer Mann geht neben ihm, vor ihm zwei Studentinnen, hinter ihm ein Pärchen, das der politische Protest zu inniger Zweisamkeit drängt.

Arschlöcher, schreit er. Verräter, und ärgert sich, dass ihm nichts Besseres einfällt. Das Grüppchen bleibt stehen. Köpfe drehen sich in seine Richtung. Der Schlaksige schält sich aus der Gruppe, kommt auf ihn zu, bleibt vielleicht einen

Meter vor ihm stehen. Sie mustern einander schweigend. Dann sagt der Schlaksige, ohne Begrüßung und mit dieser Selbstverständlichkeit: Der Ständestaat ist also immer noch dein verlorenes Paradies?

Geh scheißen, Thomas, sagt Ignaz und ärgert sich erneut, dass ihm nichts Besseres einfällt. Noch mehr aber ärgert es ihn, wie gut Thomas aussieht. Er wird schon um die sechzig sein, sieht aber jünger aus. Von sich kann er das nicht behaupten. Er geht gebeugt, und egal, wohin er geht, geht er immer bergauf. Thomas schüttelt den Kopf mit einem bedauernden Lächeln: Manchmal frage ich mich wirklich, woher diese Sehnsucht nach Unterwerfung kommt.

Das musst du mir beantworten. Im Gegensatz zu dir bin ich für den souveränen Nationalstaat.

Thomas will etwas erwidern, überlegt es sich dann aber anders: Bist du noch immer bei dem Verein?

Natürlich.

Thomas sieht Ignaz ins Gesicht, hält ein ironisches Lächeln zurück. Dann wendet er sich ab. Im Gehen meint er: Na, ich hoffe, der Himmel wird dir deine Nibelungentreue lohnen.

Wieder weiß Ignaz nicht, was er erwidern soll. Der Wein macht milde, der Wein macht wütend. Schlagfertig macht er nicht. Dass Thomas ihm eine nationalsozialistische Tugend unterstellt. Nur weil er seiner Berufung trotz aller Schwierigkeiten treu geblieben ist. Nur weil Thomas seine eigene Biografie rechtfertigen muss. Er zählt das Geld und hält es dem Zeitungsverkäufer hin. Dieser gibt ihm die Zeitung. Als Ignaz nach ihr greift, sieht er eine Schlagzeile zum Palästinenserkonflikt. Da packt ihn noch einmal Wut mit unerwarteter

Heftigkeit und er schreit Thomas und den Demonstranten hinterher: In Israel erschießen sie jeden Tag ein Kind! Niemand dreht sich nach ihm um. Doch der Zeitungsverkäufer sieht Ignaz verwundert an, gibt ihm das Geld zurück.

Allah möge dich segnen.

Also komm schon, wie war das nun wirklich mit der Liebe? Er hatte die Nacht schlecht geschlafen und war nervös, als ihm Pfarrer Dembrowski die Hand gab und ihn anwies, vis-à-vis von seinem Schreibtisch Platz zu nehmen. Als sie sich gesetzt hatten, bot ihm der Pfarrer eine Zigarette an, die er dankend ablehnte. Dann listete der Pfarrer seine Aufgabenfelder auf. Frühmessen, Ministrantenstunden, Firmunterricht und was sonst noch anfallen würde. Manche der Aufgaben würde er sich mit Kaplan Lázadó teilen, der in diesem Fall auch als Dienstälterer das Sagen habe. Häufig würden sie sich aber ohnehin nicht in die Quere kommen. Kaplan Lázadó hätte als Religionslehrer sehr viel zu tun. Heute Abend bei einer kleinen Willkommensfeier würde er ihn kennenlernen. Im Großen und Ganzen sei die Arbeit anstrengend, aber lohnend. Nicht nur, weil sie Gott dienen würden. Sie wären hier in einem – nach wie vor – gutbürgerlichen Bezirk, sodass ihnen nicht die Ablehnung entgegenschlüge wie in Favoriten oder Simmering. Nach diesen Ausführungen murmelte der Pfarrer ein *Gelobt sei Jesus Christus* und Ignaz ein *In Ewigkeit. Amen.* Dann zeigte ihm die Haushälterin seine Wohnung, eine dreiunddreißig Quadratmeter große Garçonnière im Pfarrhaus, abgewohnt, aber sauber.

Klo am Gang.

Kaplan Lázadó, der beim Abendessen Wein nachschenkte, beeindruckte ihn. Freundlich, interessiert, leichtfüßig schien er. Besonders die letzte Eigenschaft beeindruckte Ignaz. Dieses Gefühl, dass etwas nur ihm gelte, hatte er schon seit Jahren nicht mehr gehabt. Seitdem es ihn getroffen hatte, allein in der Kapelle bei der Betrachtung des ewigen Lichtes, war ihm nichts mehr leichtgefallen. Theologiestudium, Klosterleben – und nun Pfarre. Der Alltag trat ihm oft als diffuse Bedrohung entgegen. Die Mitbrüder, die er traf, als Irritation. Frauen fast immer als Provokation. Kaplan Lázadó war heiter, füllte ihm das Glas erneut auf: Willkommen! Sie werden sehen, uns geht es hier sehr gut. Einen Wunsch hatte Ignaz gefasst, als er Kaplan Lázadó das Weinglas hinhielt: so selbstverständlich zu werden wie Kaplan Lázadó. Es dauerte nicht lange, da bot ihm Kaplan Lázadó das Du-Wort an.

Sag Thomas zu mir.

Eine Geschichte, über die er schon damals hätte predigen können: Ein Vater hatte zwei Söhne. Lange Jahre arbeiteten sie gemeinsam in den Weinbergen des Vaters, dann aber sprach der eine Sohn: Vater, ich habe lange in deinen Weinbergen gearbeitet und jetzt will ich nicht mehr. Gib mir, was mir zusteht, denn ich werde in die Welt gehen, um dort glücklicher zu werden! Und der Vater gab ihm, was ihm zustand, und er ging in die Welt, um glücklicher zu werden. Der andere Sohn aber blieb bei seinem Vater. Er arbeitete in den Weinbergen jahraus, jahrein und verlangte nie nach dem, was ihm zustand. Er hoffte, der Vater würde sehen, wie gut er jahraus, jahrein in den Weinbergen arbeitete. Doch der Vater sagte nie ein Wort des Lobes und nie ein Wort des Tadels. Schließlich starb der Vater und als er ihn zu Grabe trug, blickte der Sohn in die Ferne, um zu sehen, ob sein Bruder, der vor einem halben Menschenleben die Weinberge verlassen hatte, um glücklicher zu werden, nicht doch kommen würde, um den Vater, der ihn doch so bereitwillig freigegeben hatte, zu ehren. Doch niemand kam. Und da nahm der Bruder, der geblieben war, an, dass sein Bruder, der gegangen war, tatsächlich glücklicher geworden war. Und da wandte er sich ab und weinte bitterlich.

Schon im ersten Jahr seiner Kaplanstätigkeit war nicht mehr der Sonntag, sondern der Donnerstag der Flucht- und Sehnsuchtspunkt jeder Woche. Um achtzehn Uhr traf sich die ›Pfarrjugend‹. Das war der nicht ganz passende Name für die Studenten, Berufseinsteiger und jungen, noch kinderlosen Ehepaare, die für Gebet und Gespräch zusammenkamen und deren Treffen oft bis spät in die Nacht andauerten. Anfangs saß er im Sesselkreis immer neben Thomas, der die Führung bei Gebet und Bibelgespräch innehatte. Doch mit der Zeit, durchwegs ermutigt vom Dienstälteren, spendete Ignaz den Segen, deutete Ignaz die ausgewählte Bibelstelle. Sein steigendes Selbstbewusstsein fand einen räumlichen Ausdruck. Nicht mehr neben Thomas, sondern in einem sich wöchentlich verändernden Winkel zum Dienstälteren nahm er im Sesselkreis Platz. Und immer öfter neben Sophie. Klein, blond, nicht zierlich, und voller Leben. Hier im Sesselkreis neben ihr empfand er diese junge Frau nicht als Provokation. Hier im Sesselkreis war die Lehramtsstudentin mit den langen Wimpern eine Aufwertung seiner Person. Eine Bestätigung seiner Berufung und seiner Selbstverständlichkeit. Rückblickend dachte er oft, dass das seine beste Zeit gewesen sei: 1969 bis 1975, als Aushilfskaplan in einem Wiener Außenbezirk. Ging er einige Minuten spazieren, konnte er die Gloriette sehen.

Jede Biografie entfaltet sich als Spannungsverhältnis zweier Pole: dem gelebten Leben und dem gedachten Leben; zwischen dem, der man ist, und dem, der man gerne wäre – oder Gott sei Dank doch nicht ist.

Jede Biografie.

Auch seine?

Natürlich kann er Götz und Wildner, als sie ihn auf der Maturareise fragen, ob er immer schon Priester werden wollte, von alternativen Lebenswegen berichten. Jurist hätte er werden können. Vielleicht Historiker. Aber die Wahrheit ist, dass die Entscheidung, gottgeweiht zu leben, zu einem Zeitpunkt fiel, als er einfach zu wenig Erfahrung hatte, um zwischen seinem idealen Selbst und seinem realen Selbst unterscheiden zu können. Sein Wunsch nach Hingabe war ehrlich, und wenn er fehlte – immer im Rahmen, denn zur großen Verfehlung, wie er sie verstand, mangelte es ihm an Mut –, dann war es nicht wirklich er, der fehlte, sondern er *unter gewissen Umständen*.

Hast du dir nie überlegt, dass Berufung auch eine Flucht ist?

Wovor?

Vor all den anderen Möglichkeiten, denen man sich auch hätte öffnen können?

Nein.

Solche Gespräche führten Thomas und er immer häufiger, und Ignaz begann den Dienstälteren, das Vorbild, zu meiden.

Die Entfremdung begann jedoch früher, als er Sophie nicken sah. Bei dem fröhlichen Beisammensein nach Gebet und Bibelrunde hörte er Thomas sagen, dass man Kaplan Dr. Holl wegen seines Buches nicht vorschnell verurteilen dürfe. Natürlich würden die eine oder andere These und wohl auch der Titel zu Ablehnung und Gereiztheit einladen: *Jesus in schlechter Gesellschaft.* Doch die Evangelien selbst zeigten einen Jesus, der mit der Priesterklasse seiner Kultur wenig am Hut hatte. Was das für die Kirche am Ende des zweiten Jahrtausends bedeute, werde man wohl noch fragen dürfen. Schon, schon, fiel er da Thomas ins Wort, aber die Pharisäer und Schriftgelehrten haben sich dem Sohn Gottes verweigert. Thomas sah auf, eine rasche, ja, heftige Kopfbewegung, und zum ersten Mal war in seinem Blick ein Anflug von Ironie, die er nur als Maßregelung verstehen konnte: Aber was wäre das Christentum ohne diese Weigerung? Er sah zu Sophie und diese nickte nachdenklich, nein, zustimmend. Und da spürte er zum ersten Mal den Schmerz der Zurückweisung, den Magen, der sich zusammenkrampft.

Viele Nächte liegt er wach, nachdem Thomas falsch gesprochen und Sophie dazu genickt hat. Immer wieder versetzt er sich in diesen Moment der Demütigung – der Demütigung Christi! – und korrigiert in Gedanken, was ihm im echten Leben entglitt. In seiner Fantasie begegnet er Thomas' ironischem Blick mit Klarheit und Härte. Er sieht nicht zu Sophie, sondern stellt Thomas zur Rede. Verweist auf die entsprechenden Stellen im Katechismus. Bezichtigt ihn der Verwässerung der reinen Lehre.

Und dann plötzlich der Zorn.

Der Verlust der Souveränität.

Mitten in der Nacht steht er auf und vernichtet Thomas in Gedanken. Dabei ist er dem Schreien nahe. Wäre es tatsächlich Thomas und nicht der Wandspiegel, dem Ignaz sein wutverzerrtes Gesicht und seine geballte Faust entgegenstreckt, würde er zuschlagen. Hat er sich beruhigt, geht er mit Halskratzen zur Wohnungstür, um zu horchen, ob er jemanden geweckt hat. Er hofft, dass niemand bemerkt, dass er die Grenze zwischen Wirklichkeit und Irrsinn mehrmals jede Nacht überschreitet.

In den alltäglichen Begegnungen mit der Pfarrjugend, mit Sophie, ja selbst mit Thomas ist er ruhig. Er muss sich nicht einmal bemühen. Es ist, als ob er in Gemeinschaft zur Wut nicht fähig ist. Später, viel später, in den Nächten nach der Bypassoperation, wird er sich fragen, ob es nicht die Einsamkeit war, die ihn so toben ließ.

Ihn sein ganzes Leben so hat toben lassen.

Doch damals ist ihm dieser Gedanke fern. Und irgendwann sickert eine Ahnung in seinen nächtlichen Zorn, und die erschüttert ihn. Schließlich – aber es dauert – erkennt er, was er tun muss. Gott gilt seine Loyalität, nicht einem Menschen. Im abschließenden Gespräch am Ende seiner Kaplanszeit weist Ignaz den Pfarrer auf seinen Verdacht hin. Das ist eine schwere Anschuldigung, sagt der Pfarrer und greift zur Zigarette. Aber der Pfarrer wird der Sache nachgehen, dazu ist er verpflichtet. Aber eine unangenehme Sache ist das allemal. Dem Pfarrer wäre es lieber, Kaplan Lázadó wäre über jeden Verdacht erhaben.

Er verlässt die Pfarre wenige Tage nach diesem Gespräch. Im Kloster und in der Schule erwarten ihn neue Aufgaben. Kaplan Lázadó ist auf Exerzitien, zu einem letzten Handschlag kommt es nicht. Im Herbst sitzen Wildner und Götz in der ersten Klasse, die er als Klassenvorstand führt, Buben, frech, aber liebenswürdig. Mit ihnen kann er umgehen. Acht Jahre wird er mit ihnen umgehen, dann werden sie Freunde werden.

Von Thomas hört er nichts mehr.

Jahre später.

Viele Jahre später.

Es ist spät, als er am Eingang der Pfarrwohnung die Schuhe abstreift und seine Jacke aufhängt. Die Haushälterin hat Hemden gebügelt und auch den Kühlschrank aufgefüllt. Er nimmt sich die Streichwurst und den Emmentaler, greift nach einer Flasche Bier. Auf dem Couchtisch richtet er sich sein Abendessen her und dreht den Fernsehapparat auf. In den Nachrichten ist ein Bischof zu Gast, der den Medien rät, die Zeugen auf ihre Glaubwürdigkeit zu prüfen.

Er spricht von Bubenstreichen.

Er dreht den Fernsehapparat wieder ab, schiebt den Teller mit dem Brot und der Streichwurst von sich. Das ist nicht die Kirche, in die er mit neunzehn Jahren eingetreten ist. Das ist nicht die Welt, in der er sein möchte. Mechanisch will er sich ein Stück Emmentaler abschneiden, legt das Messer aber wieder hin und greift nach dem Glas Bier. Er trinkt das Glas ohne abzusetzen aus und holt sich eine zweite Flasche aus dem Kühlschrank. Diesmal verzichtet er auf ein Glas. Mit einer geübten Bewegung entfernt er den Kronkorken und setzt die Flasche an die Lippen. Warum muss er sich damit auseinandersetzen? Warum wird alles beschmutzt? Warum geht er immer bergauf?

Er schläft schlecht in dieser Nacht.

Am nächsten Morgen, nachdem er das Geschirr vom Abendessen in die Küche getragen und sich eine Marmeladesemmel gestrichen hat, greift er nach der Zeitung. Unter Intellektuellen ist es kein Renommee, diese Zeitung zu lesen. Das ist ihm egal. Abgesehen davon: Er ist nicht der Einzige, der diese Zeitung liest beziehungsweise in dieser Zeitung gelesen wird. Unter der Rubrik *Leserbriefe* findet er einen geschliffenen Text, der das Zwangszölibat und die katholische Sexualmoral für die ›Causa Groer‹ verantwortlich macht. »Wer verlangt, dass sich Menschen Gewalt antun, braucht sich nicht zu wundern, wenn genau diese Menschen anderen Gewalt antun.« Der Absender: Dr. Thomas Lázadó, Universitätsdozent.

Man sieht sich im Leben immer zweimal. Diese Banalität sieht er wie in Druckschrift vor sich. Seitdem er Pfarrer Dembrowski gewarnt hat, hat er keinen Kontakt mehr mit Thomas gehabt. Was ist wohl aus Thomas geworden? Und was aus Sophie? Beim Begräbnis ihres Bruders – seines Schülers, der so unvermutet auf der Maturareise starb –, hat er sie einmal noch gesehen. Das ist auch schon Jahre her. Gesprochen hat er damals nicht mit ihr.

Was ich getan habe, habe ich getan. Man kann nicht durchs Leben gehen, ohne andere Menschen zu verletzen. Mit solchen Sinnsprüchen hat er sich beruhigt. Es beruhigt ihn auch, dass er jetzt, als er den Leserbrief des Universitätsdozenten zum zweiten Mal liest, von Wut gepackt wird. So falsch kann er damals nicht gelegen sein.

Hätte er ein Verhältnis mit Sophie haben wollen? Er hätte nicht einmal sagen können, auf wen er eifersüchtig war – auf Sophie oder auf Thomas. Aber ihn hatte diese Empörung gepackt, diese maßlose Empörung. Als er am Abend der Demonstration gegen Schwarz-Blau im Bett lag, wunderte er sich, wie intim Hass war. Da hatten sie sich jahrzehntelang nicht gesehen und sprachen miteinander, als hätten sie gestern ihren letzten Streit gehabt. Und in gewissem Sinne stimmte es sogar. Kaum ein Tag, zumindest kaum eine Woche, in der Ignaz nicht Thomas in Gedanken zur Rechenschaft gezogen hatte.

Als er vor Jahren den Leserbrief gelesen hatte, war ihm die Wut Antwort genug gewesen. Doch irgendwann trug auch Wut nicht mehr. Er beschloss, den ehemaligen Dienstälteren auszuforschen. Wenn er mehr in Erfahrung brächte, wenn er feststellen könnte, dass auch Thomas' Leben kein Spazierweg gewesen war! Vielleicht würde ihm dann sein ehemaliger Freund nicht mehr als quälendes Korrektiv über die Schulter blicken.

Viel fand er nicht über Thomas heraus. Offensichtlich lebte Thomas nicht mehr als Priester und hatte sich längere Zeit in Südamerika aufgehalten. In jedem Fall war Thomas produktiv gewesen. Vier wissenschaftliche Monografien hatte er verfasst und mehrere populärwissenschaftliche Bücher, von denen er kein einziges lesen würde. Er hätte sich ja doch nur geärgert. Doch Thomas hatte auch ein literarisches Werk verfasst, einen Band Erzählungen und Aphorismen, und diesen überreichte man ihm nach einigem Suchen für fünfzehn Euro im Antiquariat Löcker. Kaum dass Ignaz wieder auf der Annagasse stand, schlug er das Buch wahllos auf, als sei der Text ein Orakel und er ein Suchender:

Wer wärst du gewesen, wenn du mich nicht hättest hassen können?

Diesen Satz schreibt er auch in den Brief, als er spürt, sieben Jahre nach der Bypassoperation, dass zu Ende geht, was doch kaum noch begonnen hat:

Lieber Thomas!
»Wer wärst du gewesen, wenn du mich nicht hättest hassen können?« Seit mehr als fünfzehn Jahren geht mir dieser Satz aus deinem Buch nicht mehr aus dem Kopf. Vielleicht kann ich dir mitteilen, was ich darüber denke? Falls du kommst, komm bitte bald. Ich werde nicht mehr lange leben.
Ignaz.

Die Adresse hat er über den Verlag bekommen. Der Krankenschwester, die den Brief versendet, will er fünfzig Euro geben, doch sie lehnt ab.

Er gibt sie der Putzfrau.

Und tatsächlich: Ein paar Tage später steht Thomas im Krankenhauszimmer. Nicht mehr ganz so groß, nicht mehr ganz so schlaksig, immer noch Glatze. Der erste Impuls ist zu flüchten, doch wohin? Und vor allem wie? Dann aber fasst Ignaz Mut, mehr noch: Freude glimmt unter Angst und Hoffnung, Gewissheit breitet sich aus. Er gehört zu den Glücklichen. Das hier ist ein besonderer Moment in seinem Leben. In seinem Sterben: Wem ist es schon vergönnt, sich zu versöhnen, zumindest aber sich auszureden?

Thomas legt den Mantel ab, darunter wird die Intellektuellenuniform seiner Generation sichtbar. Schwarzer Rollkragenpullover unter graukariertem Sakko.

Kalt draußen?

Ja, es ist wieder kälter geworden. Der Winter bäumt sich noch einmal auf.

Thomas sieht sich im Zimmer um, wirft einen Blick auf die *Confessiones* von Augustinus, die auf dem Nachtkästchen liegen, blickt ihn kurz an – wissend, gar nicht ironisch –, dann bleibt er vor dem Bett stehen, beide Hände auf einen Spitalsstuhl gestützt. Seine Körpersprache ist eindeutig: Angenehm ist ihm der Besuch nicht.

Nimm doch Platz.

Später, vielleicht.

Sie schweigen. Der Sekundenzeiger auf Thomas' Arm-banduhr federt über das dunkelblaue Ziffernblatt. Immer eine Sekunde weiter, immer nur im Kreis. Das Alter hat Thomas nun doch eingeholt, nicht mit derselben Wucht wie ihn, aber doch: Altersflecken an den Händen, das Gesicht gefurcht trotz Gewichtszunahme, und wäre nicht der Rollkragen, sein faltiger Hals wäre sichtbar. Thomas sagt noch immer nichts. Der Sekundenzeiger kann Ignaz aber nicht mehr ablenken, und da platzt es aus ihm heraus: Nimm mir die Beichte ab.

Du weißt, dass ich das nicht darf.

Wer, wenn nicht du?

Ignaz klingt flehentlich. Das ist ihm egal. Stolz hat für ihn keine Bedeutung mehr. Thomas sieht ihm in die Augen, länger, viel länger als ihm in wenigen Stunden sein Bruder in die Augen sehen wird.

Ich habe dein Leben zerstört, sagt Ignaz.

Nichts hast du getan.

Ignaz atmet schwer.

Thomas greift nach seinem Mantel.

Bleib, bitte.

Eines interessiert mich schon, sagt Thomas und knöpft sich den Mantel zu. Warum hast du mich so gehasst?

Es ist immer ein Rätsel, wann jemand geht und wie. Die Mitbrüder sind gegangen, Wildner ist auf dem Weg zu seinem Sohn, Götz steht an der Bar seines Stammlokals. Das Sterben des alten Lehrers und Freundes muss noch bei einem Bier und einem Schnaps bedacht werden.

So ist das Leben, so ist das Sterben.

Beruhigend sind solche einfachen Sätze allemal. Erklären können auch die schwierigeren Sätze nichts.

Ignaz ist unruhig, nicht ansprechbar, unruhig. Er ringt mit etwas, Schmerzen kann er bei der verabreichten Dosis nicht haben. Aber etwas quält ihn. Etwas, das auch eine härtere Dosis nicht lindern könnte.

Es ist nach Mitternacht, als die Tür zu seinem Zimmer aufgeht und Thomas eintritt. Man hat ihn hereingelassen, er ist ja ein Freund des Sterbenden, wenn möglich soll keiner diesen letzten Weg allein gehen. Thomas setzt sich neben das Spitalsbett und wartet.

Und dann doch noch ein Windstoß, ein wirklich heftiger.

Nicht wie Vorhänge öffnen sich die Lider. Ignaz reißt die Augen auf, hebt seinen Kopf aus dem Polster. Klar ist sein Blick, der Thomas umfasst. Und dann spürt er Thomas' Hand auf seiner, der Bruder, der in die Welt ging, um glücklicher zu werden, ist doch noch gekommen. Und Ignaz will nicken und die Hand drücken. Doch weder drückt er die Hand, noch nickt er.

Er stirbt, wie er gelebt hat.

Allerdings: Wer tut das nicht?

Schwärme oder
Thomas' Zwischenfall

Mehrere Tage war der Brief ungeöffnet neben dem Aquarium gelegen. Dann hatte ihn Riccardo mit einem Ultimatum auf den Wohnzimmertisch gelegt: Wegräumen oder wegwerfen! So stand es in Druckbuchstaben auf dem orangen Post-it, das neben der Empfängeradresse klebte.

Mit einem Seufzen griff Thomas nach dem Brief. Im Badezimmer war das Zurechtrücken von Rasierzeug und Zahnputzbechern zu hören, dann Riccardos heiserer Bariton. Riccardo sang den Anfang von *Chan Chan*, seiner Lieblingsnummer vom *Buena Vista Social Club*, wobei er das melodieführende Intervall mehr andeutete als intonierte. Vom Wohnzimmertisch aus klang sein Sprechgesang düster. Doch das täuschte. Riccardo war fröhlich. Denn heute kam Moritz, sein Gitarreschüler, mit dem er am Nachmittag Tonleitern und Akkordzerlegungen üben würde, die er sich den Rest der Woche überlegt hatte. Deswegen musste auch das Bad geputzt und der Brief entweder weggeräumt oder weggeworfen sein. Es war unwahrscheinlich, dass ein ungeöffneter Brief neben dem Aquarium einen Siebenjährigen gestört hätte. Doch Moritz war nicht einfach nur ein Gitarreschüler, eine willkommene Unterbrechung von Riccardos Ruhestandsmonotonie. Er war ein später Trost für das, was nicht möglich gewesen war. Die angedeutete

Erfüllung eines Wunsches, den Thomas im Gegensatz zu Riccardo nie gehegt hatte.

Thomas löste das Post-it, drehte den Brief um und starrte auf den Namen des Absenders. Ohne Amtsbezeichnungen und Titel standen Vor- und Nachname in blauer Tinte auf dem verklebbaren Teil des Kuverts: Ignaz Fürwider. Ein Name, den Thomas vor einem halben Leben das letzte Mal gelesen hatte, der ihm jedoch immer vertraut, lange Zeit verhasst gewesen war. Er nahm die Schere und schlitzte das Kuvert auf. Dass ihm dabei Ignaz' Halsschlagader einfiel, konnte er nicht verhindern. Allerdings schämte er sich nicht für seinen Gedanken. Er war zu alt, um sich durch den Filter moralisierender Wunschvorstellungen zu betrachten. Ignaz hatte ihn verleumdet und demütigenden Anklagen ausgesetzt. So etwas hatte Konsequenzen, selbst wenn diese nur die folgenlosen und mittlerweile nicht mehr gehegten Rachefantasien eines alten Mannes waren.

Thomas nahm den Brief aus dem Kuvert. Unwillig faltete er ihn auseinander. Dabei hatte er das Gefühl, sich mit dem Auseinanderfalten des Briefs einer Weggabelung zu nähern, die eine Entscheidung verlangen würde:

Links oder rechts?

Dorthin oder dahin?

Versöhnen oder nicht?

Bei dem Gedanken, sich entscheiden zu müssen, verstärkte sich sein Unwille. Ohne den Inhalt wahrzunehmen, starrte er auf das Schriftbild: Buchstaben schlank, mit akzentuierten Ober- und Unterlängen, nach rechts geneigt. Er hatte gerade einmal das Datum des Briefs gelesen, da spürte er Riccardos Hand auf seiner Schulter: Und?

Riccardos Gesicht war vor Anstrengung gerötet. Als er die Hand von Thomas' Schulter nahm und sich die Haare aus der Stirn wischte, konnte Thomas den frischen Schweiß riechen – noch unaufdringlich, noch nicht unangenehm.

Ich habe den Brief noch nicht gelesen.

Wieso nicht? Von wem ist er überhaupt?

Von einem ehemaligen Arbeitskollegen. Und nach einer kurzen Pause: Aus einem früheren Leben.

Und was kann das frühere Leben wollen?

Wahrscheinlich sich rechtfertigen.

Doch was immer das frühere Leben auch wollte, es musste warten. Denn zunächst musste Thomas Aktivkohle für den Filter kaufen. Die neue Deko trübte das Aquariumwasser, und auch wenn das für seine Rotkopfsalmler unbedenklich war, störte Thomas die gelbliche Verfärbung. Irritiert, denn jede zusätzliche Bewegung war in seinem Alter eine Zumutung, schob er Moritz' Daunenjacke beiseite und holte seinen Wintermantel hervor. Es war noch einmal kalt geworden. Auch das war eine Zumutung, auch das ein Grund für Irritation. Er hatte die Wohnung bereits verlassen und den Lift gerufen, da drehte er um und sperrte die Tür noch einmal auf. Er war nicht nur für moralisierende Wunschvorstellungen zu alt, sondern für jede Form der Schönfärberei – wenn sie nicht sein Aquarium betraf. Und die Wahrheit war: Er wurde vergesslich. Bevor er in die Zoohandlung fuhr, sollte er noch einmal einen Kontrollblick auf das Aquarium werfen.

Er ging zum Wohnzimmer und hatte die Hand schon ausgestreckt, um zu klopfen, da hielt er in der Bewegung inne. Moritz' Gitarrestunde hatte soeben begonnen. Doch anstelle klappriger Akkorde und angerissener Saiten hörte Thomas Schluchzen. Er zögerte kurz, klopfte dann und öffnete die Tür. Riccardo und Moritz saßen einander gegenüber, beide ihre Gitarren auf den Knien. Keiner von ihnen spielte. Moritz hielt sich an seiner Gitarre fest und weinte, dass ihm die Nase lief. Riccardo kramte hilflos in seiner Hosentasche und fragte, sobald er Thomas bemerkte: Hast du ein Taschentuch?

Thomas reichte Riccardo ein Taschentuch, und Riccardo hielt es Moritz hin. Moritz nahm es und schnäuzte sich.

Was ist denn los?

Riccardo zuckte mit den Achseln. Dann wiederholte er Thomas' Frage und legte Moritz die Hand auf den Arm. Moritz antwortete nicht, steckte stattdessen das Taschentuch in die Jeans. Seine Bewegungen waren linkisch, vielleicht kindlich linkisch, vielleicht aufgewühlt linkisch, in jedem Fall passten sie nicht so recht zu seinen langen, schlanken Fingern, die, wie alles an ihm, mit besonderer Sorgfalt zu wachsen schienen. Wenn kluge Fragen Gesichter hätten, würden sie aussehen wie Moritz. Das hatte Riccardo einmal gesagt. Als Thomas in die vom Weinen aufgehellten Augen des Buben sah, verstand er warum. Er konnte mit Kindern nichts anfangen, seine Rotkopfsalmler waren ihm lieber, aber diese selbstvergessene Trauer, die dennoch nicht ohne Neugier zu sein schien, rührte ihn. Magst du uns nicht sagen, was los ist?, hörte er sich zu seiner Überraschung nochmals fragen.

Ich habe meine Geldbörse verloren.

Thomas nickte. Seine Geldbörse zu verlieren, war immer ärgerlich. Aber als Kind musste der Verlust eine Katastrophe sein. Wahrscheinlich war es die erste Geldbörse, die Moritz verloren hatte.

Du wirst eine neue Geldbörse kriegen.

Aber mein Papa hat sie mir mitgebracht.

Weißt du, wo du sie verloren hast?, fragte Riccardo.

Moritz schüttelte den Kopf, hilflose Verzweiflung im Blick.

Wie viel Geld hast du denn verloren?, fragte Riccardo.

Weiß nicht.

Riccardo stand auf und ging aus dem Wohnzimmer. Thomas hörte ihn im Vorzimmer kramen. Als er gleich darauf zurückkam, hielt er ein grünes, mehrfach gefaltetes Papierrechteck in der Faust. Es dauerte einige Momente, bis Thomas begriff, was Riccardo vorhatte. Und als er begriffen hatte, war es bereits geschehen: Moritz hielt den Hunderteuroschein in der Hand. Jetzt steck das ein und dann spielen wir Gitarre. Riccardo streichelte Moritz über das sandfarbene Haar und setzte sich ihm wieder gegenüber.

Kann ich dich kurz sprechen?

Riccardo sah zu Thomas hoch, verärgert, wie Thomas meinte, legte jedoch die Gitarre wieder weg und stand auf. Sie waren kaum vor die Wohnzimmertür getreten, da zischte Thomas: Was machst du, bitte?

Riccardo sah ihn abweisend an: Einen traurigen Buben trösten.

Du kannst einem Siebenjährigen nicht hundert Euro in die Hand drücken. Was sollen seine Eltern denken?

Riccardo sah Thomas an, nun nicht mehr ärgerlich, sondern nachsichtig, vielleicht auch mitleidig. Schließlich schüttelte er den Kopf und sagte, bevor er die Wohnzimmertür hinter sich zuzog: Du bist paranoid.

Paranoid. Und wer kann ihm das verdenken. Thomas kann sich noch genau erinnern:

Er steht mit Sophie vor der Kirche, es ist ein Sonntag im Spätfrühling (oder ist es ein Donnerstag im Spätfrühling, vielleicht Christi Himmelfahrt?), der Gottesdienst ist in jedem Fall vorbei und sie plaudern. Sophie trägt ein fliederfarbenes Kleid, dessen Farbe mit ihrem Bandana abgestimmt ist – keine ideale Farbe, erinnert sich Thomas, zu hell für ihr blondes Haar, zu zart für ihre Art zu gestikulieren –, in jedem Fall werden sie von Pfarrer Dembrowski unterbrochen: Kaplan Lázadó, kann ich Sie bitte sprechen?

Thomas verabschiedet sich von Sophie und folgt dem Pfarrer ins Pfarrhaus. Doch anstatt in Richtung Büro gehen sie in den zweiten Stock, wo sich die Kaplanswohnungen befinden. Das ist ungewöhnlich. In all den Jahren, die er nun schon Kaplan ist, hat er Dembrowski im zweiten Stock noch nie gesehen. Dembrowski glaubt an Hierarchie und an strenge räumliche Aufteilung, die diese abbildet. Die Pfarrerswohnung ist groß und im ersten Stock. Die Kaplanswohnungen sind kleiner und im zweiten Stock. Doch etwas scheint passiert zu sein, etwas, das zumindest heute die Aufhebung der räumlichen Aufteilung verlangt. Denn sie bleiben erst stehen, als sie bei Thomas' Wohnung angekommen sind. Außer Atem und wohl deswegen nur zu einer knappen Anweisung bereit, befiehlt Dembrowski leise und erst nach einer Pause mit höflichem Zusatz: Aufsperren. Bitte.

Das muss 1974 gewesen sein, vielleicht auch 1975.

Sie mussten umgestellt haben. Denn dort, wo sie sonst immer gelagert worden war, fand Thomas die Aktivkohle nicht. Nachdem er die Warenregale mehrmals abgegangen war, fragte er nach. Ganz hinten, am Ende des Gangs neben den Ablaichkästen. Tatsächlich, dort lagen sie. Allerdings war die Marke, die Thomas hatte kaufen wollen, nicht vorrätig. Die Kohle, die ihm wenig später die Verkäuferin mit der Rechnung überreichte, war jedoch genauso gut. Das konnte Thomas mit einem Blick auf einen Blog für Aquaristik überprüfen, den er auf seinem Smartphone anwählte. Thomas mochte die Zoohandlung. An jedem anderen Tag wäre er noch geblieben, hätte den Barben und Buntbarschen bei ihren Manövern zugesehen oder sich über neue Wasserpflegemittel informiert. Heute aber tat er nichts davon. Er verließ das Geschäft unmittelbar nachdem er gezahlt hatte.

Die Irritation, die er bereits beim Weggehen gespürt hatte, war stärker geworden. Selbst wenn er stillstand, wie noch soeben vor einem Regal mit Aktivkohle und Ablaichkästen, schienen seine Muskeln angespannt, bereit, in Bewegung auszubrechen wie ein zu stark aufgezogenes Spielzeug.

Er zwang sich, langsam zu gehen, und betätigte wenige Meter vor seinem Wagen den Druckschalter an seinem Autoschlüssel. Die Scheinwerfer seines Opel blinkten, Thomas stieg ein und legte den Filter auf den Beifahrersitz. Er schnallte sich an und steckte den Schlüssel in das Zündschloss. Doch anstatt den Wagen zu starten, nahm er den Fuß wieder von der Kupplung, griff in seine Sakkotasche und zog den Brief heraus. Er hatte ihn bereits gelesen – mehrmals gelesen –, wusste also, was Ignaz geschrieben hatte. Doch er musste ihn noch einmal lesen, sonst würde er beginnen, mit dem Kopf unkontrolliert zu nicken oder mit den Fingern gegen das Armaturenbrett zu trommeln. Mit erzwungener Langsamkeit streifte er den Brief glatt. Etwas Absurdes haftete dem Brief an. Es war nicht das, was Ignaz geschrieben hatte. Irgendwie hatte Thomas all die Jahre eine Versöhnungsgeste erwartet, wenn nicht als Brief, dann vielleicht als Telefonanruf oder als E-Mail. Was so absurd war, war der Brief selbst beziehungsweise seine Implikation. Er beinhaltete nicht einfach eine Nachricht von Ignaz. Er übermittelte eine viel grundlegendere Botschaft. Er war ein Zeichen dafür, dass ein Konflikt, der zwei Leben geprägt hatte, bald bedeutungslos sein würde. Und das nicht, weil sie sich versöhnen würden. Der Grund war vielmehr, dass ihre Leben sehr bald bedeutungslos sein würden – zumindest für Ignaz und für ihn selbst. Denn das war die eigentliche Botschaft des Briefs: Thomas, auch deine Zeit ist gekommen.

Jetzt wurde Thomas ruhiger. Die Spannung ließ nach. Von den Schultern bis zu den Fingern lockerte sich die Muskulatur seiner Arme. Er bemerkte, wie kalt es im Wagen war. Er drehte die Zündung auf und die Heizung hoch. Dann starrte er weiter auf den Brief in seiner Hand, starrte auf die ausgeprägten Ober- und Unterlängen und das nach rechts geneigte Schriftbild. Wie kleine Soldaten marschierten die Buchstaben über das Briefpapier. Wohlgeordnet und treu, immer auf Linie. Als die Schriftzüge zu verschwimmen begannen, zwickte Thomas die Augen zusammen und schüttelte den Kopf. Das Gebläse dröhnte. Mittlerweile war es beinahe zu warm. Mechanisch, ohne sich seiner Handlungen bewusst zu sein, drehte er die Heizung klein und startete den Motor. Dann legte er den Rückwärtsgang ein.

Er hatte den Wagen bereits zur Hälfte aus der Parklücke manövriert, da ließ ihn anhaltendes Hupen mit Wucht auf die Bremse steigen. Der Sicherheitsgurt schnitt in seine Schulter. Sein Kopf kippte nach vorne, dann zurück und schlug dabei gegen die Nackenstütze. Das Päckchen mit der Aktivkohle rutschte auf den Boden. Ein Blick in den Rückspiegel zeigte einen Kleinlastwagen, nahe, zu nahe, doch zusammengestoßen waren sie nicht. Der Fahrer schrie irgendetwas und gestikulierte heftig. Thomas drehte den Kopf, und nun sah er den eigentlichen Grund des Hupens: Im zuvor toten Winkel hinter ihm stand ein kleiner Bub, vielleicht sieben, vielleicht acht Jahre alt, eine dicke Wollmütze auf dem runden Kopf. Mit vor Schreck aufgerissenen Augen starrte er Thomas an. Dann – es wird keine Sekunde vergangen sein – stieg der Bub zurück auf den Gehsteig, drehte sich um und lief davon. In den Augenwinkeln sah Thomas, wie der Kleinlastwagen, der ihn gewarnt hatte, vorbeifuhr. Dahinter war die Straße frei. Thomas fuhr aus der Parklücke, vorsichtig, vorsichtig, und ebenso vorsichtig ordnete er sich in den Fließverkehr ein. Erst als er bei der nächsten Ampel anhielt, fiel ihm ein, dass er gar nicht wusste, wohin er unterwegs war. Noch immer geschockt von dem nur knapp verhinderten Unfall folgte er der Spur. Erst Minuten später erkannte er, dass er den Weg zum Krankenhaus eingeschlagen hatte.

Es ist die größte Kaplanswohnung. So will es die Hierarchie und die räumliche Aufteilung, die sie abbildet. Also
muss Pfarrer Dembrowski am Schlafzimmer vorbei, bevor
er in das Wohnzimmer mit Kochnische und Bücherwand
gelangt. Unaufgeräumt ist es, auf dem Boden getragene
Socken und auf dem Tisch die morgendliche Kaffeetasse.
Doch getragene Socken interessieren den Herrn Pfarrer
nicht, ebenso wenig ein schwarzer Ring unter einer mor-
gendlichen Kaffeetasse.

Er ist einer anderen Unordnung auf der Spur.

Die randlosen Brillen auf der Nase, die Augen in Konzentration verengt, stelzt Dembrowski zum Bücherregal
und streckt den Hals nach vorne wie ein Graureiher bei
der Fischjagd. Ruhig wandert sein Blick die alphabetisch
geordneten Buchrücken entlang. Außer einer minimalen
Neigung des Kopfes bewegt er sich nicht. Kein Buch will
er verscheuchen, kein Buch will er übersehen. Und dann
hebt er den Arm, nicht hastig, aber schnell. Spitz wie ein
Schnabel fährt seine Hand auf die Bücherwand zu, öffnet
sich im letzten Augenblick.

Dann fällt ein Buch und bleibt aufgeschlagen auf dem
Boden liegen.

Dann noch eines.

Dann noch eines.

Die Lateinamerikanischen Psalmen liegen neben *Jesus in
schlechter Gesellschaft*, *Also sprach Zarathustra* neben *Das
Sein und das Nichts*. Mit jedem fallenden Buch fällt auch
ein Teil von Thomas. Er hat das Gefühl, mit jedem Aufprall
um Zentimeter zu schrumpfen. Jedes Buch ist zumindest
eine Zeitlang ein Schemel gewesen, eine Art Klapptrittlei-

ter, mit der er über den Beckenrand seiner Berufung hat sehen können. Ein wenig gewachsen ist er mit jedem Buch, so zumindest sein Eindruck. Und dieser täuscht ihn nicht. Denn mit all seinem Lesen ist er immerhin so viel gewachsen, dass er trotz allen Schrumpfens Dembrowskis Bücherjagd nicht schweigend über sich ergehen lässt.

Was machen Sie da?, fragt er seinen Vorgesetzten und ist erstaunt über die Schärfe in seiner Stimme.

Dembrowski reagiert zunächst nicht, nimmt stattdessen ein weiteres Buch in die Hand und blättert darin. Madame Chauchat, sagt er mit einem feinen Lächeln. Dann klappt er das Buch zu und stellt es in das mittlerweile leere Bücherregal zurück. Dembrowski dreht sich um, die rote Äderung seiner Wangen wie eine Reaktion auf die Kälte in seiner Stimme: Ich werde keine Infiltration in meiner Pfarre dulden.

Infiltration?

Infiltration marxistischer und nihilistischer Irrtümer.

Wie kommen Sie darauf, dass ich die Pfarre marxistisch oder nihilistisch infiltrieren will?

Mit dem Zeigefinger deutet Pfarrer Dembrowski auf die Bücher am Boden.

Was hat das damit zu tun? Den Index gibt es nicht mehr. Ich kann lesen, was ich will.

Nicht, solange ich Pfarrer bin.

Dembrowski kommt einen Schritt näher, sodass der Tabakgeruch seiner Soutane beißend wird. Bringen Sie Ihre Gedanken in Ordnung. Und wenn Sie schon dabei sind, bringen Sie auch Ihre Gefühle in Ordnung. Pfarrer Dembrowski sieht ihm durchdringend in die Augen, und

Thomas fühlt sich ertappt. Ein plötzliches Stechen in der Magengegend spürt er, spitz und heiß, als habe er einen Angelhaken verschluckt. Nach einer rhetorischen Pause fügt Dembrowski noch einen Nachsatz hinzu, die Äderung an den Wangen noch immer rot, doch die Stimme nicht mehr ganz so kalt: Vielleicht sollten Sie nicht mehr so viel Zeit mit Sophie – wie Sie sie nennen – verbringen. Gehen Sie in Zukunft Fräulein Jesenký aus dem Weg.

Da hätte Thomas beinahe laut aufgelacht.

Ignaz lag auf der Internen Abteilung, rotes Bettenhaus, Ebene 18. Für einen Moment überlegte Thomas, ob er Ignaz Blumen aus dem Laden vis-à-vis der Portiersloge mitbringen sollte. Doch er verwarf den Gedanken wieder. Er hatte keine Ahnung, ob sich Ignaz über Blumen freuen würde. Außerdem: Das war weder ein biblisch noch freundschaftlich motivierter Krankenbesuch. Er wollte überhaupt nicht hier sein. Er hatte einfach Angst gehabt, die Spur zu wechseln – verständlich nach einem nur knapp verhinderten Autounfall –, und die Spur, auf der er aus Angst geblieben war, hatte ihn hierhergeführt.

Fühlte es sich so an, Ignaz zu sein?

Auf der Internen Abteilung zu liegen am Ende eines Lebens, das einen hierhergeführt hatte, weil man Angst gehabt hatte? Angst, die Spur zu wechseln?

Jetzt war die Irritation wieder da und mit ihr das Gefühl, überspannt zu sein wie die Mechanik eines Aufziehspielzeugs. Nur mit Mühe konnte er sich hindern, davonzulaufen. Nur mit Mühe konnte er seine Bewegungen beruhigen, als er den Bodenmarkierungen zum Aufzug folgte. Bis zur Ebene 19 fuhr er allein und ohne anzuhalten. Am Schwesternstützpunkt fragte er, in welchem Zimmer Ignaz Fürwider liege. Dabei kannte er die Zimmernummer, die ihm ein Pfleger nannte, ohnehin. Der Portier hatte sie ihm ja soeben genannt. Doch er wollte die Begegnung mit Ignaz hinauszögern, wollte einen Grund haben, um die Distanz zwischen ihm und Ignaz nicht verringern zu müssen. Dabei: Vor fünfundvierzig Jahren hätte er alles gegeben, wenn sich der Raum zwischen ihm und Ignaz zusammengezogen hätte, klein geworden wäre bis zur Bedeutungslosigkeit. Denn gerne hätte er bei Ignaz Nähe gefunden: Nähe, so tief, dass der eigene Körper durchlässig für den des anderen würde und dann ein Rastplatz für dessen Rastlosigkeit. Doch er hatte sich nicht getraut. Und so hatte er Ignaz heimlich geliebt und gehofft, sein Herzschlag würde ihn nur nicht verraten, wenn er mit Ignaz die Treffen der Pfarrjugend vorbereitete oder nach einem Abendspaziergang vor dessen Wohnungstür hielt, um sich für einen Moment vorzustellen, er käme heim.

Und jetzt, wo ihn nur mehr wenige Schritte von Ignaz' Krankenzimmer trennten, spürte er wieder diesen Herzschlag, schnell und wuchtig. Da erinnerte sich Thomas, dass sein Herz auch genauso wuchtig geschlagen hatte, als er verstand, dass Ignaz ihn verleumdet hatte. Offenbar konnte nicht nur Liebe, sondern auch Hass ein Herz schneller schlagen lassen. Und vielleicht war das ja die Antwort auf die Frage, die Thomas vor Jahren an sich selbst gerichtet hatte und die nun Ignaz zur Erklärung seines Lebens beanspruchte: *Wer wärst du gewesen, wenn du mich nicht hättest hassen können?* Die Antwort darauf war vielleicht erschütternd banal: derselbe.

Mehr oder weniger.

Interessanter war da eine andere Frage. Und diese, dachte Thomas und legte die Hand auf die Türklinke, würde er Ignaz stellen, bevor sie beide in der Bedeutungslosigkeit versanken: Warum hast du mich eigentlich so gehasst?

Es ist nicht die erste Frage, die ihm Ignaz beantworten soll. Einmal, ein einziges Mal, lädt er Ignaz in seine Kaplanswohnung ein. Sie sitzen am Esstisch, Ignaz mit dem Rücken zur Bücherwand, und trinken Rotwein. Der Alkohol macht Thomas schwärmerisch, Ignaz' Nähe euphorisch. Wahrscheinlich hat er rote Wangen, nicht fein geädert wie die von Dembrowski, sondern wuchtig rot. Rotweinrot. Wahrscheinlich redet er zu schnell. Thomas erzählt von Ernesto Cardenal, von Marxismus und Mystik, aber auch von verschmähter Liebe und deren Verewigung in Cardenals *Epigrammen*: *Und wenn du auch die Liebe verachtest, die mir diese Zeilen diktierte, / so werden andere von dieser Liebe träumen, für die sie nicht bestimmt war.* So zitiert Thomas – vielleicht nicht ganz richtig, aber mit geschlossenen Augen –, nur um gleich darauf das Gespräch von der Liebe auf Lateinamerika zu lenken. Denn dort will er einmal hin, wo genau, weiß er noch nicht. Das ist aber auch nicht so wichtig. Auf diesem Kontinent klingt jeder Städtename wie eine Verheißung: Buenos Aires, La Paz, Porto Alegre. Sie trinken noch ein Glas und noch eines. Dann steht Thomas auf, greift über Ignaz' Schulter und zieht *Die Lateinamerikani-*

schen Psalmen heraus, dann *Jesus in schlechter Gesellschaft*, dann *Also sprach Zarathustra*. Du kannst dir die Bücher gerne ausborgen, wenn du möchtest. Und dann, als Ignaz in den *Lateinamerikanischen Psalmen* blättert, so vertieft, dass sein Gesicht bis zum oberen Rand seiner Brille verdeckt ist, fragt Thomas: Hast du dir nie überlegt, dass Berufung auch eine Flucht ist?

Wovor?

Vor all den anderen Möglichkeiten, denen man sich auch hätte öffnen können.

Die Wohnungstür aufzudrücken, kostete Thomas mehr Kraft als sonst. Sicherlich: Er war von Filterkauf und Spitalsbesuch ermüdet, ganz zu schweigen von dem nur knapp verhinderten Unfall. Aber da war noch etwas anderes. Kurz nach dem Eintreten in Ignaz' Spitalszimmer war in Thomas Müdigkeit aufgestiegen, eine Müdigkeit, die, wie er beim Verlassen des Spitals verstand, eine Art von Traurigkeit war. Ignaz hatte so zart gewirkt: das ehemals wuchtige Gesicht reduziert auf ein längliches Oval. Wäre da nicht der weiße Bart gewesen, es hätte auch das Gesicht des jungen Kaplans sein können. Doch es war nicht so sehr Ignaz' Gesichtsform gewesen mit seiner Illusion vom Tod als Verjüngung, sondern seine Stimme. Gepresst und beinahe tonlos wollte sie so gar nicht zu dem Leuchten in seinen Augen passen: Nimm mir die Beichte ab. Ignaz wollte Vergebung, das war zu erwarten gewesen. Aber dieses Leuchten verriet eine tiefergehende Hoffnung: Es war die Hoffnung, ein Leben oder zumindest Teile davon ungeschehen zu machen, die

Bitte, Aufschub zu erhalten, wenn nicht gar einen Neuanfang.

Das hatte Thomas nicht gekonnt.

Er stellte die Tasche mit der Aktivkohle neben den Schuhen ab und hängte seinen Mantel auf. Zu seiner Überraschung sah er auch Moritz' Daunenjacke an der Garderobe hängen und daneben eine olivgrüne Barbourjacke, die weder Thomas noch Riccardo gehörte. Und tatsächlich: Jetzt hörte er gedämpfte Stimmen durch die Wohnzimmertür. Riccardos heiserer Bariton und dann die Antwort in ähnlich dunkler Stimmlage. Nur nicht ganz so heiser.

Thomas schüttelte den Kopf. Da war sie wieder. Die Irritation, die Anspannung, die ihn beinahe vergessen ließ, dass er eigentlich traurig war. Er wollte keinen Besuch. Die Wahrheit war, im Moment wollte er nicht einmal Riccardo sehen. Im Badezimmer wusch er sich die Hände mit besonderer Sorgfalt und betrachtete danach die Altersflecken auf Stirn und Wange. Dann zwang er sich, sich von der Intimität seines Spiegelbilds wegzudrehen und ins Wohnzimmer zu gehen. Er öffnete die Tür und sah vis-à-vis von Riccardo einen Mann sitzen, der aussah wie eine erwachsene und grobschlächtigere Version von Moritz. An ihn geschmiegt saß der kindliche Gitarreschüler und strahlte vor stillem Glück. Sobald Thomas eingetreten war, stellte ihn Riccardo vor – mein Mann, Thomas –, der Mann, der aussah wie die grobschlächtigere Version von Moritz, stand auf und reichte Thomas die Hand. Obwohl er dabei nicht lächelte, wirkte sein Gesichtsausdruck offen, beinahe neugierig: Haimo Wildner. Ich bin der Vater von Moritz.

Haimo Wildner setzte sich wieder neben seinen Sohn, der Himbeersaft mit einem Strohhalm umrührte. Thomas nahm neben Riccardo Platz und griff nach der Schale mit Erdnüssen, die auf dem Tisch stand – ungefähr dort, wo heute Früh Brief und Ultimatum gelegen waren. Riccardo hatte eine Flasche Chardonnay mit einer Kühlmanschette umwickelt und sie neben die Schale mit Erdnüssen gestellt. Als er Thomas' suchenden Blick sah, ging er in die Küche, um ein Weinglas zu holen.

Wir wollten uns nur bedanken, sagte Wildner, nachdem er sich ebenfalls eine Handvoll Erdnüsse genommen hatte. Bevor er sie an den Mund führte, hielt er sie seinem Sohn hin. Dieser schüttelte jedoch den Kopf, zog stattdessen an seinem Strohhalm.

Bedanken? Wofür denn?

Für Ihre Großzügigkeit.

Jetzt fiel Thomas die verlorene Geldbörse und der Hunderteuroschein wieder ein. Sofort verstärkte sich die Irritation, mischte sich mit einem Gefühl von Peinlichkeit: Moritz war sehr traurig wegen seiner Geldbörse, erklärte er mit einem um Verständnis werbenden Achselzucken. Und Riccardo hat ein weiches Herz.

Ein weiches Herz habe ich?, fragte Riccardo, der in diesem Moment mit dem Weinglas zurückkam. Das stimmt. Ich kann aber auch anders. Theatralisch hielt er das Weinglas von Thomas weg. Alle lachten, und Riccardo schenkte Thomas den Chardonnay ein. Nachdem sie angestoßen und getrunken hatten, sagte Wildner: Eigentlich wollten wir Ihnen das Geld zurückgeben. Aber Riccardo hat sich standhaft geweigert, es zurückzunehmen. Also werden wir es auf Moritz' Sparbuch legen. Und dann nach einer Pause mit Bestimmtheit in der Stimme: Das war aber das letzte Mal. So knapp bei Kassa sind wir ja nicht.

So war das auch nicht gemeint, beeilte sich Thomas zu sagen und Wildner nickte, während Moritz in den Strohhalm blies, sodass sich die Oberfläche seines Himbeersaftrests in Blasen brach. Wildner sah seinen Sohn mahnend an, gutmütig mahnend, worauf dieser den Strohhalm wieder absetzte.

Das weiß ich schon, nahm Wildner das Gespräch wieder auf. Die Wahrheit ist, dass ich mich sehr gefreut habe, dass Moritz in seinem Leben Menschen hat, die ihm helfen. Sie müssen wissen: Meine Mutter war alleinerziehend, wir hatten nicht viel Geld und waren auf Hilfe angewiesen. Mein Klassenvorstand hat mir die Maturareise bezahlt. Wildner schwieg und starrte geistesabwesend auf den Wohnzimmertisch, als läse er dort den Absender eines ungeöffneten Briefs. Niemand sprach. Schließlich nahm Wildner den Faden wieder auf: Und jetzt liegt er im Sterben. Ich habe ihn heute Nachmittag im Spital besucht. Beste Versorgung, da kann man nichts sagen, aber es wird jeden Moment so weit sein.

Dann schien sich Wildner zu erinnern, dass er mit Fremden sprach. Sein Gesichtsausdruck wechselte schlagartig von offen zu offiziell, als habe er ein Visier hinuntergelassen. Er streichelte Moritz über den Oberarm, zärtlich, aber energisch und stand auf: Komm, wir müssen gehen. Und dann mit einer angedeuteten Verbeugung in Richtung Riccardo und Thomas: Ich danke Ihnen nochmals sehr herzlich. Aber wie gesagt: Das war das letzte Mal.

Riccardo war weder nachtragend noch besserwisserisch. Doch heute Abend war seine Erleichterung zu groß, um die Richtigkeit seines Handelns nicht noch einmal hervorzuheben: Siehst du. Nichts passiert. Alle haben sich gefreut.

Thomas nickte und umarmte Riccardo, lehnte seine Stirn gegen Riccardos volles, weißes Haar. Riccardo zog ihn an sich, dann löste er sich aus der Umarmung. Er wolle noch etwas nachsehen. Ihm sei eine Etüde für Moritz eingefallen, etwas von Villa-Lobos, nicht einfach, aber probieren könne man es ja. Thomas jedoch hielt Riccardo fest, denn er wollte erzählen von Unfall und Besuch bei Ignaz. Er ließ es jedoch bleiben. Natürlich wusste Riccardo von Ignaz. Als sie frisch verliebt gewesen waren, hatte er Riccardo die Geschichte erzählt. Zumindest eine Version davon. Denn Thomas hatte nie gesagt, wie viel ihm Ignaz wirklich bedeutet hatte. Wozu auch und vor allem, wie auch?

Thomas erzählte also nichts, ließ Riccardo los und räumte die Weingläser weg. Dann holte er das Päckchen mit der Aktivkohle aus dem Vorzimmer, hob den Außenfilter aus dem Unterschrank des Aquariums und setzte die Aktivkohle ein. Ein paar Tage konnte sie im Aquarium bleiben, dann musste sie wieder gegen den üblichen biologischen Filter ausgetauscht werden. Routinemäßig maß er den pH-Wert des Wassers. Nachdem er sichergestellt hatte, dass dieser in Ordnung war, drehte er das Licht ab und setzte sich auf die Couch. Die Irritation hatte nachgelassen und mit ihr das Bedürfnis, in Bewegung auszubrechen. Ruhig atmend betrachtete Thomas das Aquarium. Obwohl er den Filter gerade erst eingesetzt hatte, schien sich das Wasser bereits zu klären. Seine Rotkopfsalmler störte der neue Filter jedenfalls nicht. Im unteren Drittel des Aquariums schwammen sie durchs Wasser, unbeeindruckt von dem gerade begonnenen Reinigungsprozess, unbeeindruckt von allem, was sich heute ereignet hatte. Thomas lehnte sich nach vorne, stützte den Kopf auf die Hände. Rotkopfsalmler gehörten zu den wenigen echten Schwarmfischen, die im Süßwasser beheimatet waren. Exemplare lebten auf komplexe Art und Weise aufeinander bezogen, hielten zueinander einen konstanten Abstand, änderten gleichzeitig die Richtung. Was wäre, dachte Thomas, wenn Menschen wie Fische wären und Schwärme bildeten, um so als Ganzes jeden Einzelnen zu schützen? Es war ein seltsamer Gedanke, noch dazu von jemandem, der sein Leben lang versucht hatte, jedem Schwarm zu entfliehen. Doch vor Ignaz war ihm die Flucht nie ganz gelungen. Sie waren kein Schwarm gewesen, aber ein Leben lang aufeinander bezogen. Geschützt hatten sie einander nicht.

Doch dazu war es noch nicht zu spät.

Einmal noch konnte, wenn schon kein Schutz, so zumindest Hilfe gewährt werden. Und das zu tun, schuldete Thomas wenn nicht Ignaz, dann zumindest sich selbst. Er stand auf und ging zu Riccardos Zimmer. Sie hatten sich angewöhnt zu klopfen, ein kleines Zeichen des Respekts, aber auch der Pragmatik. Selbst die kleinste Wohnung wurde größer, wenn man an Türen klopfte. Er wartete, bis Riccardo ihn hineingebeten hatte, dann sagte er: Ich muss noch einmal los.

Jetzt noch?

Thomas nickte.

Und als er sah, wie Riccardo besorgt die Augenbrauen zusammenzog, neigte er sich zu Riccardo und flüsterte ihm ins Ohr: Wenn ich zurückkomme, erzähle ich dir alles.

2019

AKTE oder
Wildners zweiter Zwischenfall

Das Wort konnte ein Ding bezeichnen oder eine Tätigkeit. Und egal ob es ein Ding oder eine Tätigkeit bezeichnete: Es war nie vorherzusehen, was es in einer bestimmten Situation bezeichnen würde. Dinge wie

Zapfen,

Stöpsel

oder Faustschlag

konnte es bezeichnen; aber auch Tätigkeiten wie

stützen,

schuften

oder dübeln.

Wer angesagt war, kannte das Wort in jener grammatikalischen Form, die Wildner in acht Jahren Englischunterricht stets rätselhaft gewesen war und ihn heute noch an Wiener Stadtbezirke erinnerte: Hietzing, Meidling oder Simmering; Penzing, Ottakring oder Döbling.

Nun, da er es gegoogelt hatte, fand Wildner das Wort nicht mehr rätselhaft. Was er allerdings rätselhaft fand: dieses Wort in genau dieser grammatikalischen Form mit genau dieser Bedeutung zu lesen, und das unter der Rubrik *Lifestyle* in einem Hochglanzmagazin, das mehrere Monate alt war. Wildner musste es sich eingestehen: Er war nicht mehr jung, konnte nach einem wohlbekannten

Anfang und vor einem wohlbekannten Ende auf vierund-
fünfzig Jahre Ablenkung zurückblicken. Er war also ein
Mann im mittleren beziehungsweise fortgeschritten mittleren Alter. Doch dieses Wort änderte alles. Es machte ihn
schlagartig alt.

Mehr noch.

Es ließ ihn aus der Zeit fallen.

Es löste ihn aus seinen erlernten Moral- und Benimm-
kontexten.

Denn das Hochglanzmagazin war die Wochenendbeila-
ge einer konservativen Tageszeitung, und unter der Rubrik
Lifestyle befand sich eine Liste erotischer Neujahrsvorsät-
ze. Und wenn die Wochenendbeilage einer konservativen
Tageszeitung nicht gerade deine intimste, in jedem Fall aber
eine mit Schuldgefühlen behaftete Fantasie als erotischen
Neujahrsvorsatz anpreist, gibt es nichts mehr zu deuten:
Du bist ein Anachronismus.

Ein Anachronismus zu sein, hat Implikationen. Das
bedeutet im Wesentlichen eines. Nämlich, dass ein ehemals
realistischer Blick auf das menschliche Leben das menschliche Leben nicht mehr realistisch erfasst. So eine Erkenntnis
wirft Fragen auf. Zum Beispiel:

Bin ich jemals *kein* Anachronismus gewesen?

Verstehe ich noch die Welt beziehungsweise versteht
mich noch die Welt?

Und: Hat das Auswirkungen auf die Ewigkeit?

Keine dieser Fragen beschäftigte Wildner, als er die
Wochenendbeilage wieder zu den anderen Magazinen leg-

te, die im Wartebereich der urologischen Ambulanz gestapelt waren. Die Frage, die Form annahm – nicht plötzlich, sondern mit der Vorhersehbarkeit eines chronischen Leidens –, war von selbstversunkener Natur. Allein im Wartebereich der urologischen Ambulanz stehend, am Ende eines Nachtdienstes im Mai 2019, wollte Wildner nur eines wissen: Sieht man mir das an?

Schwester Gabriele zumindest schien es ihm nicht anzusehen. Und das, obwohl sie ihm lächelnd ins Gesicht sah, als sie ihm eine Tasse Kaffee reichte und einen Teller mit einer Buttersemmel hinschob. Wildner nahm ihr den Kaffee mit einem Kopfnicken aus der Hand und stellte ihn auf den Tisch. Dann griff er nach der Semmel. Doch anstatt zu essen, ließ er sich tiefer in die Couch im Schwesternstützpunkt sinken und erwiderte Schwester Gabrieles Blick.

Er mochte ihr Schwesternlächeln. Es war warmherzig. Wichtiger noch: Es bestätigte die soziale Ordnung. Ihr Lächeln war eindeutig, hatte nichts Augenzwinkerndes und nichts Spielerisches. Und dennoch erinnerte es ihn an Lauras spielerische Art, mit der sie Flirts begann und Konflikte entschärfte. Oder treffender: mit der sie Flirts begonnen und Konflikte entschärft hatte. Denn die Verantwortung für Moritz (und wohl auch die Enttäuschung über Wildner) hatte in den letzten zehn Jahren das Spielerische aus ihrem Verhalten gespült. Jedenfalls im Umgang mit ihm. Anstelle des Spielerischen war Professionalität getreten. Die Korrektheit im Umgang mit einem Menschen, mit dem man eine wichtige Aufgabe teilt.

Wie absurd, möchte man da sagen, vielleicht sogar: wie *traurig*.

Die Professionalisierung einer privaten Beziehung war der Grund, warum Wildner immer wieder den Wunsch verspürte, seine professionellen Beziehungen mit Vertrautheit anzureichern. Was er nicht tat. Zumindest nicht normalerweise. Doch heute, aufgewühlt von der Erkenntnis, ein Anachronismus zu sein, überwältigte ihn das Verlangen, sich jemandem mitzuteilen. Er legte die Buttersemmel wieder auf den Teller und lehnte sich nach vorne. Allerdings fragte er Schwester Gabriele nicht (wie er es für einen Moment wollte), ob ihr dieses Wort ein Begriff war, das u. a. ›Faustschlag‹ oder ›dübeln‹ bedeuten konnte und mit derselben Silbe endete wie der sechzehnte Wiener Gemeindebezirk. Nicht nach einem Wort fragte Wildner, sondern – ambitionierter – nach einem ganzen Text: Kennen Sie die Geschichte des Martin Guerre?

Schwester Gabriele schüttelte den Kopf. Wildner legte sich den Zeigefinger auf die Lippen – eine etwas wichtigtuerische Geste, die, wenn sie ihn gekannt hätte, Schwester Gabriele an Wildners Vater erinnert hätte. Dann fragte er, den Finger von den Lippen nehmend:

Eigentlich ist es die Geschichte des Arnaud du Tilh. Sie trug sich in Frankreich im sechzehnten Jahrhundert zu. Arnaud war ein Hochstapler und gab sich für mehrere Jahre als der verschwundene Bauer Martin Guerre aus. Irgendwann aber kehrte der echte Martin Guerre zurück. Arnaud wurde als Betrüger entlarvt. Das endete nicht gut für ihn.

Schwester Gabriele nickte, die Augen in Konzentration verengt, die Lippen eingesogen.

Die Frage, die ich mir nun stelle, ist: Was würdest du tun, wenn du wüsstest, du wirst bald entlarvt? Würdest du dich verstecken oder zeigen?

Und Schwester Gabriele antwortete wie aus der Pistole geschossen und so eindeutig wie ihr Lächeln: zeigen.

Zeigen.

Nicht erzählen.

Das war der Ratschlag jedes Schreibratgebers. Das Leben schien diesen Ratschlag beherzigt zu haben. Denn anstatt Wildner zu erzählen, was radikale Relativierung eines Problems bedeutete, zeigte es ihm diese kurzerhand.

Und zwar folgendermaßen:

Es war nach Ende des Nachtdienstes und Wildner hatte sich umgezogen: die Uniform des Akademikers mittleren Alters – Jeans, Hemd, Sakko. Nun war er unterwegs in Richtung Spitalsausgang. Nicht in die Zeit zu passen, machte ihn sensibel. Seit Langem nahm er wieder den nadelspitzen Krankenhausgeruch wahr. Seit Langem wieder die zwischen Sorge und Langeweile pendelnden Gesichter der Patienten. Deren Gefühlsgemisch spiegelte seine eigene Stimmung wider: Langeweile und Sorge, wobei seine Stimmung vielleicht treffender als Gemisch aus Unwillen und Anspannung zu bezeichnen war. Das hatte einen spitals- und anachronismusunabhängigen Grund. Moritz' Schule veranstaltete heute einen Sporttag. Wildner hatte zugestimmt, dem Sporttag beizuwohnen, bei den Aktivitäten mitzumachen. Laura war verhindert. Sie war das Wochenende über bei einem Zeichenworkshop, den sie schon vor Monaten gebucht hatte.

Außerdem:

Sporttag = Vatertag.

Und das aus naheliegendem Grund (zumindest nahm Wildner an, dass Laura diesen Grund für naheliegend hielt): Wenn ein Elfjähriger seine Mutter beim Eltern-Schüler-Match niedertakelte oder sie beim Völkerball vom Spielfeld bombte, wurde das landläufig als falsch befunden. Bekam der Vater den sportlichen Ehrgeiz seines Sohnes ab (oder, besser noch, den seiner Tochter), hielt man das landläufig für unbedenklich.

Deswegen: Sporttag = Vatertag.

Nun hatte Wildner keine Sorge, dass ihn Moritz bei einem Fußballspiel niederstrecken würde. Dennoch sah er dem Sporttag mit Skepsis entgegen. Er war Anästhesist und Schmerztherapeut, kein braungebrannter Sportmediziner mit Survivalarmband. Sportlicher Wettkampf interessierte ihn nicht. Mehr noch: Er fand ihn bedrohlich. Beim Gedanken an Punkte und Regeln, an Schiedsrichter und Publikum, an Sieger und Verlierer wurde ihm flau im Magen. Sofort musste er an den einen Wettkampf denken, der, obwohl es keinen Gewinner, keinen Schiedsrichter und keine Punkte gegeben hatte, sein Leben bestimmt hatte. Denn sofort wurde der Tennisplatz des *L'hotel di uomini non illustri* vor seinem inneren Auge plastisch, und mit dem Tennisplatz zwei Spieler: Einer von ihnen lässt plötzlich den Schläger fallen und stürzt zu Boden, bleibt bäuchlings liegen. Das seitlich gedrehte Gesicht von nicht zu bändigenden Locken verdeckt.

Und der andere Spieler?

Der ist starr vor Schreck. Dem steht die Angst, schuld zu sein, ins Gesicht geschrieben.

Und wird ein Leben lang dort stehen bleiben.

Doch weiter mit Erzählen.

Wildner war also unterwegs in Richtung Spitalsausgang. Da hatte er einen Einfall. Er hatte es nicht eilig, zum Sporttag zu kommen. Und er hatte noch genug Zeit, um einen schnellen Blick in ein mehrere Monate altes Hochglanzmagazin zu werfen. Warum also nicht einen schnellen Blick in ein mehrere Monate altes Hochglanzmagazin werfen? Außerdem: Gibt es das überhaupt, dass man als Anachronismus zu wenig Zeit hat? Hatte man nicht gerade deswegen immer zu viel Zeit?

Schwer zu sagen.

Wildner sagte nichts. Nicht zu dieser Frage, nicht in Gedanken und nicht zur Reinigungskraft, die in diesem Moment einen Servicewagen, groß wie ein Bergepanzer, an ihm vorbeischob. In schweigender Konzentration folgte er der Bodenmarkierung, die sich schnurgerade in Richtung urologischer Ambulanz erstreckte. Es war noch nicht acht Uhr morgens. Der Warteraum der Ambulanz war jedoch bereits voll. Wildner musste also vor den Blicken aller einen Blick in die Zeitschrift werfen.

Einen Blick vor Zeugen also.

Das war nicht gut.

Selbst wenn niemand wissen würde, was er nachschlug: Die Konfrontation mit einem Wort, das Zapfen oder schuften bedeuten konnte und auf derselben Silbe endete wie der elfte Wiener Gemeindebezirk, schien eine Tätigkeit zu sein, die besser unbezeugt blieb. Denn Identität entsteht erst durch Zeugenschaft. Und noch wusste niemand, dass er ein Anachronismus war.

Doch noch ein Problem gab es.

Was, wenn jemand gerade das Hochglanzmagazin las, in das Wildner einen Blick werfen wollte? Dann würde Wildner unverrichteter Dinge wieder gehen müssen. Denn mit welcher Begründung konnte man jemanden bitten, eine seit Monaten nicht mehr aktuelle Wochenendbeilage herauszurücken? Ich möchte meine Erinnerung mit dem damaligen Horoskop abgleichen?

Das war nicht gut.

Wildner musste also abklären, ob die Wochenendbeilage frei war. Er ließ seinen Blick unauffällig schweifen. Was er sah, war harmlos. Alles wie erwartet. Der Warteraum nahm die österreichische Bevölkerungsstruktur der nahen Zukunft vorweg. Alte Leute belegten die Sitzplätze, nicht nur Männer, wie man vielleicht erwarten würde, sondern auch Frauen. Die wenigen jungen Menschen stachen hervor wie die Glasverzierungen an einer Bestattungsurne.

Aber ein junger Mann reflektierte nicht einfach seinen Blick. Ein junger Mann schien aus sich heraus zu leuchten. Ein dunkles Leuchten, vielleicht, aber intensiv genug, sodass Menschen und gestapelte Hochglanzmagazine um ihn herum verblassten. Wildner spürte, wie sein Herz schneller schlug und sein Schritt schwankte. Denn der junge Mann, der dunkel leuchtete und zuvor auf sein Mobiltelefon gestarrt hatte, war nun aufgestanden – vielleicht, weil er sich die Beine vertreten wollte; wahrscheinlich, weil er aufgerufen worden war.

Jetzt ging er auf Wildner zu.

Und das sah Wildner: einen Burschen, vielleicht achtzehn, vielleicht neunzehn Jahre alt, mit bartlosem, rührend weichem Gesicht unter schweren Locken und, als er an Wildner vorbeigehen wollte, die Andeutung von Nasolabialfalten. Und solche Nasolabialfalten konnten alles Mögliche bedeuten: Nikotinabusus, zum Beispiel. Gastritis, zum Beispiel. Aber auch

Häme.

Bösartigkeit.

Du bist Jesenký?

Der Bursche blieb stehen, und mit aufgerissenen Augen erfasste Wildner den Blick des Burschen, der ihn schräg von unten, denn der Bursche war etwas kleiner, traf.

Die grünen Augen.

Die hohen Backenknochen.

Der Zug um den Mund.

Wie bitte?

Doch Wildner brachte keinen Ton heraus. Er nickte nicht, schüttelte nicht den Kopf und sah dem Burschen auch nicht nach, als dieser weiter in Richtung Untersuchungsraum 2 ging. Er stand einfach nur da.

Und das hatte der Bursche gesehen, bevor er weitergegangen war in den Untersuchungsraum 2: einen untersetzten Mann, Mitte fünfzig: desorientiert und hilflos wie ein Schauspieler, der erkennt, nicht mehr zum Helden – auch nicht zum komischen – zu taugen.

Nicht zum Helden, nicht zum Sportler. Und, war man ein Anachronismus, auch nicht zum Vater?

Wer soll das beantworten?

Was vielleicht gegen Wildners Vatertauglichkeit sprechen könnte, war, dass er verspätet war. Außerdem wusste er nicht, wo er Moritz' Klasse finden konnte, und musste den Schulwart fragen. Der Schulwart schickte ihn auf den Sportplatz. Und Wildner – was ebenfalls gegen seine Vatertauglichkeit sprechen könnte – hätte beinahe wieder umgedreht. Denn das erwartete ihn, als er, eine Tasche mit seinem Trainingsgewand in der Hand, beim Sportplatz ankam:

Fußballplatz.

Basketballplatz.

Tischtennistische.

Und ein Gesumme und Gewusel von Kindern und Eltern und Lehrern. Mütter, die aussahen wie aus einem Hochglanzmagazin. Väter, die ganz offensichtlich taugten. Moritz sah er nicht. Die Wahrheit war: Wildner war noch immer desorientiert. Wildner war noch immer hilflos. Es war nicht einmal sicher, ob er seinen Sohn überhaupt sehen würde, wenn dieser vor ihm stand. Denn grüne Augen und die Andeutung von Nasolabialfalten tanzten wie Nachbilder in seinem Blick. Er stellte die Tasche auf den Boden und wollte schon einen o-beinigen Turnlehrer mit Mittelscheitel und Kommandostimme nach Moritz fragen.

Da geschah etwas.

Etwas, das Wildner mit derselben Regelmäßigkeit vergaß, mit der es ihn in Erstaunen versetzte: nein, für Momente in ein anderes, besseres Leben. Denn jemand hatte seine Hand ergriffen und, als sei dies nicht Berührung genug, ihn gleichzeitig zu sich hingezogen. Und der Griff, der ihn zog, war nicht fest und nicht trocken, sondern feucht und unbeholfen, dabei aber so bestimmt wie der Griff eines Freistilringers. Wildner drehte den Kopf in die Zugrichtung und sah Moritz. Sein Sohn strahlte vor Freude. Lautstark wiederholte er ein zweisilbiges Wort wie eine Zauberformel, die in Wildner jedes Mal tiefes Glück beschwor und – oft nur wenig später – Nervosität, Irritation:

Papa.

Papa.

Die Aufregung über den Sporttag und die Freude, dass sein Vater doch gekommen war, schien die Zeit zurückgedreht zu haben. Zumindest Moritz' Alter. Keine Spur von der distanzierten Lässigkeit, mit der Moritz seinem Vater nun häufig begegnete und mit der wohl auch seine in die Stirn frisierten Haare zusammenhingen. Bevor Wildner noch seinen Sohn begrüßen konnte, hatte Moritz die Zugrichtung bereits geändert. Gerade dass Wildner seine Tasche wieder aufheben konnte. Denn nun ging es in Richtung Umkleideraum. Und das zügig: Zeit war keine zu verlieren. Dass das auch nicht geschah, schien Moritz durch seine Präsenz sicherstellen zu wollen. Weder wich er von der Seite seines Vaters, als dieser seine Jeans auszog, noch hörte er für einen Moment zu reden auf. Was alles geplant sei und welche taktischen Züge er sich mit seinen Freunden bereits überlegt habe. Und was sie tun würden, falls sich ein gewisser Turnlehrer – Wildner nahm an, dass es der o-beinige mit Mittelscheitel und Kommandostimme war – als betrügerischer Schiedsrichter herausstellen würde.

Trotz Moritz' Redeschwall konnte Wildner die Atmosphäre des Umkleideraums nicht ignorieren. Nicht nur Wörter sind Zeitmaschinen. Auch Umkleideräume. Schlagartig wurde Wildner wieder in den Turnunterricht seiner Schulzeit versetzt. Selbst der Geruch von Pubertät und Begehren schien derselbe zu sein wie im Umkleideraum eines Elitegymnasiums. Damals war alles ritualisiert gewesen:

Das Ausziehen.

Das Kleideraufhängen.

Die Hänseleien.

Pubertät, so die landläufige Meinung, ist der Wandel des Selbstverständlichen zum Problematischen. Wenn das stimmte (was es nicht tut), war Wildner als Pubertierender geboren worden. Keinen Zeitpunkt hatte es gegeben, an dem er, wie man so sagt, eins mit sich gewesen wäre. Er war nicht athletisch wie Götz, er war nicht schlank wie Jesenký gewesen. Immer bullig, immer groß hatte er seine Schulkollegen an eine Figur aus einem *Lucky Luke*-Comic erinnert. Und mit dieser Erinnerung hatten sie auch jede der vielen Demütigungen eingeleitet. Besonders Jesenký hatte nie eine Gelegenheit für diese Feststellung versäumt: Der Wildner, der kann sich ja nichts leisten. Der hat ja nicht einmal einen Vater.

Und fett ist er auch.

Und was sah sein Sohn, wenn er ihn ansah?

Schlagartig kippte Wildners Wahrnehmung. Mit einem Mal war er nicht mehr im Umkleideraum seiner Schulzeit, sondern wieder im Umkleideraum von Moritz' Schulzeit. Und das halbnackt, in Boxershorts und Unterhemd. Zu eng schmiegte es sich an seinen bulligen Oberkörper.

Schwester Gabriele mochte raten, dass man sich zeigen müsse. Doch nichts war Wildner verhasster. Dreh dich um, wollte er Moritz schon anweisen. Oder weniger autoritär, dafür Schuldgefühle schürend: Kann ich nicht wenigstens beim Umziehen allein sein? Doch Moritz redete noch immer. Er schrie beinahe in Erwartung der Dramen eines schulischen Sporttages. Wildner hätte sich auch einen Harnisch anlegen und einen Visierhelm aufsetzen können. Sein Sohn hätte es nicht bemerkt. Denn das hier waren Vater und Sohn. Und wenn auch für den Vater der Sohn nicht selbstverständlich war; für den Sohn war es der Vater allemal. Warum also nicht hinsehen, wenn sich der Vater die Hose auszog? Wildner hielt einen Moment inne. Denn manchmal muss man innehalten, um zu sehen: das ausdrucksstarke, dabei so weiche Gesicht des Sohnes; die feine Nase, die grünen Augen. Feingliedrig war Moritz, das hatte er von Laura, rank mit seinen schlanken Fingern und langen Beinen. Und trotz dieser Feingliedrigkeit schäumte in ihm ein energetischer Überfluss. Formte alles, was er tat: sprechen, deuten, tänzeln. Ab welchem Alter fing man eigentlich an, sich effizient zu bewegen?

Was ist, Papa?

Wildners väterlich-philosophisches Innehalten war von seinem Sohn als Trödelei enttarnt worden.

Nichts, gar nichts.

Du musst schnell machen. Wir sind schon spät dran.

Gehorsam zog sich Wildner die Trainingshose an and streifte sich das T-Shirt über. XX-Large. Der großzügige Schnitt seines T-Shirts würde ihn schützen wie ein Gansbauch-Kürass. Wildner griff nach seiner Sporttasche und legte Moritz die Hand auf die Schulter: Komm, gehen wir. Moritz nickte und hüpfte, von energetischem Überfluss getragen, in Richtung Sportplatz. Als sie dem Gewusel aus Eltern, Lehrern und Schülern so nahe waren, dass sie eigentlich schon ein Teil davon waren, verkündete Moritz: Ich habe uns für das Tischtennisturnier angemeldet.

Ein Anachronismus zu sein. Das heißt, sich eines Gedankens nicht erwehren zu können. Nämlich, dass das eigene Leben dem Verlauf einer Wasserrutsche ähnelt. Und zwar einer Wasserrutsche, wie man sie für Kleinkinder in einem Erlebnisbad baut: mit flachen Winkeln und mütterlichen Kurven, die sich in Richtung Becken senken. Denn so ein behaglicher Sinkflug verband die Stationen seines Lebens, dachte Wildner, als er Moritz, der Tischtennisschläger holen ging, nachsah:

Von Schuld zu Scham.

Von Moral zu Neurose.

Von Tennisplatz zu Tischtennisplatte.

Offensichtlich war er am heutigen Tag dazu verdammt, dieses Absinken im Miniaturformat nachzuspielen. Als sei das Leben nicht nur Erzähler, sondern auch ein systemischer Therapeut, der ihn sein inneres Drama mit Legofiguren nachstellen ließ. Aber wenn dieser Gedanke wahr war: Was bedeutete das für Moritz? Welche Rolle kam ihm bei diesem Rollenspiel zu? Wildner war seit Ende seines Nachtdienstes von Erkenntnis betäubt und von Begegnung desorientiert gewesen. Jetzt begann er vor Angst zu frieren: Moritz durfte nicht Opfer des Dilemmas seines Vaters werden. Das Tischtennismatch durfte nicht stattfinden.

Wildner streckte sich, um Moritz zu entdecken. Er sah an einer Turnlehrerin vorbei, die, eine Mappe in der Hand, ihr Team unterwies. Er sah an einer Gruppe Burschen vorbei, die sich derb um einen Rugbyball balgten. Und dann sah er Moritz. Und zwar von einem Winkel aus, als sei Wildner, die Naturgesetze brechend, seine Lebensrutsche hinaufgeglitten und könne nun aus erhabener Perspektive alles überblicken und jedes beliebige Detail heranzoomen. Vor Angst frierend, fokussierte er seinen Sohn. Moritz ging mit gesenktem Kopf und wie in Zeitlupe, in jeder Hand einen Tischtennisschläger. Diese schwenkte er in komplizierten Bewegungen hin und her, drehte dabei die Handgelenke, gab imaginären Bällen einmal einen Topspin und einmal einen Backspin. Fließend waren seine Bewegungen, souverän und folgerichtig. Und vielleicht war es die Folgerichtigkeit dieser Bewegungen. Vielleicht auch der Blick seines Sohnes, der ihn nun traf. Denn Moritz hatte in seinem imaginären Spiel innegehalten und den Kopf gehoben, um seinen Vater im Gewusel des Sportplatzes zu entdecken. In jedem Fall dehnte sich für einen Moment nicht nur die Zeit, sondern Wildner selbst. Alles in ihm wurde Weite. Alles in ihm wurde Fläche. Und auf solcher Fläche kann man erkennen:

Kein Grund, vor Angst zu frieren.

Das hier war nur ein Tischtennismatch.

Nicht die ewige Wiederkehr des Gleichen in Miniaturformat.

Was allerdings ewig wiederkehrte – wenn auch nur dem Anschein nach und nicht im Miniaturformat –, war der

Ball. Auch kehrte er nicht in gleicher Weise wieder, sondern heimtückisch und unvorhersehbar platziert. Moritz schlug eine knallharte Rückhand. Sein Schlag war dabei eine halbkreisförmige Bewegung, die sich – gleichzeitig mit dem Durchstrecken seines Arms – auf seine Hand übertrug. Diese drehte er dann seitlich und explosiv, als wolle er nicht den Ball treffen, sondern den Schläger werfen. Dabei: Hätte er diese Begegnung langsam ausgeführt, sie hätte ein Friedensgruß sein können: eine Abwandlung der Geste, mit der Pierre Brice Lex Barker willkommen heißt. Nun aber war sie eine Attacke. Sie war ein Bewegung gewordenes Argument, der Ursprung eines Klopfcodes, den der Sohn mit Schläger, Ball und Tisch dem Vater morste.

Die Botschaft war nicht leicht zu dekodieren. Sie war zumindest zweideutig.

Ping-Pong.

Eine Spielaufforderung schien sie zu sein. Gleichzeitig eine Drohung: Spiel mit mir – damit ich dich besiegen kann.

Das war vielleicht eine Spur übertrieben. Allerdings nur eine Spur. Wildner hatte sich vorgenommen, seinen Sohn gewinnen zu lassen. Nun erkannte er: Er würde sich zusammennehmen müssen, um gegen seinen zehnjährigen Sohn überhaupt eine Chance zu haben. Der Nachtdienst machte sich bemerkbar. Und Moritz' Bewegungstalent. Was Wildner seinem Sohn an Größe voraus hatte, machte dieser mit Wendigkeit wett. Nun auf der gegenüberliegenden Seite des Tischtennistisches waren Moritz' Bewegungen nicht nur koordiniert. Sie waren im höchsten Maße effizient. Moritz spielte ein Spiel wie eine Kurzgeschichte. Da war nichts Überflüssiges. Keine Bewegung, die nicht eine von Wildners Attacken retournierte. Keine Bewegung, die nicht selbst eine Attacke war.

Aber es war mehr als nur Moritz' Bewegungstalent. Da war etwas Mentales. Moritz schien sich mit seinem eigenen Klopfcode hypnotisiert zu haben. Für ihn war die Welt nur mehr Tischtennisplatte, Ball und Schläger. Wildner musste sich korrigieren. Moritz spielte nicht gegen seinen Vater. Er spielte gegen den Ball. Nicht dem Vater und dessen Niederlage galt die Konzentration des Sohnes, sondern zwei aus Zelluloid gefertigten und mit Aceton verklebten Halbkugeln.

Die Fähigkeit zu solch radikaler Reduktion ist ein Talent. Sie ist aber auch eine Altersfrage. Für Moritz war das hier ein Tischtennisspiel im Rahmen eines Sporttags. Für Wildner war es eine Einladung, eine neue Erfahrung als Variation eines alten Textes zu lesen. Vielleicht bedeutete ein Anachronismus zu sein ja genau das: gezwungen zu sein, dem Neuen immer im Maßstab des Alten zu begegnen?

Diese Frage konnte Wildner nicht mehr beantworten. Die kurze Pause, die ihm der Aufschlagwechsel gegönnt hatte, war vorbei. Es war der zweite Satz. Spielstand 10:11.

Matchball des Sohnes.

Und der kam auch schon angedonnert: wuchtig wie eine Kanonenkugel. Moritz hatte auf jeden heimtückischen Effet verzichtet. Stattdessen hatte er dem Ball eine ordentliche Portion Topspin gegeben und seine Falllinie entlang der linken Tischkante gezogen. Wildner musste seine schwächere Rückhand verwenden, um den Aufschlag zu parieren. Kaum, dass er den Ball zurückgeschlagen hatte, kam er auch schon wieder retour. Nicht jedoch, wie man vielleicht erwarten würde, auf die gegenüberliegende Kante gelenkt, sondern genau auf dieselbe Stelle, die Wildner schon zuvor nur mühsam und nur mit seiner schwächeren Rückhand hatte verteidigen können. Wieder gelang es Wildner, den Ball zu retournieren. Wieder kam der Ball retour: Einschlag, genau auf derselben Stelle wie zuvor. Als wolle der Sohn den Vater mit der ewigen Wiederkehr des Gleichen zermürben.

Was auch gelang.

Dabei: Tennis ist nicht Tischtennis. Es sind unterschiedliche Sportarten, kaum zu vergleichen. Doch das Hin und Her über ein Netz ist der einen Sportart genauso zu eigen wie der anderen. Und dieses Hin und Her ist Ausdruck einer ähnlichen Weltsicht: Beide Sportarten reduzieren das Sein auf einen Tanz um ein Hindernis. Und das, bitteschön, war – kurzgefasst – Wildners Biografie. Das Netz, das gespannt war über sein Leben wie über ein Spielfeld, hatte einen Namen. Und war ihm auch noch heute Morgen in Form eines Doppelgängers auf der Urologie begegnet. Das war zu viel. Genauso wie Moritz' knallharte Rückhand.

Wildner wurde wütend.

Als der Ball zum sechsten oder siebten Mal an derselben Stelle gegen den Tisch krachte, schlug er den Ball zurück: ein Return, so unkontrolliert wie eine väterliche Ohrfeige, die Wildner seinem Sohn nie geben würde, er aber wahrscheinlich von seinem Vater erhalten hätte, hätte sich dieser um seine Familie diesseits und nicht jenseits des Semmerings gekümmert. So unkontrolliert wie der Ball geschlagen worden war, stieg er über das Netz, senkte sich nicht über dem gegnerischen Spielfeld, sondern stieg weiter an. Stieg weiter an und an, bis: auf Höhe von Moritz' Gesicht.

Und Wildner wollte schon schreien, in Panik und kalter Angst um seinen Sohn. Denn wie ein Stein, geschleudert von einem übergewichtigen Goliath, würde der Ball gleich in Moritz' Gesicht aufschlagen, entweder zwischen den Augen oder genau auf dem rechten Auge. Da neigte Moritz den Kopf zur Seite, eine kleine, spielerische Bewegung. Und der Ball flog haarscharf an ihm vorbei. Anstatt zu taumeln und sich ans Gesicht zu greifen, riss Moritz beide Arme in die Höhe und den Mund auf. Kein Schmerzensschrei war zu hören, sondern: Triumphgeheul.

Und zu sehen war ein kleiner Bub, der jubeln konnte wie ein Großer.

Was gut ist: ein Sohn, der mit seinem Vater Tischtennis spielt.

Was besser ist: ein Sohn, der sich in der U-Bahn an den Vater lehnt. Und dabei lächelt. Müde, glücklich, mittlerweile nicht mehr angeberisch.

Keine Frage: Während des Sporttages hatte Moritz seinen Triumph immer wieder erzählen müssen. Wörter, steile Intonationskurven und dröhnende Lautstärke hatten dazu nicht ausgereicht. Egal ob ihm ein Schulfreund zuhörte oder die Werklehrerin: Jedes Mal hatte Moritz seinen Rückhandschlag nicht nur beschrieben, sondern auch vorgeführt. Anschließend hatte er den Kopf zur Seite gerissen, um anzudeuten, zu welch unkontrollierter Wucht sein Spiel den Vater gezwungen hatte. Wildner war danebengestanden und hatte getan, wie Väter in solchen Situationen eben taten. Er hatte den Schulkollegen betreten und die Lehrerin amüsiert angesehen.

Tatsächlich war Wildner beides gewesen: betreten und amüsiert. Amüsiert, weil er sich über Moritz' Triumph freute. Betreten, weil er in Moritz' Triumph einen Schatten von Scham zu entdecken glaubte. Vielleicht war seine Beobachtung falsch. Doch ihm schien, als habe Moritz am Höhepunkt seiner Erzählung seine Augen jedes Mal abgewandt und seine Lippen eingesogen. Wie jemand, der von einem Erfolg berichtet, der ihm nicht zusteht.

Das Gefühl von Scham.

Das Gefühl von Schuld.

Dieses Gefühl schien durch Generationen zu gleiten, so wie Wildner aus seiner Zeit geglitten war. Da brauchte es jemanden, der dieses Gleiten unterbrach.

Jemanden, der sich zeigen konnte.

Jemanden, der vielleicht nicht Wildner war.

Mitleid mit seinem Sohn stieg in Wildner hoch. Seinen Vater suchte man sich nicht aus. Davon konnte Wildner ein Lied singen. Er legte Moritz die Hand auf die Schulter. Zog ihn an sich. Roch dabei das strähnige Haar. Moritz sah seinen Vater fragend an. Und obwohl Moritz nichts fragte, kam sich Wildner mit einem Mal ertappt vor. Plötzlich schien ihm sein Mitleid mit Moritz nicht viel mehr zu sein als eine verdrehte Art von Selbstmitleid. Das war keine schöne Erkenntnis. Er löste seine Hand von Moritz' Schulter, deutete einen scherzhaften Nackenschlag an und starrte aus dem U-Bahn-Fenster. Das Schwarz des Schachtes wurde grauer, Wildners Spiegelbild blasser. Und dann fuhr der Zug auch schon in die Haltestelle ein. Wildner griff nach seiner Sporttasche und deutete Moritz zu folgen: Komm, wir sind da.

Jemand, der nicht Wildner ist.

So jemand könnte diesen Vorschlag machen.

Aber nicht Wildner.

Und dennoch hat Wildner diesen Vorschlag gemacht. Wobei: Er ist ja nicht mehr einfach Wildner, er ist ein neuer Wildner. Ein Wildner, dessen Neusein paradoxerweise durch sein Altsein definiert wird. Denn er ist ein Anachronismus. Das weiß er seit gestern Morgen. Und dieses Wissen hat ihn mutig gemacht. Allzu mutig, im Nachhinein betrachtet. In jedem Fall hat Wildner diesen Vorschlag gemacht. Und nun steht er in einer Privatwohnung im neunzehnten Wiener Gemeindebezirk in einem Zimmer, das so schmucklos ist wie ein Umkleideraum und so fensterlos wie eine Schuhschachtel. Sein Gewand – Jeans, Hemd, Sakko – ist zusammengelegt und fein säuberlich über einen Sessel gehängt. Und Wildner selbst ist:

Splitternackt.

Splitternackt und so aufgeregt, dass er tänzeln, in nervösem Rhythmus sein Gewicht erst auf den einen und dann auf den anderen Fußballen verlagern würde, wäre er nicht Wildner – also das Gegenteil eines Menschen, der tänzelt. Der Grund für seine Nervosität: Gleich wird die Meisterin kommen und ihn einladen, ihr zu folgen. Und Wildner wird folgen. Er wird durch einen Vorraum gehen, dessen Wände so nackt sind wie er selbst, und, nachdem ihm die Meisterin die Tür geöffnet hat, ein Atelier betreten. Dort werden an kleinen Tischen elf Workshopteilnehmerinnen sitzen, vor sich einen Bogen Zeichenpapier und in der Hand einen gespitzten Bleistift. Eine Teilnehmerin wird Laura sein. Denn ihr hat Wildner ja diesen Vorschlag gemacht. Und Laura hat ihn angesehen, spielerisch, vielleicht gerührt: Alles würdest du zeigen?

Alles.

Das war geschehen.

Als Wildner nach dem Sporttag Moritz zu Laura gebracht hatte, war Laura zu Moritz mütterlich und zu ihm freundlich gewesen. Sie ließ sich Moritz' Triumph erzählen, staunend und lachend und während sie Himbeersirup mit Wasser im Verhältnis eins zu sieben mischte. Den Himbeersaft gab sie Moritz während einer Redepause (mütterlich) und bot Wildner ebenfalls ein Glas an (freundlich). Doch weder Mütterlichkeit noch Freundlichkeit konnten ihre Frustration übertünchen. Diese Frustration hing als Gewicht an ihren Mundwinkeln. Sie legte sich als Schleier über ihre Stimme und verknappte als Zensor ihre Antworten. Gerade Letzteres war ungewöhnlich. Laura war nicht geschwätzig, aber kommunikativ. Sie konnte pointiert formulieren, pointierter als es Wildner konnte, und tat dies auch gerne. Einsilbigkeit fiel also auf. So fragte Wildner nach: Was ist denn los?

Lauras Antwort war knapp und zweigeteilt: Erstens empöre sie dieses Video und zweitens ärgere sie sich über dieses Aktmodell.

Welches Video?

Das, in dem dieser Prolet auf einer Urlaubsinsel Wasservorräte und Tageszeitung feilbieten würde.

Wildner wusste nicht, wovon Laura redete. Er hakte allerdings nicht nach, da er annahm, dass der wichtigere Grund für Lauras Frustration der zweite war. Also heuchelte er Kenntnis und fragte stattdessen: Welches Aktmodell?

Das, das für morgen abgesagt hat.

Jetzt wusste Wildner, wovon Laura redete. Laura war ja dieses Wochenende bei einem Zeichenworkshop. Den hatte sie vor mehreren Monaten gebucht. Morgen wäre der menschliche Körper in seiner Schutzlosigkeit auf dem Programm gestanden. Darauf hatte sich Laura schon lange gefreut: Körper faszinierten sie. Sie wollte nicht nur zeichnen lernen, sondern auch sehen. Aber nun würde sie nicht sehen lernen und nicht zeichnen. Denn ohne Modell kein Aktzeichnen.

Ihr braucht also ein Aktmodell?

Ja.

Und da machte Wildner diesen Vorschlag, den er sich nun, in einem Zimmer so fensterlos wie eine Schuhschachtel, nicht mehr erklären kann und für den er, kaum dass er ihn gemacht hatte, Schwester Gabriele mit ihrem dummen Ratschlag die Schuld gegeben hatte:

Ich könnte ja Modell stehen.

Ein Anachronismus zu sein. Das hat Implikationen. Das mag bedeuten, dass man aus der Zeit geglitten ist. Dass man nicht altert, bedeutet es nicht.

Das erkennt Wildner, als er sich eine Stunde nachdem er vorgeschlagen hat, Modell zu stehen, sein Hemd aufknöpft und sein Unterhemd auszieht. Die Arme nach hinten und über den Kopf zu strecken, wie es das Ausziehen von Hemd und Unterhemd verlangt, ist schmerzhaft. Schultern und Rücken sind so steif wie die einer Nippesfigur. Als er endlich mit nacktem Oberkörper dasteht, ächzt er, als habe er nicht ein Unterhemd, sondern eine schwere Last abgelegt. Ob er morgen auch nur für fünf Minuten reglos in einer bestimmten Position verharren, seinen Schwerpunkt wird halten können, ist fraglich.

Er lässt sich aufs Bett fallen, drückt sein Kreuz gegen die Matratze, um es zu entlasten wie nach einer langen Wanderung. Er möchte nur für ein paar Minuten liegen bleiben, vielleicht ein bisschen dösen. Dann die Wohnung verlassen, sich mit Götz treffen. Er greift nach seinem Mobiltelefon und schreibt eine Nachricht an seinen Kumpel: Lust auf ein Bier? Nachdem er die Nachricht versendet hat, legt er das Handy auf sein Nachtkästchen und schließt die Augen. Ruhig atmet Wildner ein. Ruhig atmet er wieder aus.

Dann gleitet er in dämmrige Tiefe.

Für Momente schwebt er zwischen Wachen und Schlafen, treibt in jenem Zwielicht, in dem man weiß, dass man träumt, ohne bestimmen zu können, was man träumt. Regungslos scheint er zu schweben. Und erwartungsvoll — wie der Besucher einer virtuellen Unterwasserwelt. Dann, in ferner Tiefe, sieht er einen Punkt, der sich langsam vergrößert. Etwas steigt aus dem Dunklen unter ihm hoch, scheint auf ihn zuzuschwimmen, gewinnt erst an Geschwindigkeit, dann an Helligkeit. Schließlich nimmt es Gestalt an.

Doch welche?

Das kann Wildner nicht mehr erkennen. Denn plötzlich ist er selbst in Bewegung. Plötzlich taucht er durch unterschiedliche Helligkeitszonen und durchbricht den Sekundenschlaf wie eine Wasseroberfläche. Er reißt die Augen auf und sieht sein Schlafzimmer. Dort den Kleiderschrank mit dem Spiegel, dort, soweit er über die Bettkante zu sehen ist, den stummen Diener mit dem darübergeworfenen Sakko. Eine hochsteigende Gestalt sieht er nicht.

Wildner richtet sich auf, kurzatmig, als hätte er tatsächlich getaucht und nicht geträumt. Für ein oder zwei Sekunden bleibt er unbeweglich sitzen, die Hände an der Bettkante abgestützt, den Kopf auf die Brust gesunken. Was hätte er gesehen, wäre er länger zwischen Wachen und Schlafen geschwebt?

Einen Tennisball?

Einen Tischtennisball?

Wildner schüttelt den Kopf.

Er mag ein Anachronismus geworden sein und sein realistischer Blick auf das Leben an Schärfe verloren haben. Doch sein Blick ist noch realistisch genug, um ihm zu zeigen: Er ist obsessiv, und Schuldgefühle sind seine Obsession. Wildner hätte es nicht so formuliert, doch er weiß, dass Obsessionen wie Tennisnetze sind. Sie haben eine ordnende Funktion. Sie machen aus einer Fläche ein Spielfeld. Sie wandeln Beliebiges in Bestimmtes. Die Ordnung, die seine Obsession mit einem Tennismatch gegen seinen Schulkollegen Karl Jesenký in sein Leben eingeführt hat, hat sein Leben vereinfacht. Alles, was mit seiner Obsession zu tun hatte, war wichtig. Alles andere nicht. Aber noch aus einem anderen Grund hat seine Obsession sein Leben vereinfacht. Schuldgefühle können ein banales Leben so intensivieren, dass ein Ausbruch aus so einem Leben als unnötiges Wagnis erscheint.

Das Schuldgefühl als Stabilisator.

Vielleicht sogar als Lifestyle-Faktor.

Aber ist diese Erklärung nicht ein bisschen abgebrüht?

Immerhin: Er hat auch gelitten.

Wie um zu einer anderen Sichtweise zu gelangen, steht Wildner auf, streckt sich. Dann geht er zum Schlafzimmerfenster. Unter ihm, teilweise verdeckt von den blühenden Bäumen, streckt sich der Park in die beginnende Dämmerung. Wildner sieht die Allee, den Kinderspielplatz und die Wege: geschottert, asphaltiert, die Wiesen durchkreuzend. Es ist ein kühler Frühlingsabend und die Menschen, selbst die Jogger, tragen Langärmliges. Alle scheinen sich schneller zu bewegen als bei lauen Temperaturen. Alle scheinen den Blick zu Boden zu richten. Würde er auch so zügig gehen, wäre er im Park und nicht am Schlafzimmerfenster? Wildner zuckt mit den Achseln. Er ist nicht der, der im Park geht. Er ist der, der am Schlafzimmerfenster steht und diejenigen, die gehen, ansieht. Und vielleicht ist das ja ebenfalls ein Grund für seine Obsession, seine Schuldgefühle: Er ist eben Wildner. Und selbst wenn er ein neuer Wildner geworden ist: Ein anderer wird er nicht mehr werden.

Doch das bedeutet nicht, dass man es nicht versuchen kann. Deswegen wird er morgen Modell stehen, wird seinen Körper, den er, sobald er es sich leisten konnte, immer mit sorgsam gewählter Kleidung geschützt hat, entblößen. Für einen anderen ist so eine Entblößung vielleicht Routine. Für Wildner ist es … Er weiß nicht, was es ist. In jedem Fall ein Versuch. Und wie gesagt, versuchen kann man es. Selbst die Menschen im Park, die so zügig und langärmelig ihrer Wege gehen, könnten innehalten und den Kopf heben. Und siehe da: Hinter einem Fenster im vierten Stock könnten sie Wildners Umrisse erahnen. Diese müssten sie dann nur noch mit Details anfüllen wie eine Strichzeichnung in einem Malbuch.

ABBILDUNGEN oder
Lauras zweiter Zwischenfall

Sie war zwölf, Schlüsselkind, und das gegen den Willen ihres Vaters. Doch diesmal hatte sich die Mutter durchgesetzt und so klirrten ab dem 7. April 1986 – dem ersten Arbeitstag der Mutter – die Wohnungsschlüssel in ihrem Schulrucksack. Es war ein fröhliches Geräusch.

Zumindest in Lauras Erinnerung.

Dachte sie an diese Zeit, so dachte sie an den Nachhauseweg von der Schule. Dieser Nachhauseweg war ein Spaziergang ins Glück. Warm war es, eine leichte Brise wehte, und die Kanten der Autos und Verkehrsschilder – selbst die Gesichter auf den Wahlplakaten – schienen abgerundet und in mildes Licht getaucht. Und das Überraschende war: Wenn Laura am Ende ihres Spaziergangs die Wohnungstür aufdrückte und die teppichdumpfe Stille betrat, änderte sich das Licht nicht. Dasselbe Licht, das zuvor Autos und Wahlplakate weichgezeichnet hatte, verlieh nun Garderobe und Wandverbau etwas Fließendes, Anmutiges.

Die Anmut des Anfangs.

Das war es, was Laura damals, an der Schwelle zur leeren Wohnung stehend, fühlte. Doch da war mehr. In die Anmut des Anfangs wob sich die Lust des Fürsichseins, weder der mütterlichen Sorge noch dem väterlichen Tadel verpflichtet zu sein.

Denn das war Freiheit.

Ist Freiheit.

Wird immer Freiheit sein: Niemandem verpflichtet zu sein.

Gemessen an dieser Definition war Laura, mehr als dreißig Jahre später, unfrei. Und unfrei fühlte sie sich, als sie mit einem Druck des Daumens das Telefonat beendete und auf eine punktförmige Unregelmäßigkeit im Laminatboden starrte. Sie hatte sich den heutigen Tag freigeschaufelt, mühsam freigeschaufelt, denn Wildner wäre nicht freiwillig zu Moritz' Sporttag gegangen. Und nun benötigte ihr Vater seinen Impfpass und, wenn sie schon dabei war: Kannst du mir nicht auch meinen MP3-Player bringen? Hier ist es so langweilig, wirklich.

Ihr Vater: nicht gerade greise, aber alt und rekonvaleszent. Und auf Kur im Burgenland, über eine Stunde Autofahrt entfernt. Natürlich konnte ihr Vater auf Impfpass und MP3-Player ein oder zwei Tage warten. Die Dringlichkeit seiner Bitte existierte nur in seiner Vorstellung. Wobei: Das stimmte eben nicht. Nach seinem Anruf existierte die Dringlichkeit seiner Bitte auch in Lauras Vorstellung. Denn so war Laura nun einmal. Das mochte an den Genen liegen oder an ihrer Kindheit. Immer fühlte sie sich in die Pflicht genommen, immer fühlte sie sich verantwortlich. Insbesondere, wenn ihr Vater etwas wollte.

Den Kopf schüttelnd legte sie das Mobiltelefon auf den Küchentisch und räumte Moritz' Kakaotasse in den Geschirrspüler. Sein angebissenes Marmeladebrot warf sie weg. Dann ging sie ins Vorzimmer, zog sich die Stiefeletten und die Jeansjacke an, nahm den Autoschlüssel vom Schlüsselbrett. Sie hatte die Hand schon an der Klinke, da fiel ihr Blick auf die Tasche mit dem fein gerippten Skizzenpapier und den unterschiedlich harten Bleistiften. Für einen Moment packte sie Wut und diese Wut verdichtete sich zu Widerstand. Sollte ihr Vater doch ohne Impfpass und MP3-Player auskommen.

Immerhin: Es war nicht ihre Gesundheit.

Immerhin: Es war nicht ihre Langeweile.

Doch dann war der Moment vorbei und Widerstand rundete sich zu Kompromissbereitschaft. Würde sie eben den Vormittag des Zeichenworkshops versäumen. Sie hatte ja noch den Nachmittag und den morgigen Tag.

Leben: das hieß Konflikte entschärfen.

Leben: das hieß Kompromisse finden.

Zumindest in Lauras Leben hieß es das.

Sie griff nach der Tasche mit dem fein gerippten Zeichenpapier und den unterschiedlich harten Bleistiften. Dann zog sie die Wohnungstür hinter sich zu. Es war zu kühl für die Jahreszeit und die Wettervorhersage nicht gut. Doch als Laura im Mezzanin angekommen war – sie nahm den Lift nur, wenn sie etwas tragen musste –, fiel das Sonnenlicht durch das Stiegenhausfenster, mild und klar, und zeichnete das florale Jugendstilmuster des Geländers an die Wand. Da wurde Laura beinahe fröhlich und für einen Moment hielt sie inne, um zu horchen: Denn ihr war, als hätte sie den Wohnungsschlüssel in ihrer Handtasche klirren gehört.

Einmal hatte sie den Schlüssel nicht klirren gehört. Damals war das Sonnenlicht, mild und klar, auf das Schlüsselkind gefallen, das immer hektischer in seiner Schultasche kramte.

Zumindest in Lauras Erinnerung hatte das Schlüsselkind immer hektischer gekramt.

Schließlich drehte das Schlüsselkind die Tasche um und sortierte auf Händen und Knien den Inhalt. Doch der Schlüssel war nicht da. Und da war es Laura wieder eingefallen. Sie hatte ihre Schultasche am Vorabend ausgeräumt und dann vergessen, den Wohnungsschlüssel einzupacken. Der lag auf ihrem Schreibtisch neben dem Lesebuch für die Unterstufe Deutsch.

Das Schlüsselkind räumte die Schulsachen wieder ein und setzte sich auf die Stufen. Nun blieb nichts anderes zu tun, als zu warten. Was überraschend war: Im Stiegenhaus zu warten war nicht langweilig. Denn ein Stiegenhaus um zwei Uhr Nachmittag war nicht still. Ein Stiegenhaus um zwei Uhr Nachmittag war voller Geräusche: Töpfe, die abgewaschen wurden; Radioschlager, die sich mit dem Töpfeklappern mischten; Staubsauger, die brummten. Und über allem schwelte Frau Lesiaks Telefonstimme, schrill wie ein Probealarm, mit der sie jeden Nachmittag die Vierteltelefonanschlüsse der anderen Wohnungen blockierte. Trotz der Lautstärke konnte Laura nur Bruchstücke des Telefonats verstehen. Sie musste sich konzentrieren, um aus diesen Bruchstücken eine Erzählung zu bauen. Von Polizei war die Rede und von Gesindel. Das war ziemlich allgemein. Doch Laura hatte keine halbe Minute zugehört, da schrie Frau Lesiak auch etwas von gefärbten Haaren, linken Sprüchen und ein paar Ohrfeigen. Da verstand Laura: Frau Lesiak empörte sich über die Hausbesetzer in der Nebenstraße. Punks waren in ein zum Abriss freigegebenes Mietshaus eingezogen und störten seither Frau Lesiaks Sinn für Ordnung.

Sie war nicht die Einzige, deren Sinn für Ordnung von Lederhalsbändern und Anarchiesymbolen gestört wurde. Auch Lauras Vater regte sich über die Asozialen auf. Die Punks waren nicht nur ein ästhetischer Störfaktor. Sie waren eine weltanschauliche Provokation. Für Lauras Vater waren aufgestellte Haare und schwarz bemalte Lippen Manifestationen einer volks- und familienzersetzenden Geisteshaltung. Wie ein schlechter Geruch habe sich diese Geisteshaltung in den letzten zwanzig Jahren ausgebreitet. Und nun verseuche sie den Alltag genauso wie nationale und internationale Politik: zum Beispiel die Verleumdungskampagne gegen unseren Präsidentschaftskandidaten. Wegen einer angeblichen SA-Mitgliedschaft! Laura hatte einen Bogen um das besetzte Haus, nein, um die ganze Gasse zu machen.

Wehe, wenn ich dich dort erwische.

Welche Gefahr konkret von den Punks ausging, sagte der Vater allerdings nie. Und in der Hoffnung, mehr zu erfahren, drehte Laura den Kopf seitlich und verengte die Augen in Konzentration. So vertieft horchte sie auf Frau Lesiaks Telefonstimme, dass sie die Frau, die die Stiegen hinaufging, erst bemerkte, als sie vor ihr stand:

Was machst du denn hier?, wollte die Frau – wie hieß sie nur? – wissen.

Ich habe mich ausgesperrt.

Du kannst bei mir warten. Ist gemütlicher.

Danke.

Laura stand auf und griff nach ihrer Schultasche. Die Frau war vor einem halben Jahr eingezogen. Viel gab es nicht über sie zu berichten. Lehrerin war sie. Eine Linke sei sie. Einen Hang zu auffälliger Kleidung hatte sie. Nicht sehr gelungen, hatte ihr Vater unlängst kommentiert und wohl die Karottenhose der Nachbarin – wie hieß sie nur? – gemeint. Tatsächlich saß die Hose etwas knapp. Das konnte Laura erkennen, als sie ihr in den dritten Stock folgte. Dabei fiel ihr nicht nur die Hosengröße der Nachbarin auf, sondern auch die plötzliche Ruhe. Entweder hörte Frau Lesiak gerade zu oder war, was wahrscheinlicher war, aus der Leitung geworfen worden. Für kurze Zeit schien das Hallen ihrer Schritte und ein Radioschlager das einzige Geräusch im Stiegenhaus zu sein. Dann war das Klirren der Wohnungsschlüssel zu hören und die Nachbarin drückte die Tür auf. Mit einer Handbewegung lud sie Laura ein, einzutreten. Und als Laura im Vorzimmer stand und ihre Schultasche abgestellt hatte, hielt ihr die Frau die Hand hin und sagte: Übrigens, ich bin die Sophie.

Und welchen Namen würde sie jetzt hören, wäre sie in diese Wohnung eingeladen? Diese Frage stellte sich Laura, als sie durch den Innenhof ging, der zur Wohnung ihrer Kindheit führte. Es war eine belanglose Frage. Es war eine willkürliche Frage. Doch mit einem Mal schien ihre Beantwortung dringlich. Und als ob es Laura nicht eilig hätte, als ob die Bitte des Vaters gegen diese Dringlichkeit an Bedeutung verloren hätte, ging sie an der Wohnung ihrer Kindheit vorbei, hinauf in den dritten Stock. Vielleicht traf sie zufällig die Bewohnerin oder entdeckte ein Namensschild an der Tür?

Der dritte Stock hatte sich in den letzten dreißig Jahren kaum verändert. Abgewohnter war er. Das schon. Löcher entstellten den Verputz, und den Basiliskenkopf, der den Wasserhahn der Bassena zierte, trübte eine graugrüne Patina. Doch das Licht fiel noch immer, mild und klar, auf die Rhomben der Bodenfliesen, die mit ihren spitzen Winkeln den Weg zu Sophies ehemaliger Wohnung wiesen. Die Tür war neu. Eierschalenfarben und mit Sicherheitsschloss barg sie ein fremdes Leben wie ein Tresor. Eine Bewohnerin trat nicht zufällig vor die Sicherheitstür. Namensschild war auch keines angebracht. Schade, dachte Laura und folgte den Rhomben der Bodenfliesen zurück zur Stiege. Wieder ein paar Schritte für nichts.

Doch das war nicht richtig.

Zwar erfuhr Laura nicht, wer in Sophies ehemaliger Wohnung lebte. Doch Schritte für nichts machte sie keine. Vielmehr wurde der Abstieg vom dritten in den ersten Stock ein Vordringen in tieferliegende Schichten ihres Bewusstseins. Denn als Laura im ersten Stock angekommen und nur mehr wenige Schritte von der Wohnung ihrer Kindheit entfernt war, hatte sich ein vages Unwohlsein zu einer konkreten Erinnerung geformt. Das heißt: beinahe zu einer konkreten Erinnerung. Sie konnte nicht sagen, was passiert war. Doch sie konnte sagen: Der Nachhauseweg im April 1986 mochte ein Spaziergang ins Glück gewesen sein. Das Ankommen zu Hause war es nicht gewesen. Zumindest einmal nicht. Laura holte den Schlüsselbund aus ihrer Handtasche und öffnete die Tür. Teppichdumpfe Stille erwartete sie. Und nun doch eine konkrete Erinnerung, eine Szene wie aus einem Antiheimatfilm: Sie sah ihren Vater – kräftig, volles Haar, jünger als sie es jetzt war –, das Gesicht in Wut verzerrt, die Hand zum Schlag gehoben. Laura wich einen Schritt zurück. Fasste sich wieder, fokussierte die Garderobe und den Wandverbau. Die Szene war zu Ende, die Bedrohung gebannt.

Zumindest für jetzt.

Am Telefon hatte der Vater ihr Anweisungen gegeben, wo der Impfpass und wo der MP3-Player zu finden waren. So fand Laura beides, ohne suchen zu müssen. Nun hätte sie aus der teppichdumpfen Stille treten und die Wohnungstür hinter sich ins Schloss fallen lassen können. Doch sie trat nicht aus der teppichdumpfen Stille und ließ die Wohnungstür nicht hinter sich ins Schloss fallen. Stattdessen ging sie in ihr ehemaliges Kinderzimmer. Nach dem Tod ihrer Mutter hatte der Vater die Wohnung umgestellt und das Zimmer zu seiner Bibliothek umfunktioniert.

Zumindest nannte er das so.

Treffender konnte man das Zimmer jedoch als Rumpelkammer bezeichnen. Etwas freundlicher vielleicht als Archiv des väterlichen Lebens. In den Regalen waren nicht nur Bücher gestapelt, sondern auch Souvenirs, Fotoalben, Mineralien und meterweise *P.M.*-Magazine – einer der Hauptquellen für seinen Unterricht. Der Vater war Abonnent der ersten Stunde gewesen.

Er hielt das für fortschrittlich.

Er hielt sich selbst für aufgeschlossen.

Ohne nachzudenken griff Laura nach einer Ausgabe, die sich neben einer billigen Plastikgondel knickte. Die Gondel kannte Laura. Sie hatte sie ihren Eltern von einer Klassenfahrt nach Venedig mitgebracht. Die Ausgabe kannte sie nicht. Die Aufmachung war futuristisch. Auf dunkelblauem Hintergrund war ein Sonnensystem zu sehen. Darunter eine Raumstation, kugelförmig und wie aus einem *Star-Wars*-Film. Der Titel der Ausgabe: *Weltraum*.

Wahllos schlug Laura das Magazin auf. Was hielt man 1986 für plausibel, was heute schon längst widerlegt war? Nicht, dass Laura das hätte beurteilen können. Astrophysik war nicht ihr Spezialgebiet. Doch bereits die Vorstellung, dass unumstößliche Wahrheiten oder zumindest vernünftige Annahmen zu Dummheiten degradiert werden konnten, hatte etwas Beruhigendes an sich. Besonders heute. Ihr Vater: weniger Autorität als autoritär. Mit der Komplexität der Wirklichkeit hatte er sich nie lange aufgehalten. Was er sagte, hatte zu gelten. Und zumindest bei populärwissenschaftlichen Themen – ob es sich nun um die Tonsoldaten des chinesischen Kaisers handelte oder um die ›dämonische Schlauheit‹ des Aidsvirus – sagte er das, was im *P.M.*-Magazin stand. Das *P.M.*-Magazin zu relativieren hieß, den Vater zu relativieren.

Das war gut.

Das Heft öffnete auf Seite 23.

Doch kein Absatz zu Multiversen und keine Überschrift zu Elementarteilchen bündelte Lauras Aufmerksamkeit. Etwas Alltäglicheres drängte sich in den Vordergrund. Ein Foto war herausgefallen und lag nun mit der Rückseite nach oben auf dem Teppichboden. Laura bückte sich und hob es auf, ohne es jedoch umzudrehen. Denn auf der Rückseite stand, geschrieben in der bauchigen Schrift und schwarzen Tinte ihres Vaters, eine Ermutigung, vielleicht ein Slogan, in jedem Fall zusammenhanglos und rätselhaft: *Jetzt erst recht!*

Kopfschüttelnd las Laura den Satz wieder und wieder. Doch auch mehrmaliges Lesen konnte die Bedeutung dieser Ermutigung, dieses Slogans nicht enträtseln. Schließlich drehte sie das Foto um. Und was sie sah, war nicht rätselhaft. Was sie sah, kannte sie. Nein, war ihr zutiefst vertraut. Die Porträtansicht eines jungen Mannes war zu sehen, dessen bartloses, rührend weiches Gesicht beinahe komisch mit der schweren Lederjacke und der Irokesenfrisur kontrastierte.

Jetzt erst recht. Geschrieben auf einem Porträtfoto, das einen jungen Punk zeigt. Was soll das heißen? Und wie kann so eine Ermutigung oder so ein Slogan etwas anderes hervorrufen als Kopfschütteln, verständnisloses Kopfschütteln, das, ohne dass man es steuern könnte, aufhört und wieder einsetzt wie Zähneklappern oder ein plötzlicher Juckreiz?

Als Laura bei der Haustür angelangt war, hörte das Kopfschütteln wieder auf. Als sie auf die Südautobahn auffuhr, setzte das Kopfschütteln wieder ein. Mit Unterbrechungen hielt es bis Baden an. Dann verlangte der dichte Verkehr ihre ganze Aufmerksamkeit. Gedankenverlorenes Kopfschütteln wich hartem Blick. Und der Blick blieb unverändert hart, als Laura eine Stunde später auf den Parkplatz vor der Rehaklinik auffuhr. Doch nicht Konzentration, sondern Entschlossenheit verhärtete nun Lauras Blick. Entschlossenheit und Wut. Als habe das Kopfschütteln mit all seinen Unterbrechungen Vergessenes aufgewirbelt, konnte sich Laura mit einem Mal erinnern. Sie wusste nun, woher die Szene wie aus einem Antiheimatfilm kam. Die Szene, die sie im Vorzimmer zurückweichen hatte lassen wie vor einem Gespenst.

Sie konnte sich erinnern.

Sie würde den Vater konfrontieren.

Das Schlüsselkind verbrachte zwei Stunden bei Sophie. Einen Gugelhupf bekam es und einen Himbeersaft. Das war ziemlich nett, wäre allerdings auch ziemlich bieder gewesen, wenn Sophie aus dieser Bewirtung nicht etwas Lässiges gemacht hätte. Denn in den biederen Kindergenuss von Saft und Kuchen schmuggelte sie die rebellische Freude der Inversion. Den Gugelhupf packte sie aus einer Plastikfolie. Den Sirup leerte sie aus einer kleinen Flasche in Lauras Glas. Denn:

Den Sirup habe ich selbst gemacht.

Den Gugelhupf habe ich selbst gekauft.

Und das ist dein Glück.

Sie zwinkerte Laura zu, als sie Wasser mit dem selbst gemachten Sirup mischte. Dein Glück ist das. Denn ich kann nicht backen. Etwas Ordentliches zu essen habe ich auch nicht. Ich bin nämlich eine schlechte Hausfrau. Aber ich hoffe, das, was da ist, schmeckt.

Und wie es schmeckte.

Den selbst gemachten Saft trank Laura in einem Zug leer, und vom selbst gekauften Gugelhupf biss sie so gierig ab, dass Brösel auf die lederne Wohnzimmercouch fielen. Beinahe wären noch mehr Brösel auf schwarzes Couchleder gefallen. Denn Laura erstarrte vor Schreck und mit offenem Mund. Das hatte seinen Grund: Zu essen hatte man ordentlich, insbesondere wenn man eingeladen war. Wir sind keine Punks und wir sind keine Proleten. So einer der bemühten Binnenreime ihres Vaters. Es tut mir leid, sagte Laura, beinahe stotternd und nachdem sie mit geschlossenem Mund hinuntergeschluckt hatte. Entschuldige bitte.

Ist doch egal, erwiderte Sophie und wischte die Brösel auf den Parkettboden. Ich muss ohnehin wieder einmal saugen.

Spätestens jetzt hatte Laura die neue Nachbarin ins Herz geschlossen.

Und es gab noch mehr Gründe, um Sophie ins Herz zu schließen. Sophie interessierte sich für Laura. Sie stellte Fragen – nichts Außergewöhnliches, aber immerhin: Was ist dein Lieblingsfach? Betreibst du gerne Sport? Spielst du ein Instrument? Und wenn Laura antwortete, nickte sie, zog die Augenbrauen hoch und wiederholte gelegentlich einen Teil ihrer Antwort, fragend, bestätigend. Das war keine Unterhaltung von Groß zu Klein. Das war eine Unterhaltung von gleich zu gleich. Es war die Unterhaltung, die Laura so gerne mit ihrem Vater geführt hätte. Denn wenige Dinge wollte sie mehr – damals wie heute –, als dass ihr Vater sich für sie interessierte. Manchmal tat er das auch. Aber immer nur kurz, nie so lange und vor allem so ernsthaft wie Sophie es an jenem Nachmittag tat. Und Sophie tat noch etwas: Sie gab etwas preis und prägte damit Laura.

Was ist das, fragte das Schlüsselkind und wies auf ein Kuvert auf dem Couchtisch, aus dem ein schwarzgrau bedrucktes Papier mit weißem Rand lugte.

Das sind Fotos. Ich habe sie unlängst gemacht. Magst du sehen?

Ja.

Es waren Porträtfotos. Schwarzweißaufnahmen von aufgestellten Haaren und geschminkten Gesichtern; von Nasen- und Ohrenringen; von Nietenhalsbändern, Tattoos und Schultern in Lederjacken. In Schwarzweiß gehalten und im klassischen Mittelformat zeigten sie die Gesichter der Punks, die in der Nebenstraße ein leerstehendes Haus besetzten. Sie zeigten Gesichter, die Laura damals mit ihrer Verruchtheit faszinierten. Sie zeigten Gesichter, die Laura – hätte sie die Porträts dreißig Jahre später zum ersten Mal betrachtet – vor allem gerührt hätten: So jung, so verloren blickten manche der Porträtierten in die Kamera.

Gefällt dir ein Foto besonders gut?

Ja.

Welches?

Das Schlüsselkind musterte eingehend ein Porträt nach dem anderen, griff nach der Abbildung einer jungen Frau mit Augenbrauenpiercing und seitlich abrasierten Haaren, legte sie jedoch wieder weg und wies mit dem Finger auf die Fotografie eines Burschen mit Lederjacke und Irokesenfrisur. Das hier.

Und Sophie sagte: Dann nimm es mit. Ich schenke es dir.

Seit diesem Nachmittag hatte das Schlüsselkind ein neues Ziel, um ins Glück zu spazieren. War Laura zu Beginn ihrer Schlüsselgewalt noch teppichdumpfe Stille und weichzeichnendes Licht ein Grund für Vorfreude gewesen, waren es nun Lederjacke und Irokesenfrisur. Und dazwischen Augen, die zum Fantasieren einluden. Das Foto verwahrte sie wie eine Schatzkarte. In der mittleren Lade ihres Schreibtisches lag es, verdeckt von Zeichenblock und Ölkreiden. Hervorgeholt wurde es nur, wenn Laura allein war. Und das war sie immer für ein oder zwei Stunden, nachdem sie von der Schule nach Hause gegangen war. Dann saß sie im Schneidersitz auf ihrem Bett und träumte sich als Teil der fotografierten Welt.

In diesen Träumen sah sich Laura im Innenhof des besetzten Hauses stehen: schön, aber unbeholfen, ein Wesen aus einer anderen Welt. Doch sie musste nichts befürchten. Denn aus der Gruppe von Punks, die in ihrer Vorstellung um Lagerfeuer saßen wie Indianer, trat der Bursche mit Lederjacke und Irokesenfrisur und sah sie an. Was dann geschah, tagträumte Laura nie. Stattdessen hüpfte ihre Vorstellung zurück zu dem Moment, an dem sie im Innenhof stand – schön, aber unbeholfen – und nicht wissend, dass sie nur mehr Augenblicke trennten: von einem Gesicht, das in ihres blicken würde wie in ein verlorenes Paradies.

Keine Frage: Laura hatte sich in den jungen Punk auf dem Foto verliebt. Doch da war mehr. Denn mehr als für den Burschen im Foto schwärmte Laura für das Foto selbst. Durch Sophies Geschenk verstand Laura, dass eine Abbildung oft überzeugender ist als das Abgebildete. Wenige Situationen sind so intim wie der schweigende Blick von

Angesicht zu Angesicht. Und die Intimität, die Laura bei der Betrachtung des Fotos erlebte, war vollkommener, unverbrüchlicher als jede, die sie jemals bei der Betrachtung eines anderen Menschen – selbst bei der Betrachtung ihres an ihrer Brust trinkenden Sohnes – erfahren würde. Denn ein Mensch kann das Schweigen brechen. Ein Mensch kann sich abwenden. Ein Foto kann das nicht. Ein Foto bleibt ein für immer aus der Zeit gehobener Moment, immun gegen Veränderung und Verfall. Aufgeladen, allein durch seine Existenz, mit Bedeutung.

Das Foto wurde Lauras Heiligenbild.

Wie fürchterlich musste es gewesen sein, als es ihr der Vater wegnahm.

Denn das war die Szene, die Lauras Erinnerung fälschlicherweise in das Vorzimmer der väterlichen Wohnung verlagert hatte. Der Vater – kräftig, volles Haar, jünger als sie es jetzt war – hatte die Hand nicht zum Schlag gehoben, sondern darin das Foto gehalten. Die Hand ausgestreckt, sodass sich die Formen auf dem Foto trotz seiner Weitsichtigkeit scharf stellten. Und während er verarbeitete, was er auf dem Foto sah, wurde sein Gesicht undefiniert wie ein Fernsehbild bei schlechtem Empfang. Schließlich verfestigte es sich zu einer wutverzerrten Grimasse.

Und Laura, die ihren Vater nicht hatte kommen hören, war versteinert. Verstand erst nicht, was gerade geschah. Dann begann sie zu flehen. Stotternd, mit einer von Scham und Verlustangst getränkten Stimme: Gib es mir bitte zurück! Bitte, Papa! Es ist mein Foto. Doch der Vater ging nicht auf ihr Flehen ein. Das Foto schüttelnd, wiederholte er eine einzige Frage: Woher hast du das?

Sophie. Du weißt schon, die neue Nachbarin.

Da erstarrte der Vater. Dann wurde sein Gesicht wieder undefiniert wie ein Fernsehbild bei schlechtem Empfang. Als sich seine Züge wieder geordnet hatten, war sein Gesicht nicht mehr wutverzerrt, sondern erschrocken, ängstlich. Langsam neigte er sich zu dem auf dem Bett sitzenden Schlüsselkind und nuschelte: Ich verbiete dir jeden Kontakt mit dieser Person.

Das traf das Schlüsselkind. Beinahe so hart wie der Verlust des Heiligenbildes. Zumindest kam sie nicht in Versuchung, das väterliche Gebot zu übertreten. Denn wenige Wochen später zog Sophie aus der Wohnung im dritten Stock aus.

Die Rehaklinik war weitläufig und verwinkelt. Laura musste zweimal nachfragen und drei Stockwerke hinaufgehen, bevor sie vor der Zimmertür ihres Vaters stand. Sie atmete langsam ein und langsam wieder aus. Dann klopfte sie.

Herein.

Ihr Vater saß als Farbfleck in einem ganz in Brauntönen eingerichteten Zimmer. Die Jacke seines violetten Hausanzugs hatte er aufgezippt. Darunter spannte sich das Feinrippunterhemd. Er lächelte.

Das ist aber eine nette Überraschung.

Wieso Überraschung? Du hast mich ja herbeordert.

Laura stellte ihre Tasche auf den Tisch und holte den MP3-Player und den Impfpass heraus.

Und du hast alles gefunden!

Das Lächeln des Vaters wurde breiter. Charmant sah er aus. Wenn das Stiegenhaus, durch das sie vor zwei Stunden gegangen war, ein Mann wäre, würde es wie ihr Vater ausse-hen. Danke, danke, danke, nuschelte er mit einer Stimme, die ein Hauch von Heiserkeit trübte wie eine graugrüne Patina einen Basiliskenkopf. Doch Laura ließ sich von sei-nem Charme nicht beirren. Konzentriert blieb sie, nein, hart: Ich habe dir noch etwas mitgebracht.

Dann holte sie das Foto hervor, das auf der Vorderseite einen jungen Burschen mit Lederjacke und Irokesenfrisur zeigte und auf der Rückseite einen rätselhaften Satz. Laura hielt es ihrem Vater hin.

Dieser machte keine Anstalten, das Foto zu nehmen. Verwirrt, vielleicht auch verweigernd sah er sie an. Da kam Laura ihrem Vater ganz nahe, neigte sich zu ihm hinunter, so wie er sich damals zu ihr geneigt hatte. Dann wiederhol-te sie leise, vielleicht drohend, in jedem Fall besser artikulie-rend als ihr Vater: Ich habe dir etwas mitgebracht.

Nun nahm der Vater das Foto. Eingehend betrachtete er den jungen Punk. Ob er ihn wiedererkannte, war nicht zu erkennen. Schließlich drehte er das Foto um und las den Satz. Tonlos formten seine Lippen die einzelnen Silben. Als er zu Ende gelesen hatte, starrte er regungslos auf die Rück-seite des Fotos. Dann lehnte er sich zurück und das Foto gegen das Feinrippunterhemd. Kurios sah das aus: der bie-dere Hausanzug, der junge Punk in Schwarzweiß. Für fast eine halbe Minute konnte Laura diese Kuriosität betrachten. Dann kam Bewegung in die väterliche Erstarrung. Er hob das Foto wie ein Vogel einen verletzten Flügel, öffnete den Mund, wollte sprechen, sagte jedoch kein Wort. Schüttelte den Kopf. Und schloss die Augen, aus denen – so meinte Laura zu sehen – Tränen liefen, zumindest eine Träne.

Eine Träne der Tat?

Eine Träne der Unterlassung?

Wer weiß das schon.

Jedenfalls machte er den Mund wieder zu und senkte den Kopf auf die Feinrippbrust. Und mit einem Mal hatte sich Lauras Widerstand zu Kompromissbereitschaft gerundet. Der Vater tat ihr leid. So war sie nun einmal. Das mochte an den Genen liegen oder ihrer Kindheit. Vorsichtig löste sie die väterlichen Finger vom Foto und steckte es wieder in ihre Handtasche. Und bevor ihre Konfrontationsbereitschaft zur Gänze rund und harmlos war und sie das Zimmer verlassen hatte, sagte sie leise: Weißt du eigentlich, was mir dieses Foto bedeutet hat?

Zum Zeichenworkshop kam sie gerade rechtzeitig: gerade rechtzeitig, um zu erfahren, dass das Aktmodell für den nächsten Tag abgesagt hatte. Sollte die Meisterin einen Ersatz finden, würde sie sich per WhatsApp melden. Wahrscheinlich sei das nicht. Wahrscheinlicher sei, dass der zweite Teil des Workshops verschoben werden müsse. Die Workshopteilnehmerinnen packten mit theatralischem Bedauern ihre Bleistifte weg und verließen das Atelier der Meisterin mit hoffendem oder ärgerlichem Kopfschütteln. Laura sagte nichts. Nichts Hoffnungsvolles und nichts Ärgerliches. Sie grüßte nur mit einem Nicken.

Als sie wieder in ihrem Auto saß, wurde sie jedoch von Wut gepackt. Und zwar mit einer Heftigkeit, die sie so nicht kannte und die sie mit der Faust ein paarmal gegen das Lenkrad schlagen ließ. Dann schloss sie die Augen.

Brustatmung.

Bauchatmung.

Flankenatmung.

Als ob die Atemzüge Seilzüge wären, die sie über die Banalität ihres Lebens heben konnten, gewann sie Distanz. Keine Frage: So eine Nachricht war an jedem Tag ein Ärgernis. Aber heute hatte diese Nachricht, so banal sie war, eine Shakespeare'sche Wucht. Zumindest Melodramatik. Heute war ein Tag wie aus einer Seifenoper – angereichert mit Ereignissen: Erst die Bitte des Vaters. Dann die Wiederentdeckung des Fotos. Dann die Nicht-Konfrontation mit dem Vater. Dann die Sache mit dem Aktmodell. Und dazwischen in stündlicher Regelmäßigkeit: ein Nachrichtenbericht über einen Spitzenpolitiker, der – natürlich legal und im Dienste Österreichs – Grundwasser und Tageszeitung verscherbeln wollte.

Es wurde dieses letzte Ärgernis, das Laura als erste Begründung ins Treffen führte, als Wildner, in der Küche stehend und wie Moritz ein biederes Glas Himbeersaft in der Hand, fragte: Was ist denn los?

Diese Frage überraschte Laura: Der Vater ihres Sohnes war sensibler, als er aussah. Sensibler und, bei aller Verkorkstheit, liebenswürdig. Voller Mitgefühl blickte er in ihr Gesicht. Und so fügte Laura eine zweite, zutreffendere Begründung hinzu: Außerdem ärgere ich mich über dieses Aktmodell.

Welches Aktmodell?

Das, das für morgen abgesagt hat.

Und da überraschte sie Wildner erneut. Das Mitgefühl in seinem Blick verschwand und machte Eifer Platz:

Ich könnte ja Modell stehen.

Keine vierundzwanzig Stunden später stand Wildner Modell. Und das war von den Ereignissen, die in den letzten vierundzwanzig Stunden Lauras Alltag mit Shakespeare'scher Wucht beziehungsweise Melodramatik angereichert hatten, das außergewöhnlichste. Dachte Laura an einen Akt, so dachte sie an einen weiblichen Körper. Genauer gesagt: an *ihren Körper vor fünfundzwanzig Jahren.* An jenen Körper also, den Fotomeister Fürst anfassen und fotografieren hatte wollen, weil er ihm – wie den meisten Männern – selbst als zweidimensionale Abbildung begehrenswert schien.

Doch das Aktmodell, das hinter der Meisterin und zum Erstaunen der zehn anderen Workshopteilnehmerinnen das Atelier betrat, war eben kein Fluchtpunkt fotomeisterlichen Begehrens, sondern Wildner. Ein übergewichtiger Mann mit kräftiger Brust und im Verhältnis zu kurzen Beinen, die seinem Gang etwas Ineffizientes verliehen: zu viele Schritte für zu wenig zurückgelegten Weg. Und heute verstärkte Nervosität diese Ineffizienz auch noch. Wildner schien am Stand zu laufen. Sein Bauch zitterte, sein Geschlecht darunter wackelte.

Endlich war Wildner im Zentrum des Ateliers angekommen. Die Meisterin wies ihn an, Position einzunehmen. Als er ihre Anweisungen nicht zufriedenstellend ausführte, besserte sie nach. Seine Beine schob sie auseinander, bis Standbein und

Spielbein den gewünschten Winkel bildeten. Die eine Hand lehnte sie, leicht geöffnet, an seinen Oberschenkel. Die andere Hand positionierte sie auf seiner Schulter, als hielte Wildner darin den Lederriemen einer Steinschleuder, die er sich lässig über die Schulter geworfen hatte. Den Kopf drehte sie seitlich. Dann trat sie zur Seite und betrachtete ihr Werk.

Sie sah, dass es gut war.

Und Wildner?

Der stand im Zentrum des Ateliers, als Zitat einer Jahrhunderte alten Idealvorstellung vom Mann, vielleicht vom Menschen überhaupt.

Er machte keinen unglücklichen Eindruck.

Weder Schamgefühl noch Schuldgefühl prägten seine Gesichtszüge, sondern Entschlossenheit.

Nein, Trotz.

Natürlich.

Zumindest optisch war Dr. Haimo Wildner – mit seinem zu kurzen Stand und zu kurzem Spielbein, mit der breiten Brust und den nicht viel schmäleren Hüften – die Karikatur eines Renaissanceideals. Anstelle jünglinghafter Anmut männerhafte Schwerfälligkeit. Anstelle tänzelnder Kraft angestrengte Balance. Doch gerade in dieser Karikatur wurde der Wunsch nach Selbstbestimmung fassbar. Denn Trotz mag zwar das Gegenteil von Freiheit sein. Trotz ist aber auch der Ausdruck des Wunsches nach Freiheit. Dieser Wunsch nach Freiheit prägte Wildners Gesicht, ließ es eine Fleisch gewordene Ansage werden. Und so stand Wildner nicht nur als Karikatur eines Kunstzitats im Zentrum des Ateliers, sondern auch als Verkörperung eines Literaturzitats, und zwar des berühmtesten aller Literaturzitate.

Leck mich!

Und Laura, die eigentlich den Workshop gewählt hatte, um sehen zu lernen, um beim Nachvollziehen von Muskelstrukturen und Körperschatten ihr Auge für die Fotografie zu schulen, begann nicht Muskelstrukturen und Körperschatten zu zeichnen, sondern Wildners Gesicht. Zumindest das, was sie davon sehen konnte. Denn dieses Gesicht mochte einmal der Fluchtpunkt ihres Begehrens und einmal der Fluchtpunkt ihrer Enttäuschung gewesen sein. Heute aber war es ein Spiegel, in den sie gerne blickte.

Sie nahm einen weicheren Bleistift und zog eine anthrazitfarbene Linie über das Papier. Die Hand, die diese Linie zog, war bestimmt und dabei zärtlich, und die Linie war präzise und dabei geschwungen.

Diese Linie war eine Liebkosung.

Wenigstens eine Abbildung davon.

HÄNDE oder
Götz' zweiter Zwischenfall

Götz hatte gerade einmal eine Stunde geschlafen, als ihn der zweite Anruf weckte. Den ersten hatte er, müde von einer ereignislosen Nachtschicht, als Teil seines Traumes wahrgenommen: als Läuten, das schriller wurde, während er einem zurückweichenden Fliesenboden entgegenstürzte. Unbeholfen griff er nach dem Mobiltelefon. Rauschen war zu hören und dann Bruchstücke einer Frauenstimme. Auch ohne den Buchstaben auf dem Display hätte er sie sofort erkannt. Was ist los? Wieder unterbrach schlechte Verbindung die Unterhaltung. Götz wiederholte die Frage, einmal, zweimal, mit jeder Wiederholung schärfer im Tonfall. Dann verstand er.

Harald war gestorben.

In Salzburg war er plötzlich bei einem Vortrag zusammengebrochen. Der Notarzt hatte nur mehr den Tod feststellen können. Jetzt war X unterwegs nach Wien, um sich um die Formalitäten zu kümmern. Deswegen die Funklöcher, und nein, sie fuhr nicht mit dem Auto, nicht in ihrem Zustand. Sie saß im Zug. Die Verbindung riss wieder ab, allerdings nur kurz, sodass Götz das, was er nicht gehört hatte, ergänzen konnte. Donnerstag in zwei Wochen war das Begräbnis, eine Parte würde er demnächst per Post bekommen. Und dann X' Frage, diesmal ohne Rauschen und Unterbrechung, dafür unerwartet wie ein linker Haken: Kannst du nicht ein paar Worte beim Begräbnis sagen?

Götz antwortete nicht, presste Daumen und Zeigefinger gegen seine Stirn, als ließe sich seine Müdigkeit so zu einer Antwort formen. Aber alles Pressen nutzte nichts. Für einen Moment wich die Wirklichkeit, die sich in seinen Traum gedrängt hatte, einer friedlichen Leere. Leider nur für einen Moment.

Bist du noch da?

X' Stimme erreichte ihn wie durch Dämmplatten. Dennoch war ihr Tonfall eindeutig. Die Hilflosigkeit war der Gereiztheit gewichen, die bald nach Hannahs Geburt ihr *default mode* – zumindest im Umgang mit ihm – geworden war. Götz verstärkte den Druck auf seine Stirn, schloss die Augen, so fest, dass vor ihm helle Punkte auf dunkler Fläche tanzten. Schließlich sagte er heiser, bevor er grußlos auflegte:

Ich überlege es mir.

Er überlegte den ganzen Nachmittag.

Ohne Erfolg.

Als er sich am frühen Abend die Schuhe zu- und die Krawatte umband, hatte er immer noch keine Entscheidung getroffen. Er richtete sich den Kragen und knöpfte die Brusttaschen zu. Dann warf er einen Blick in den Spiegel. Die Uniform saß nicht richtig, war eine Spur zu groß. Er sah massig aus, massiger als er tatsächlich war. Wer ihn genau ansah (aber wer tat das schon?), konnte immer noch ein Echo des drahtigen Elitesoldaten, der vor dreißig Jahren die Grenze bei Deutsch Goritz gesichert hatte, entdecken. Doch dieses Echo verhallte, wurde von Tag zu Tag weniger.

Lange Zeit hatte Götz dieses Verhallen nicht akzeptieren können. Als Mis-en-Tech vor beinahe zehn Jahren in Konkurs ging, spielte er ernsthaft mit dem Gedanken, bei DynCorp oder bei AmorGroup anzuheuern, um im Irak oder in Syrien eine Pipeline zu bewachen. Nach einem Gespräch mit einem ehemaligen Kameraden, der mittlerweile seine militärischen Fähigkeiten als privater Dienstleister anbot, hatte er sich schon vor dem Hintergrund rotbrauner Felsen gesehen: einen Shemagh um den Hals und ein HK416 im Anschlag. Doch aus seinem Vorhaben war dann nichts geworden. Das Scheitern dieses Planes war vielleicht der Grund, warum er sich jetzt über X' Bitte den Kopf zerbrechen musste. Söldner hatten keine allzu hohe Lebenserwartung. Die Lebenserwartung eines Securitymitarbeiters auf dem Universitätscampus war höher. Sterben konnte man da allenfalls vor Langeweile.

Götz griff nach der Regenjacke und hängte sich den Rucksack um. Dann machte er sich auf den Weg. Mit dem Fahrrad brauchte er zwanzig Minuten zur Arbeit. Heute war allerdings viel Verkehr, und als er beim Stützpunkt ankam, wartete Gerhard bereits vor dem gläsernen Erker. Er war so in Eile, dass er Götz' Zuspätkommen nicht einmal kommentierte. Kaum, dass er den Dienst übergeben hatte, ging er auch schon, grußlos und so schnell, dass sein Pferdeschwanz zwischen seinen Schulterblättern zu tänzeln schien.

Götz störte diese Unhöflichkeit nicht. Er zog die Jacke aus und hängte sie über den Stuhl. Dann ging er zum Automaten neben dem Stützpunkt und kaufte ein Cola Zero.

Er nahm einen Schluck, spürte, wie die Kohlensäure über seine Kehle perlte, und starrte auf die kreisförmige Uhr am Gebäude vis-à-vis. Gerhard hatte unlängst gemeint, dass sie Anachronismen seien: Wer stellt heutzutage noch Wachmänner ein? Götz sah den Minutenzeiger weiterrücken und zuckte mit den Achseln. Ihm war egal, ob er ein Anachronismus war, solange er ein bezahlter Anachronismus war. Er nahm noch einen Schluck Cola. Dann öffnete er die Tür zu seinem vorgerückten, gläsernen Büro und setzte sich hinter den Schreibtisch mit dem übergroßen Computerbildschirm.

Hier zu sitzen, erinnerte an ein Cockpit. Allerdings nicht an das Cockpit eines Flugzeugs, sondern eines Flugzeugsimulators, der eine bereits bekannte Mission abspulen würde. Vielleicht würde die Mission in unbedeutenden Details variieren. Im Großen und Ganzen aber waren nicht nur Ziel und Strecke, sondern alle Eventualitäten bekannt. Was konnte schon passieren? Ein kaputter Lift, vielleicht eine nicht verschlossene Tür. Die einzige Abweichung des heutigen Nachtflugs hatte nichts mit dem Simulator, nichts mit der abgespulten Mission zu tun, sondern mit Götz selbst: Er musste eine Entscheidung treffen.

Warum fiel ihm das so schwer?

Götz starrte auf die virtuellen Monitore, die den Computerbildschirm viertelten. Durch den links-oberen Monitor ging eine junge Frau – schnell und entschieden, sodass Götz den Takt ihrer Stöckelschuhe zu hören vermeinte – und verschwand im rechts-unteren Bildschirm aus seinem elektronischen Horizont. Nun waren die Monitore ruhig, wie eingefroren. Und zu dieser gleichbleibenden, wie eingefrorenen Kulisse sagte Götz plötzlich laut und zornig: Weil das, was du von mir willst, eine Ungeheuerlichkeit ist!

Denn genau das war X' Bitte.

Ihn um eine Grabrede zu bitten, war nichts anderes, als ihm die eine Hand zu verdrehen, damit er die andere zu einer öffentlichen Freundschaftsgeste ausstrecken würde. Götz sollte im Nachhinein billigen, was gewesen war, als gäbe es da nichts zu bereden und keine Schuld zu tilgen. Dabei war ihnen zu Haralds Lebzeiten seine Billigung reichlich egal gewesen.

Obwohl.

Ganz stimmte das nicht.

Vor etwa drei Jahren hatte ihn Harald angerufen. Er wolle, wenn schon nichts gutmachen, dann zumindest etwas klären. Sich erklären. Das war nach Haralds erstem Zyklus Chemotherapie gewesen. Götz hätte seinen ehemaligen Partner beinahe nicht erkannt. Kahl und mit eingefallenen Wangen saß er neben X, die ungezuckerten Tee und Erdbeerkuchen reichte, und sprach mit leiser, heiserer Stimme. Besonders schlimm sei der Stuhlgang, hatte Harald gesagt, ohne danach gefragt worden zu sein. Man könne sich gar nicht vorstellen, wie ekelhaft die eigene Scheiße nach Chemie stinken würde. Und wie ätzend sie sei. Das sei nicht metaphorisch gemeint. So ätzend, dass man sich den Arsch mit Nivea Creme einfetten müsse. Harald erholte sich wieder. Bald schon brauchte er keine Nivea Creme mehr und ein dreiviertel Jahr später trank er keinen ungezuckerten Tee, sondern ein Glas Pinot Noir, als er Götz die beiden zentralen Verfehlungen gegen ihre Freundschaft nochmals auseinandersetzte:

Erstens.

Zweitens.

Am Ende des Gesprächs bot er Götz Geld an. Das hatte Götz selbstverständlich nicht akzeptiert.

Es wurde Zeit für den ersten Rundgang und davor für eine Zigarette. Neben dem Glaserker stehend sog Götz den Rauch ein. Nach jedem Zug ließ er die Zigarette weiterwandern, hielt sie zwischen Daumen und Zeigefinger, dann zwischen Zeige- und Mittelfinger und dann zwischen Mittel- und Ringfinger. Vermeidung von Nikotinnägeln. Eine der wenigen Eitelkeiten, die er sich zugestand.

Die er sich eingestand.

Sein Mobiltelefon vibrierte. Es war Wildner: Lust auf ein Bier? Sein Freund hatte seinen neuen Arbeitsrhythmus offenbar noch nicht realisiert. Bin arbeiten, tippte Götz ein und schickte die WhatsApp-Nachricht ab. Dann nahm er noch einen Zug. Die Zigarette schmeckte nicht sonderlich. Doch das langsame Verglühen des Tabaks war eine Visualisierung von Vergänglichkeit. Und während des Nachtdienstes war so eine Visualisierung unbezahlbar. Nach jeder Zigarette wusste er: Wieder fünf Minuten weniger. Außerdem beruhigte ihn die Monotonie des Rauchens. Als er die Zigarette ausdämpfte, war sein Zorn über X' Bitte nicht verschwunden, hatte aber zumindest ein wenig an Dringlichkeit verloren. Mit einem Handgriff überprüfte er, dass er den mobilen Datenleser bei sich hatte. Dann ging er los. Noch war es hell. Wenn sein Rundgang zu Ende war, würde es Nacht geworden sein.

Er ging durch den ersten Hof, vorbei am Kinderspiel-platz mit Rutsche und Schaukel und einem älteren Herrn im Sportsakko. Seinen Rundgang würde er am Institut für Amerikanistik beginnen. Als er die Institutstür aufsperrte, waren die Schritte des älteren Herrn im Sportsakko ver-hallt.

Götz ging durch den dämmrigen Flur des Gebäudes, stieg in den ersten Stock und rüttelte dort an den Türen der Seminarräume. Die dritte Tür war unversperrt, Licht brannte. Götz stellte sicher, dass niemand im Raum war, und wollte das Licht schon abdrehen und die Tür ver-schließen, da sah er auf dem Tisch neben der Eingangstür ein Buch liegen. Desinteressiert nahm er es in die Hand und betrachtete das Cover. Vor einer abendlichen Prä-rielandschaft war eine Neonreklame zu sehen, dahinter Oberleitungen. Amerikanischer ging es nicht. Wahllos schlug er das Buch auf und begann zu lesen. Sein Englisch war nicht sehr gut, beschränkte sich auf Schul- und Missi-onsenglisch, so war er sich nicht sicher, ob das, was er las, auch das war, was im Buch stand. Um einen Telefonanruf ging es, das war so weit klar, ein Teenager bat einen Mann um Hilfe: *We're in awful trouble here, Dad.* Doch offen-sichtlich hatte der Teenager sich verwählt. *Wrong number* erwiderte der Mann und *No dads here.* Daran änderte auch das Flehen des Teenagers nichts. *Dad, please accept.* Doch der Mann hängte auf. Götz klappte das Buch zu, betrach-tete für einen Moment das Autorenfoto – ein Mann um die vierzig, klein und bissig wie ein Dackel – und legte das Buch zurück auf den Tisch. Dann drehte er das Licht ab, verschloss die Tür zum Seminarraum und rüttelte an der nächsten Tür. Die Simulationssoftware war berechenbar wie immer, die Seminartür verschlossen, der restliche Kontrollgang ereignislos.

Allerdings: Ganz so ereignislos war der Kontrollgang doch nicht gewesen. Das merkte Götz, als er wieder im Glaserker saß und auf den unterteilten Bildschirm starrte. Er hatte sich vorgenommen, eine Entscheidung zu treffen – ja oder nein, komplizierter war es ja nicht –, doch anstelle von Argumenten und Gegenargumenten fiel ihm immer wieder die im Seminarraum gelesene Passage ein. Es waren nicht einzelne Wörter und Sätze, die er in Druckschrift vor sich sah. Gefühle packten ihn: Mitleid mit dem Teenager, Wut mit dem Mann, der nicht helfen wollte und den sich Götz wie den Autor vorstellte.

Kopfschüttelnd griff er nach seinem Mobiltelefon und rief die Website des ORF auf. Es musste X' Bitte sein, die ihn so heftig auf erfundene Charaktere reagieren ließ. Das war absurd. Wenn er sich schon ärgerte, dann wenigstens über Dinge, die ihn tatsächlich betrafen, mittelbar oder unmittelbar. Ob es nun die Übergriffigkeit seiner Exfrau war oder die größenwahnsinnige Inselprahlerei eines Politikers. Doch auch das Lesen der Nachrichten konnte seine Aufmerksamkeit nur kurz bündeln. Immer wieder sah er den Teenager vor sich: ängstlich, mit hängenden Schultern, doch ohne konkrete Gesichtszüge. Und dann den Mann, klein und bissig wie ein Dackel, den Telefonhörer am Ohr. Mit einem Ruck stand er auf. Er musste wissen, wie die Geschichte weiterging.

Götz sperrte den Stützpunkt ab und machte sich auf den Weg. Das schwache Laternenlicht verwandelte vertraute Silhouetten in verblüffende Dramen. Im Halbdunkel graste die Rutsche des Kinderspielplatzes wie ein Urzeitelefant, eine Parkbank duckte sich zum Angriff. Als Götz zum Eingang des Amerikanistikinstituts kam, ging das Licht automatisch an. Es wurde gleißend hell, er musste die Augen zusammenkneifen. Es dauerte einen Moment, bis er wieder deutlich sehen konnte.

Und was er sah, jagte seinen Puls in die Höhe. Er hatte, kaum dass er die Schwelle übertreten hatte, den Kopf gehoben – vielleicht zufällig, vielleicht weil er etwas gehört hatte – und sah nun im obersten Stockwerk jemanden stehen. Groß war der, der da oben stand, und schlank. Ein Bein hatte er über das Geländer geschwungen, als wolle er sich daraufsetzen oder – schlimmer noch und wahrscheinlicher! – als wolle er darübersteigen und sich fallen lassen, auf den in der Tiefe liegenden Steinboden zustürzen, um zu beenden, was kaum noch begonnen hatte. Denn das konnte Götz erkennen, glasklar, wie durch die Optik seines Neunundsechzigers: Die große, schlanke Figur war die eines Teenagers. Eines Burschen, vielleicht siebzehn, vielleicht achtzehn Jahre alt – mit bartlosem, rührend weichem Gesicht unter schweren Locken. Nicht, sagte Götz leise, dann lauter, nicht.

Dann schrie er.

Und konnte so zumindest den Todessturz verhindern. Denn von seinem Schrei getroffen wie von einem Projektil, taumelte der Bursche nach hinten, blieb dabei mit dem über das Geländer geschwungenen Bein hängen und fiel auf den Rücken oder auf den Hinterkopf. Das konnte Götz von der Eingangstür aus nicht sehen. Sehen konnte er, dass die Silhouette des Burschen verschwand.

Dann ein Aufprall.

Dann ein Aufschrei.

Dann Stille.

Götz rannte los. Mit wenigen Sätzen war er bei der Stiege und hetzte hoch, dem Burschen entgegen, mehrere Stufen auf einmal nehmend.

Erster Stock.

Zweiter Stock.

Voller Adrenalin war er, die Luftknappheit bemerkte er nicht. Im dritten Stock angekommen, warf er sich gegen die Schwingtür, die das Stiegenhaus vom Gang trennte, und sah, genau als er den Gang betrat, wie der Bursche sich am anderen Ende aufrichtete. Mit der flachen Hand schlug Götz gegen den Lichtschalter. Die Leuchtstoffröhre flackerte. In diesem Flackern stand der Bursche vielleicht zehn, zwölf Meter von Götz entfernt und starrte ihn an. Götz machte einen Schritt auf ihn zu, und als hätte ihn diese Bewegung aus jeder Starrheit gelöst, drehte sich der Bursche um und begann zu laufen. Lief auf den Ausgang am anderen Ende des Gangs zu, wollte offensichtlich die Treppe auf der gegenüberliegenden Seite nehmen, um ins Erdgeschoß und quer über den Flur zur Institutstür zu gelangen, hinaus ins Freie, weg von Geländer und Götz.

Götz drehte sich um und lief die Stiege, die er soeben hochgehetzt war, wieder hinunter. Am Fuße des zweiten Stocks stolperte er, konnte sich jedoch wieder fangen. Er jagte weiter, rammte mit dem Schwung der letzten Kurve die Tür und sah nun den Burschen in voller Geschwindigkeit auf sich zukommen. Götz neigte sich nach vorne wie ein Rugbyspieler bei einem Tackle. Doch da bremste der Teenager ab, blieb für den Bruchteil einer Sekunde stehen. Plötzlich brach er seitlich aus, wendig wie ein Parcoursläufer, und hetzte auf die Institutstür zu. Götz wollte hinterher, hatte die Hand schon ausgestreckt, um zuzupacken, da wurde der Flur wellig, verlor an Spannung wie eine plötzlich nachgebende Hängebrücke: Götz stolperte, versuchte sich abzustützen, verfehlte die Wand und fiel zur Seite.

Das war sein Glück.

Anstatt mit dem Gesicht voran auf einem nun wieder festen Steinboden aufzuschlagen, prallte Götz erst mit der Schulter, dann mit der Schläfe gegen die Wand: Ein Blitz, rot und grell, überblendete sein Zusammensacken. Als das Leuchten abgeklungen war, lag Götz auf dem Steinboden, seitlich gelagert wie von einem umsichtigen Helfer, den Arm abgewinkelt und die Hand geöffnet.

Götz hörte jemanden auf sich zukommen. Jemand berührte ihn an der geöffneten Hand, vorsichtig, respektvoll, und eine tiefe, jugendliche Stimme fragte: Alles okay?

Götz hob den Kopf. Langsam, langsam wandte er sich einem körperlos schwebenden Burschengesicht zu. Sorgenvoll und ohne Spott blickte es auf ihn herab.

Ich glaube schon.

Götz ergriff die Hand, die sich unterhalb des schwebenden Burschengesichts zu ihm streckte, und ließ sich hochziehen. Der Bursche hielt ihn, bis er einigermaßen sicher stand. Dann ließ er Götz los, ging einige Schritte rückwärts, stieß mit der Ferse die Institutstür auf, drehte sich um und war verschwunden.

Die Hand ausgestreckt und darüber ein körperlos schwebendes Gesicht. Götz musste die Polizei anrufen und ein internes Protokoll verfassen. Doch er hatte die Polizei nicht angerufen und, anstatt zu schreiben, starrte er auf das Weiß eines vorformatierten Worddokuments, auf den blinkenden Cursor. Beides sah er nicht. Anstelle einer Textfläche hatte er die ausgestreckte Hand vor Augen und mit der Hand ein Ziehen im Magen. Dieses Ziehen im Magen war nicht die Folge der Verfolgungsjagd der heutigen Nacht, genauso wenig die ausgestreckte Hand vor Augen die des Burschen war. Das Ziehen lag weiter zurück, gehörte zu einem anderen Lebensabschnitt. Damals hatte Götz das Ziehen wegerklärt: Harald habe nicht von ihm weg und nach unten gesehen, sondern eine Verneigung angedeutet. Unbeholfen vielleicht, aber nicht bösartig, ein misslungener Scherz, nichts Außergewöhnliches am Ende eines alkoholgetränkten Abends. In jedem Fall: kein Grund, sich Gedanken zu machen. Kein Grund, sich gedemütigt zu fühlen. Und überhaupt: Götz kann man gar nicht demütigen, denn Demütigung impliziert Bedürftigkeit, und die ist nicht Teil seines seelischen Repertoires.

Doch es war eine Demütigung gewesen.

Und nun, zehn, nein, fünfzehn Jahre später war sie fassbar geworden, hatte in dem Bild des Burschen, der sich über ihn neigte, Form angenommen. Götz griff nach der Coladose, die er sich bei dem Automaten gekauft hatte.

Seine Hüfte schmerzte. An der Heftigkeit des Pulsierens konnte er bereits die violette, ins Gelbe gehende Verfärbung erahnen, die sich zeigen würde, wenn er in einigen Stunden die Uniformhose auszog. Für einen Moment überlegte er, die Coladose nicht zu öffnen, sondern an die Hüfte zu halten. Er tat es nicht. Stattdessen nahm er einen Schluck und starrte wieder auf das Worddokument, auf den darauf blinkenden Cursor. Wer auch immer ihm vor einer Stunde entkommen war – ein Einbrecher?, ein Selbstmörder?, ein Parcoursläufer! –, er war auch ein Zauberer gewesen. Mit einer einfachen Geste hatte er Zusammenhänge sichtbar gemacht, wie ein Lichtschalter einen dunklen Flur.

Von zwei Verfehlungen hatte Harald damals gesprochen – erstens, zweitens – und dabei den Pinot Noir nachdenklich geschwenkt. Dann hatte er zu erzählen begonnen, von seinen Verfehlungen und wie es zu diesen gekommen war. Einleuchtend war sein Erzählen gewesen. Beeindruckend in seiner Reflektiertheit und berührend in seiner Offenheit. Und doch war sein Erzählen, sein nachdenkliches Konstruieren von Ursachen und Konsequenzen rundweg falsch gewesen. Nicht im Sinne von unehrlich oder verlogen. Sondern im Sinne von unrichtig. Denn Harald war in seinem Erklären einem vorgefertigten Erzählmuster aufgesessen. Hatte ihre Freundschaft beziehungsweise das Zerbrechen ihrer Freundschaft mit dem Muster der Dreiecksgeschichte erklärt: zwei Männer, die um ein Drittes buhlen. Mit diesem Muster hatte er das Chaos ihrer Leben auf eine Heldensage reduziert, auf den Kampf Mann-gegen-Mann, ohne den kein Hollywoodfilm und kein Italowestern auskommt und dessen Gewinner so gut wie immer zwei Trophäen genießen konnte: erstens eine wirtschaftliche, zweitens eine sexuelle.

Aber wie gesagt: Die Geschichte stimmte einfach nicht. Harald und Götz waren nach Haralds Aussteigen aus Misen-Tech keine Todfeinde geworden, sondern hatten nach wie vor Kontakt gehabt. Reduzierten Kontakt, logischerweise, aber freundschaftlichen. Und als Harald und X ein Paar wurden, irritierte es Götz, nein, kränkte es Götz. Aber von verzweifelt oder untröstlich konnte keine Rede sein. Zu diesem Zeitpunkt hatte er mit beiden schon lange nicht mehr gesprochen. Denn dazwischen hatte sich die eigentliche Demütigung ereignet: eine ausgestreckte Hand, aber ohne schwebendes Gesicht.

Der Cursor blinkte und das vorformatierte Worddokument blockierte wie eine frisch geweißte Mauer seine Sicht. Götz hatte nach wie vor keine Ahnung, was er protokollieren sollte. Es war ja nichts geschehen, wenn man von einer violetten, ins Gelb gehenden Verfärbung an der Hüfte und einer Beule über dem Ohr absah. Aber vielleicht war es ja genau dieses Wenige, dieses Kaum-Geschehene, das protokolliert werden musste. Denn offensichtlich konnte es eine ungeahnte Wirkmächtigkeit entfalten – oft erst viele Jahre später, wenn man bereits vergessen hatte, was geschehen war. Dann wurde eine nachlässig gereichte Hand und ein Zu-Boden-Sehen zu der wahren Wurzel einer Entzweiung. Und mit dieser Einsicht geriet die Vorstellung, wer man war, ins Wanken, so wie Götz vor einer Stunde. Und man erkannte: Man war nicht unkaputtbar.

War es nie gewesen.

Götz schloss die Augen. Das war zu viel Einsicht für eine Nachtschicht, in der kaum etwas passiert war. Als sein Mobiltelefon vibrierte und X' Drängen auf dem Bildschirm sichtbar wurde, drehte er es ab. Er würde die Entscheidung später treffen, morgen oder übermorgen, im Bett liegend und einen Eisbeutel auf die violette, ins Gelb gehende Verfärbung gelegt. Denn als ob das eine etwas mit dem anderen zu tun hätte, hatte mit seiner Einsicht das Pulsieren an der Hüfte zugenommen. Hatte sich von Pochen zu Paukenschlägen intensiviert, die nicht nur schmerzten, sondern auch eine unerhörte Neuigkeit ankündigten: Götz würde sich krankmelden.

Zum ersten Mal in seinem Leben.

Ging man der Aufbahrungshalle 2 entgegen, bot sich ein erhabener Anblick: Jugendstil, soweit Götz das sagen konnte, protzig, der Tod allein ist mächtig, und wer zum Eingangstor wollte, musste Stiegen hinauf und einer Bahnhofsuhr entgegen. Am Stiegenansatz standen Trauergäste in Grüppchen verteilt, ernst und feierlich, die Damen im dunklen Kleid, die Herren die Krawatte gelockert, das Jackett umgehängt. Es war ein drückend heißer Junitag.

Götz sah niemanden, den er kannte. X war wahrscheinlich bereits in der Aufbahrungshallte. Hannah wohl auch. Dass niemand da war, um ihn zu begrüßen oder ihm zumindest zu sagen, wie der Ablauf des Begräbnisses sein würde, ärgerte Götz. Dabei war er seit seinem ersten und bislang letzten Krankenstandstag versöhnlich gestimmt gewesen. Denn er hatte einen Entschluss gefasst. Zwar unter dem

Einfluss der rezeptpflichtigen Tramadoltabletten, die ihm Wildner, Anästhesist und Schmerztherapeut, vorbeigebracht hatte, doch es war ein Entschluss, an den er sich halten würde: Er würde ein paar Worte an Haralds Grab sagen und es würden keine bösen Worte sein. Götz konnte sich weder erinnern, wie er zu diesem Entschluss gekommen war, noch wie er ihn kommuniziert hatte. Als er am Morgen nach seinem Krankenstandstag aufgewacht und einen Blick auf sein Handy geworfen hatte, war X' Nachricht zu lesen gewesen. Begeistert und ziemlich gestelzt formuliert: Ich danke dir so sehr! Es war Haralds Wunsch, dass du seiner beim Begräbnis gedenkst. Zum Abschluss eine Zierleiste aus drei schlagenden Herz-Emojis.

Also hatte Götz eine violette, ins Gelb gebende Verfärbung ignoriert, ebenso eine Beule hinter dem Ohr, und auf seinem Laptop ein Worddokument geöffnet. Diesmal hatte er nicht auf das weiße Feld gestarrt, sondern zu schreiben begonnen. Vom guten Leben, das die Voraussetzung für den guten Tod war, hatte er geschrieben. Von Freundschaft, die eine Form von Liebe war und sich – wie das mit der Liebe so war – wandelte, sich manchmal vom Hauptevent zum Hintergrundgeräusch beruhigte, ohne deswegen an Wichtigkeit zu verlieren. Das war allgemein genug formuliert, fand Götz mit Blick auf den Stiegenansatz. Immerhin: Auch einer Feindschaft mangelte es nicht an Wichtigkeit.

Etwas anderem – Banalerem – auch nicht.

Götz drehte sich um und ging den Weg, den er soeben gekommen war, wieder zurück. Gleich beim Haupttor hatte er eine Toilette gesehen. Dorthin flüchtete er nun. Obwohl er öffentliche Toiletten hasste, ließ er sich Zeit, zielte auf das Lochmuster des Urinalsiebs und wippte dabei vor und zurück wie bei einem Geschicklichkeitsspiel. Auch beim Händewaschen ließ er sich Zeit, betrachtete sich ausgiebig im zerkratzten Spiegel – die Augenringe, das schüttere, kurz geschorene Haar – und trocknete sich schließlich ebenso ausgiebig die Hände. Dann fühlte er sich besser.

Als er wieder auf den erhabenen Anblick der Aufbahrungshalle 2 zuging, war aus vereinzelten Grüppchen Trauernder eine Gruppe geworden. Langsam schob sie sich die Stiegen entlang. Viele Menschen hatten sich diesen Donnerstagnachmittag freigeschaufelt. Das war nicht überraschend. Harald war ein geschickter Netzwerker gewesen. Wäre er das nicht gewesen, wären eine nachlässig gereichte Hand und ein Vorbeisehen bedeutungslos geblieben. Demütigung benötigt Publikum, und Harald hatte das Publikum genossen, das zu seinen Leadership-Seminaren gepilgert war, seine Tipps minutiös notiert, mit Beifall gewürdigt hatte. Götz war bei vielen dieser Seminare gewesen, um Kontakte zu knüpfen, Aufträge zu akquirieren. Um als Haralds ehemaliger Partner Vorteile und Anerkennung genießen zu können. Und da hatte ihn Harald auflaufen lassen. Hatte seine zur Verabschiedung ausgestreckte Hand mit theatralischer Ironie gedrückt und dabei zu Boden gesehen, als sei sein einstiger Partner eine Peinlichkeit, ein Relikt aus einer unbedeutenden Vergangenheit.

Götz genoss Publikum nicht. Er war Scharfschütze, ein Einzelkämpfer hinter feindlichen Linien. Aufmerksamkeit zu erregen war er nicht gewohnt. Unsicherheit packte ihn mit Wucht. Er blieb stehen und griff nach der Zigarettenschachtel in seiner Sakkotasche. Er hielt die Zigarette schon zwischen den Lippen und war gerade dabei, seine Taschen nach dem Feuerzeug abzuklopfen, da hörte er jemanden sagen: Jetzt vielleicht nicht, Papa!

Hinter ihm stand Hannah, ein Lächeln auf den Lippen, ganz vorwurfsfrei: Komm, Mama ist schon drinnen.

Manchen Menschen mag Tragik Glanz verleihen. Nicht X. Schlaflosigkeit und Trauer hatten ihrem Gesicht jedes Leuchten genommen. Blind wie ein abgegriffener Silberlöffel hob es sich ihm entgegen. Götz neigte sich zu X, umarmte sie und setzte sich auf den Sitz schräg hinter sie. X so zu sehen, entwaffnete ihn, traf ihn zutiefst. Er legte ihr die Hand auf die Schulter, nur leicht, wegen der Hitze und aus Respekt vor ihrer Trauer. X griff nach seinen Fingern, ohne sich nach ihm umzudrehen. Ihr Blick war starr nach vorne gerichtet, auf den Sarg, auf das Foto daneben.

Nun trat eine Frau nach vorne, Gitarre in der Hand, und fing an zu singen. Mit schlanker Stimme folgte sie einer Melodie, die auf- und niederstieg wie ein EKG und trotz aller Bewegung sanft und wehmütig war. Als sie den Refrain zum zweiten Mal gesungen hatte, wusste Götz, dass er das Lied kannte. Er hatte es schon einmal gehört. Nicht im Radio, nicht im Fernsehen, sondern live, in einer emotional aufgeladenen Situation.

Doch wo?

Das fiel ihm nicht ein. Das ließ ihm keine Ruhe. Um ein Haar hätte er mitgesummt, hätte die zwei Wörter des Refrains mitgesprochen und mit österreichischem Akzent *Here Today* gemurmelt. Doch da endete das Lied schon wieder, der abschließende Akkord verklang im Schweigen der Trauernden. Für einen Moment war die Aufbahrungshalle 2 nichts als Stille und Schwüle.

Dann trat ein Mann vor die Trauernden und begann aus einer schwarzen Mappe zu lesen. Stationen aus Haralds Leben listete er auf, zeichnete ein für diesen Anlass typisches Psychogramm: treuer Freund, liebevoller Partner, tüchtiger Geschäftsmann. Schließlich klappte er die schwarze Mappe zu, bedächtig und endgültig, als handle es sich um das Buch des Lebens, und nickte einem jungen Mann zu.

Dieser erwiderte sein Nicken und hob eine Geige ans Kinn. Etwas Spätromantisches spielte er, etwas, das ganz ohne Begleitung nackt und schutzlos klang und das auf- und niederstieg wie ein EKG. Und allmählich, erst in Andeutungen, dann immer deutlicher, verfestigte sich sein Spielen zur Melodie des zuvor gehörten Lieds. Die Präsenz des verlorenen Freundes, die zuvor die schlanke Frauenstimme beschworen hatte, wurde nun mit Vibrato und einem Ton so weich wie eine Liebkosung erfleht. Götz konnte sehen, wie sich X die Hände vors Gesicht hielt. Ihre Schultern zuckten, nur leicht, aber eindeutig. Doch Götz streckte die Hand nicht aus, um sie zu trösten. Kaum nahm er von der Rührung um sich herum Notiz. Ihn faszinierte die Melodie. Er hatte sie gehört, vor Jahrzehnten an einem Ort wie diesem hier: stickig vom Leid der Trauernden und ihrem Schweiß. Aber wer hatte getrauert? Und um wen?

Vielleicht um Jesenký?

Dessen Begräbnis hatte im Sommer, bald nach der Maturareise, bei der er bei einem Tennismatch verstorben war, stattgefunden. Das wäre möglich.

Aber sicher war er sich nicht.

Mit solcher Konzentration versuchte er die Antwort zu finden, dass er nicht bemerkte, dass die Improvisation geendet hatte. Endlich schreckte er hoch und entdeckte den Trauerredner. Mit hochgezogenen Augenbrauen und hektischen Handbewegungen deutete er ihm, nach vorne zu kommen.

Wie in Trance stellte sich Götz neben Haralds Sarg und faltete seine Aufzeichnungen auseinander. Doch als er den ersten Satz ablesen wollte, noch immer benommen von der soeben gehörten Melodie, kam ihm das, was er geschrieben hatte, lächerlich vor. Er steckte seine Notizen wieder ein. Nach einem kurzen Moment der Sammlung begann er zu sprechen. Von ihrer gemeinsamen Zeit beim Bundesheer sprach er und der gemeinsamen Gründung von Mis-en-Tech und davon, dass Harald immer seine Freundschaft gesucht habe. Abschließend wollte Götz noch einen, wie ihm schien, ungewöhnlichen Gedanken formulieren: Wie zufällig wir das waren, was wir waren, und wie zerbrechlich. Aber er fand nicht die richtige Formulierung oder die Begründung, warum er das in diesem Moment sagen sollte. Stattdessen drängte sich etwas in seine Gedanken, das nicht Formulierung und Klang, sondern Gestalt war. Vor seinem inneren Auge sah Götz eine ausgestreckte Hand und darüber ein körperlos schwebendes Gesicht – rührend weich und unter schweren Locken.

Da schüttelte er nur den Kopf und legte eine Hand auf den Sarg.

Die Luft roch aromatisch: nach nasser Erde und nach nassem Gras. Kurz vor der Grablegung war ein Gewitter niedergegangen, und Götz hatte, als sie schließlich zum Grab gingen, das Gehen an der klaren Luft genossen, obwohl die violette, ins Gelb gehende Verfärbung wieder zu pulsieren begonnen hatte. Nun waren die Trauergäste unterwegs zum Leichenschmaus und Götz stand allein vor dem Familiengrab, in dem nun Harald neben seinem Vater lag, die Krawatte gelockert, das Sakko umgehängt. In Hollywoodfilmen sprachen die Trauernden immer laut mit ihren Toten. Dramaturgisch war das verständlich. Vom stummen Nachdenken hatte das Publikum nichts. Seltsam fand es Götz trotzdem. Er sagte nichts, nicht laut, nicht leise, stand einfach da und blickte auf den Grabstein. Das Gewitter hatte nicht nur die Luft gereinigt, sondern auch seine Aufregung weggeschwemmt. Er war sich noch immer nicht sicher, bei welchem Anlass er das Lied gehört und warum ihn die Melodie so aufgewühlt hatte. Doch das schien nun nicht mehr so wichtig. Erstaunt war er, dass er nicht trauerte. Zumindest eine Ahnung von Endlichkeit wäre doch zu erwarten gewesen und mit dieser Ahnung so etwas wie Melancholie. Wenn schon keine Verzweiflung am Verlust eines Weggefährten, dann zumindest Erschütterung über die Unwiederbringlichkeit eines Bewusstseins, einer Weltsicht. Aber da war keine Melancholie, und keine Erschütterung. Götz schüttelte unmerklich den Kopf und streckte die Hand aus. Dabei sah er auf seine Schuhspitzen. Dann hob er den Blick – langsam, langsam –, sah wieder auf den Grabstein, auf die von einem Bindestrich getrennte Datumsangabe unterhalb des Namens.

Geburtsdatum.

Sterbedatum.

Die Monotonie dieser Information hatte etwas Beruhigendes. Man weiß, wie es anfängt. Man weiß, wie es aufhört. Das war Wildners Spruch. Zumindest beim Betrachten eines Grabsteins schien er einleuchtend. Götz ließ die Hand wieder sinken, steckte sie in die Hosentasche.

Da berührte ihn jemand an der Schulter. Noch bevor er aufsah, wusste er, dass Hannah hinter ihm stand.

Das war groß von dir.

Götz wandte sich seiner Tochter zu. Sie trug keinen Schmuck, das fiel ihm erst jetzt auf, bis auf das schwarze Diamantarmband, das ihr Harald zur Promotion geschenkt hatte. Edel sah es aus, wies auf Hannahs Feingliedrigkeit hin, lenkte nicht von ihr ab. Wer so ein Geschenk machte, musste jemanden gut kennen. Oder Hilfe haben. Was beides die Frage aufwarf, wie Hannah zu Harald gestanden war. Für einen Moment wollte Götz seiner Tochter diese Frage stellen, tat es jedoch nicht. Stattdessen fragte er harmlos, beinahe wie nach Komplimenten heischend: Hab ich nicht allzu sehr gestammelt?

Hannah streichelte ihn am Oberarm: Gar nicht.

Götz sah Hannah an, ließ das ebenmäßige Gesicht auf sich wirken. Die Feinheit ihrer Züge ließ Hannah immer eine Spur hart wirken. Und zerbrechlich. Götz spürte Zärtlichkeit, Glück – vielleicht.

Darf ich dir eine Frage stellen?

Natürlich.

Warum hast du diese Rede gehalten? Ich meine … Hannah beendete den Satz nicht, sah Götz erwartungsvoll an.

Götz wandte den Blick von Hannah ab, blickte auf das Familiengrab. Wieder fiel ihm eine ausgestreckte Hand ein, darüber ein körperlos schwebendes Gesicht – rührend weich und unter schweren Locken. Nachdenklich zuckte er dann mit den Achseln: Ehrlich gesagt, weiß ich es nicht.

Hannah nickte und ergriff seine Hand, legte ihren Kopf auf seine Schulter. Und für einige Augenblicke standen sie nebeneinander in einer vor Jahren verlorenen Innigkeit, blickten auf den Grabstein, von Geburtsdatum zu Sterbedatum, und standen dabei so leicht und locker, als könnten sie auf dem Bindestrich dazwischen balancieren.

EINSICHTEN oder
Sophies zweiter Zwischenfall

Das erste Mal nimmt Sophie den Burschen kaum wahr.

Ihr zugewandt, sitzt er zwei Reihen weiter vorne und sieht aus dem Fenster. Nur das Profil seines Gesichts ist zu erkennen. Für einen Augenblick hält ihr wandernder Blick an seinem geschwungenen Unterkiefer. Sobald er ausgestiegen ist, hat sie ihn jedoch schon wieder vergessen. Das Seniorenturnen hat Sophie müde gemacht und die frühabendliche Straßenbahnfahrt hinterlässt kaum einen Eindruck. Am Abend aber, als bei einer Sendung über Österreichs beliebteste Urlaubsziele Lignano erwähnt wird, fällt ihr der Bursche wieder ein. Irritiert nimmt sie einen Schluck Rooibostee. Ihre Vorstellung ist zügellos. Vor einigen Jahren musste Sophie ihretwegen in Frühpension gehen. Sie überlegt, ob sie Olivia anrufen soll: Olivia mit ihrem Reisebüro, die immer amüsiert lächelt und jedes Ereignis im Sinne einer Kosten-Nutzenrechnung zu lesen weiß. Sie lässt es jedoch bleiben. Stattdessen tut sie die Ähnlichkeit, an die sie sich zu erinnern glaubt, als Vorstellung ab und schaltet den Fernseher aus.

Eine Woche später sieht sie den Burschen wieder. Diesmal steht er in der Mitte des Straßenbahnwaggons und hält sich mit zwei Fingern am Haltegriff fest. Er ist vielleicht achtzehn, neunzehn Jahre alt, groß und schlaksig, mit bartlosem, rührend weichem Gesicht unter schweren Locken. Wieder steht er so, dass Sophie zunächst nur sein Profil zu sehen bekommt. Doch als er sich schließlich zu ihr dreht, kann Sophie nicht anders, als Bedeutung hinter einer zufälligen Begegnung vermuten. Zu groß scheint die Ähnlichkeit. Zu koordiniert der Wochenablauf zweier nicht miteinander verwobener Leben. Als der Bursche die Haltewunschtaste drückt, steht sie ebenfalls auf, ungelenk, denn ihre Oberschenkel sind steif von den wöchentlichen Kräftigungs- und Dehnungsübungen. Der Bursche benützt den mittleren Ausstieg, sie den hinteren.

Sie hat keine Ahnung, was sie von dem Burschen will.

Will sie sehen, wo er wohnt?

Will sie wissen, wie er heißt?

Will sie ihn anreden?

Eine Antwort fällt ihr auch nicht ein, als sie dem Burschen zur Lichtenfelsgasse folgt. Der Bursche geht zügig, die Schultern selbstbewusst im Rhythmus seiner Schritte wiegend. Kaum kann ihm Sophie folgen. Schließlich verschwindet er in einem Hauseingang. Als Sophie bei der Tür ankommt, ist diese verschlossen. Für einen Moment überlegt sie, bei der Gegensprechanlage zu läuten. Doch sie läutet nicht. Stattdessen studiert sie die Namensschilder. Die Namen darauf lesen sich wie ein repräsentativer Querschnitt der Wiener Bevölkerung: Adamec wohnt in Top 13. Yildiz einen Stock tiefer. Wagner im Mezzanin und Horváth ebenfalls. Hängen bleibt ihr Blick an einem Messingschild, das einer Wohnung im Erdgeschoß gilt: *Club*

Lichtenfels steht darauf, unscheinbar, ohne Erklärung, ohne Clubemblem.

Die dritte Begegnung überlässt Sophie nicht den geheimnisvollen Zusammenhängen, die zwischen ihrer Heimfahrt vom Seniorenturnen und den Straßenbahnfahrten des jungen Mannes zu wirken scheinen. Zwei Tage später steuert sie die Lichtenfelsgasse an. Sie hat sich unauffällig gekleidet, hat auf eine markante Kopfbedeckung und auffällige Tasche verzichtet. Stoffhose und Funktionsjacke trägt sie, dazu das Seidentuch, das ihr Olivia geschenkt hat. Das typische Frühlingsoutfit rüstiger Seniorinnen. Niemand, der sie sieht, wird sich an sie erinnern.

Diesmal steht die Haustür offen und Sophie tritt ein. Vor ihr liegt ein geräumiges Stiegenhaus mit ornamentalem Metallgeländer. Gründerzeit, sauber, nicht renoviert. An der Wohnung linker Hand ist kein Namensschild angebracht. An der schwarzen Tür rechter Hand schon: *Club Lichtenfels*. Wieder bleibt Sophies Blick an dem Namen hängen. Ist das ein Wanderverein? Ein Freizeitclub für angehende Juristen?

Sie will sich bereits umdrehen und in den ersten Stock gehen, da wird die Tür geöffnet. Vor ihr hält der Bursche in der Bewegung inne. Schweigend starrt sie ihn an. Auch der Bursche sagt kein Wort, und sie hätten sich wohl noch eine ganze Weile über die Türschwelle hinweg gemustert, wenn nicht plötzlich ein Mann neben den Burschen getreten wäre. Smart, Mitte dreißig, mit vollem, nach hinten gekämmtem Haar und einer gut sitzenden Jeans. Er mustert

Sophie ohne Neugierde. Dann fragt er nicht unfreundlich, aber mit einer Bestimmtheit, die nahelegt, dass er an einem Gespräch nicht interessiert ist: Kann ich Ihnen helfen?

In ihrer Vorstellung ist Sophie schlagfertig. In der Realität ist sie es nicht. Wo geht es hier zu Adamec?, hätte sie gegenfragen können. Oder: Ja. Was ist oder tut der Club Lichtenfels? Aber sie hat nichts gesagt. Hat nur zu schnell zwischen dem smarten Mann und dem Burschen hin- und hergesehen und schließlich die Frage des Mannes zu leise verneint.

Nun steht sie neben der Gegensprechanlage, rotgesichtig und kurzatmig, und muss sich an der Hauswand abstützen. Sie wartet, bis sich ihr Atem wieder beruhigt hat. Dann geht sie zur Straßenbahnhaltestelle. Wie sie jedoch der Anzeige entnimmt, kommt die nächste Straßenbahn verspätet. Also beschließt Sophie, zu Fuß nach Hause zu gehen, langsam und bedächtig, so, als sei sie auf einem Stadtspaziergang gewesen und nicht auf einer Zeitreise.

Zu Hause angekommen, hebt sie die IKEA-Kiste, in der sie Gegenstände ihrer verstorbenen Mutter aufbewahrt, aus dem Vorzimmerkasten und trägt sie ins Wohnzimmer. Als sie die Kiste abstellt, spürt sie ein Stechen im Rücken. Nur mit Mühe kann sie einen Schmerzensschrei unterdrücken. In gebückter Haltung verharrt sie für einige Momente. Dann richtet sie sich vorsichtig auf. Der Schmerz hat nachgelassen, belastet nur mehr als dumpfer Druck ihren Rücken, knapp oberhalb des Gesäßes. Sie kann sich vor die Erinnerungskiste hinknien und den Deckel abnehmen.

Das Fotoalbum liegt oben auf. Vorsichtig legt sie es auf die Couch. Dann setzt sie sich neben das Album – unbeholfen und mit Bewegungen, die im Ansatz verebben – und öffnet es. Es dauert nicht lange, bis sie die Fotografie findet. Sie erkennt sie, noch bevor sie die Pergaminschutzseite umgeblättert hat. Ihr Bruder ist darauf zu sehen, in Stoffhose und Polo-Shirt von Lacoste, lässig und sommerlich: Es war der Tag vor der Maturareise, von der er nicht lebend zurückkehren sollte. Die schweren Locken hat er in einer Popperversion des Dreißigerjahrescheitels zur Seite gestrichen. Er lächelt. Eine Ähnlichkeit mit dem Burschen aus dem Club Lichtenfels ist gegeben. Aber so eindeutig wie in Sophies Vorstellung ist diese Ähnlichkeit doch wieder nicht. Gut, dass sie Olivia nichts erzählt hat. Dass sie bereits nach der ersten flüchtigen Begegnung an ihren Bruder denken musste, hat einen anderen, naheliegenderen Grund: Schon seit Längerem erinnert sie irgendein alltägliches Detail an Karli. Eine zufällig gesehene Geste, der Geschmack von frischen Marillen oder die Hemdfarbe eines Supermarktkunden.

Kein Wunder, dass sie in fremden Gesichtern Karl Jesenkýs Gesicht entdeckt.

In der Nacht kann Sophie nicht schlafen. Sie starrt zur Decke und spürt den Druck oberhalb des Gesäßes. Nachdem sie einige Zeit unbeweglich gelegen ist, steht sie auf und geht ins Wohnzimmer, wo die IKEA-Kiste mit den Erinnerungsstücken ihrer Mutter nach wie vor steht. Dass sie sich beim Abstellen der Kiste das Kreuz verrissen hat, ist verwunderlich. Die Kiste ist erschütternd leicht. Sophie hat kaum etwas aus der Wohnung ihrer Mutter aufgehoben. Außer dem Fotoalbum liegen in der Kiste noch ein Päckchen zusammengebundener Briefe und eine geflochtene Halskette aus Weißgold. Doch keines der Engelbilder hat Sophie mitgenommen und kein einziges sorgfältig ausgemaltes Mandala. Als sie starb, war ihr die Mutter fremd und ihre Devotionalien nicht viel mehr als die Fetische einer Fremden.

Das rührte auch von der Art her, mit der ihre Mutter versucht hatte, Karlis Tod zu bewältigen. Die Mutter hatte sich in ein esoterisches Wunderland zurückgezogen. In diesem Wunderland war der Tod nichts anderes als eine Veränderung des Aggregatzustands. Vergleichbar mit dem Übergang von Eis zu Wasser, zu Dampf.

Sophie ist diese Lösung immer zu einfach gewesen.

Und wie ist sie selbst mit Karlis Tod umgegangen?

Gar nicht.

Nun kann sie es sich ja eingestehen, denkt Sophie und setzt sich auf die Couch, vorsichtig und mit im Ansatz verebbenden Bewegungen. Nach Karlis Tod beschloss sie, nur mehr mit leichtem Gepäck zu reisen. Keinen Menschen und keinen Besitz sollte es in ihrem Leben geben, den sie nicht problemlos ersetzen konnte. Denn sie würde durchs Leben gleiten wie ein Fisch durch Wasser: widerstandslos und ohne eine Spur zu hinterlassen. Sie schnitt sich die Haare, wechselte Grätzel und Schule, änderte ihren Namen. Jahrelang weigerte sie sich sogar, Urlaubsfotos zu machen. Und als sie es dann doch einmal tat, ging der Film verloren und mit ihm alle Fotos von einem Bodypaintingworkshop.

Allerdings war dieser Verlust nicht die einzige Ironie, die ihrer Entscheidung anhaftete. Die wahre Ironie, denkt

Sophie auf der Couch sitzend, ist, dass dieses Leben – spurlos und mit leichtem Gepäck – immer nur in ihrer Vorstellung funktioniert hat. Sicherlich: Sie hat nie geheiratet und sie hat keine Kinder. Doch keine Freundschaft, die sie gepflegt hat, und keine Beziehung, die sie eingegangen ist, in der sie nicht doch ein Indiz für dauerhaftes Glück gesucht hat. Verweile doch, du bist so schön, flüsterte sie einmal ihrer Langzeitaffäre Guido ins Ohr, als sie nebeneinanderlagen. Und Guido, dieser Idiot, glaubte tatsächlich, er sei gemeint.

Nein, nein.

Immer gab es da die Hoffnung auf die eine, erlösende Begegnung. Erst seit ihrer Frühpensionierung lebt sie das zurückgezogene und selbstgenügsame Leben, das sie für sich immer vorgesehen hat. Und nun birgt diese Zurückgezogenheit einen entscheidenden Vorteil: Sie wird sich vor niemandem rechtfertigen müssen, wenn sie Wien für ein paar Tage verlässt. Denn dazu drängt sie die Erinnerung an Karli: sich in den Zug zu setzen und loszufahren, einen kleinen Koffer auf der metallenen Gepäckablage, ein in Stanniolpapier gewickeltes Käsebrot im Rucksack. Bis nach Villach soll sie der Zug führen und dann über Tarvisio Boscoverde nach Udine. Von dort wird sie mit dem Bus nach Lignano fahren und sich im *L'hotel di uomini non illustri* einquartieren. Das Hotel war Karlis letzte Station auf der Maturareise. Vielleicht wird es ja die erste Station ihrer Rückschau sein. Ihres Versuchs, sich dem kleinen und ihr immer fremd gewesenen Bruder anzunähern.

Ganz so spontan wie in der Nacht ausgemalt, bricht Sophie dann doch nicht auf. Zwar packt sie frühmorgens ihren Trolley und druckt auch die Zugfahrzeiten aus. Doch aufbrechen will sie erst, wenn ihr Reisebüro die Buchung eines Zimmers im *L'hotel di uomini non illustri* bestätigt hat. Sie misstraut Onlinebuchungen. Außerdem ist eine Bestätigung eine Gelegenheit, endlich doch mit Olivia zu plaudern.

Kurz nach zehn Uhr überquert sie den Rudolfsplatz und betritt das Reisebüro. Olivia telefoniert gerade, den Hörer zwischen Kinn und Schulter eingeklemmt. Sie sieht auf und winkt Sophie, ein wenig wird es dauern. Sophie nickt und greift nach einem Urlaubsprospekt. Die Welt ist voller Ziele. Mehr noch: voller verbilligter Ziele, einige davon für Singles und Senioren. Nach Zakynthos könnte sie reisen oder nach Hurghada. Man würde sie hinbringen, verköstigen und unterhalten und am Ende ihrer Reise wieder abholen. Sophie würde die Reise nur mehr genießen müssen. Doch Genuss ist nicht der Zweck ihrer Reise. Deswegen wird sie auch nicht nach Zakynthos oder Hurghada fahren, nicht mit anderen Singles und anderen Senioren, sondern allein nach Lignano, ins *L'hotel di uomini non illustri*.

Hast du eine Affäre?

Sophie lacht gutmütig auf Olivias Frage und auch ein bisschen geheimnisvoll. Zumindest hofft sie das. Dann murmelt sie etwas von Nostalgiereise und Sehnsuchtsort. Schon seit Jahren wolle sie wieder einmal an den Wiener Hausmeisterstrand. Angeblich habe sich dort nicht viel verändert, und an Orten, an denen sich nicht viel verändert hat, komme man sich jünger vor. Nun lacht Olivia ebenfalls und tippt etwas in den Computer.

Und Sophie hat Glück.

Denn Olivia bucht ihr nicht nur ein Zimmer im *L'hotel di uomini non illustri*, sondern auch ein Zugticket und erklärt ihr auch, welchen Bus sie von Udine nach Lignano nehmen muss. Dann begleitet sie Sophie zur Tür und deutet zum Abschied einen Wangenkuss an: Schreib mir eine Postkarte, eine mit Strand und Schirmreihen darauf! Sophie zieht die Augenbrauen hoch und erwidert, überraschend schlagfertig: Ach, was sind wir doch herrlich altmodisch.

Genuss ist nicht der Zweck ihrer Reise. Doch das bedeutet nicht, dass sie sich nichts gönnen darf. Ein in Stanniolpapier gewickeltes Käsebrot im Reiserucksack ist eine romantische Vorstellung. Eine an Behaglichkeit kaum zu überbietende Kindheitserinnerung. Doch Sophie will auch Obst und Mineralwasser und ein Stück Marillenkuchen. Diesen will sie essen, wenn sie über den Semmering fährt, Beine ausgestreckt und mit Blick auf das Südbahnhotel.

Der Supermarkt ist voll. Das stört Sophie. Sie ist unruhig. Reisefieber hat sie gepackt. Außerdem spürt sie den Druck knapp oberhalb des Gesäßes. In der Warteschlange vor der Kassa ist sie zwischen zwei Männern zu stehen gekommen, und die Männer sind ihr zu nahe. Sie hat den Eindruck, man würde sie anfassen: nur leicht, nur mit Fingerspitzen, aber vielleicht gerade deswegen auf besonders unangenehme Art. Natürlich ist das nur wieder eine ihrer Vorstellungen, hervorgerufen durch die Nähe fremder Körper und ihre Unruhe. Doch das unappetitliche Gemisch aus Schweiß und Rasierwasser, in das sie eintaucht, als sie einen Schritt nach vorne macht, um Mineralwasser, Birnen und Marillenkuchen auf das Förderband zu legen, ist keine Vorstellung. Dieses Gemisch aus Schweiß und Rasierwasser ist unappetitliche Wirklichkeit. Genauso wie der Mitesser im Nacken ihres Vordermannes. Als ob sie dadurch dessen Zahlvorgang beschleunigen könnte, stellt Sophie ihren Rucksack auf den Trolley und holt ihre Geldbörse hervor.

Das nützt natürlich nichts.

Umständlich kramt ihr Vordermann in seinen Hosentaschen und als er endlich bezahlt hat, packt er bedächtig seine Einkäufe in einen Korb. Die Kassiererin will den Mann nicht drängen, begrüßt Sophie mit einem Kopfnicken und wartet. Ungeduldig dreht Sophie den Kopf zur Seite. Starrt auf Kaugummis und Süßigkeiten und schließlich auf die Titelseiten der bei der Kasse ausgestellten Tageszeitungen. Ein Titelfoto weckt ihre Aufmerksamkeit. Zwei Männer sind darauf abgebildet, beide in T-Shirts, sitzend vor einem Tisch mit Wodkaflaschen und Red-Bull-Dosen. Das Ende einer Partei wird in der Schlagzeile über dem Foto prophezeit. Von Komplott ist die Rede und einem geheimen Video.

Das ist dramatisch.

Da will Sophie mehr wissen.

Sie hat die Hand bereits ausgestreckt, um nach der Zeitung zu greifen, da beginnt der Mann vor ihr, kaum dass er endlich seinen Korb gepackt hat, zu wanken und zu zucken. Er taumelt gegen die Kassa, macht unbeholfen einen Schritt nach vorne, lässt den Korb fallen, streckt die Hand aus, findet keinen Halt und stürzt schließlich, am ganzen Körper zuckend, zu Boden. Schwer schlägt er neben seinen Einkäufen auf. Schaum steht ihm vor dem Mund. Wuchtig tritt er gegen einen unsichtbaren Angreifer.

Sophie lässt Rucksack und Geldbörse fallen und ist mit einem Satz bei dem Mann. Nun hindert sie kein Druck knapp oberhalb des Gesäßes. Schmerzfrei, als sei dessen Zucken ihre Medizin, kniet sie sich neben den Mann hin. Sie nimmt ihr Seidentuch ab und schiebt es unter den Nacken mit dem Mitesser. Dann will sie nach ihrem Handy greifen, um die Rettung zu holen. Aber ihr Handy ist in ihrem Rucksack bei der Kassa. Rettung, jemand muss die Rettung holen! Doch da kniet bereits ein Mann bei dem Krampfenden und sagt in autoritätsgebietendem Tonfall: Ich bin Arzt, lassen Sie mich machen.

Was der Mann genau macht, kann Sophie nicht erkennen. Er scheint nichts anderes zu tun, als dem Epileptiker die Hand auf die Brust zu legen. Doch es funktioniert. Zittern und Zucken lassen nach. Zwei-, dreimal tritt der am Boden Liegende noch gegen einen unsichtbaren Angreifer, dann atmet er ruhig ein und ruhig wieder aus. Schließlich wird sein Blick scharf, erfasst erst Sophie, dann den Arzt.

Was ist denn passiert?

Keine Stunde später stellt Olivia dieselbe Frage.

Und Sophie sagt kein Wort, steht an der Schwelle des Reisebüros und hält Olivia die geöffneten Hände hin, als wolle sie sagen: Siehe, das bin ich, einfach ich, ohne Falsch und Maskerade.

Und ohne Geldbörse.

Denn Folgendes ist passiert. Zumindest vermutet das Sophie und nimmt nach einigem Zureden nun doch das Glas Wasser entgegen, das ihr Olivia in der Teeküche des Reisebüros anbietet:

Kurz nachdem der Epileptiker wieder zu sich gekommen ist, steht er auf und beginnt seine Einkäufe zusammenzupacken. Unverletzt und seelenruhig. Als ob er nicht vor ein paar Minuten auf dem Boden aufgeschlagen wäre, niedergestreckt wie von dem bärtigen Riesen in einer der Westernparodien, die Karli so gerne mochte. Der Arzt drängt ihn, doch auf die Rettung zu warten. Aber der Epileptiker weigert sich, hält das für völlig übertrieben. Energisch nimmt er seinen Einkaufskorb und geht in Richtung Ausgang. Da bietet ihm der Arzt an, ihn zu begleiten, ihn nach Hause zu bringen. Der ganze Supermarkt ist ergriffen von so viel Edelmut. Gerade dass nicht tosender Applaus aufbrandet. Und tatsächlich ist es berührend, dieser Einsatz, diese Selbstlosigkeit. So etwas ist nicht selbstverständlich. Sophie ist richtig feierlich zumute, als sie zurück zur Kassa geht, um ihren Rucksack und ihre Geldbörse aufzuheben. Denn Birnen und Marillenkuchen sind noch zu bezahlen. Daran hat auch diese unverhoffte Manifestation menschlicher Güte nichts geändert.

Doch als sie bei der Kassa ankommt, ist von ihrer Geldbörse keine Spur. Rucksack und Trolley sind noch dort, wo sie Sophie liegen gelassen hat. Die Geldbörse aber ist weg. Sophie fragt die Kassiererin, ob sie die Geldbörse gesehen hat, fragt auch den jungen Mann mit Kinderwagen, der sich gerade über sein protestierendes Kleinkind neigt. Doch niemand hat die Geldbörse gesehen. Jemand muss sie gestohlen haben und mit ihr auch den Personalausweis und die Kreditkarte und das Zugticket und den Hotelvoucher. In der Teeküche sitzend und mit einem Glas Wasser in der Hand würde sich Sophie nicht wundern, wenn sich ihre Geldbörse inzwischen in der Sakkotasche des Arztes befände. Denn von einem ist sie mittlerweile überzeugt: Der Arzt ist der Mann, der in der Warteschlange hinter ihr gestanden ist. Zusammen mit dem nach Schweiß und Rasierwasser stinkenden Epileptiker hat er im Team gearbeitet, um eine frühpensionierte Lehrerin auszurauben. Ein klassischer Trickbetrug, eine Charade der Sonderklasse, eigentlich zum Schieflachen. Wenn man nicht gerade selbst das willige, weil dumme Opfer ist.

Sophie sieht Olivia an, das Gesicht verzerrt in einer Mischung aus Hilflosigkeit und Zorn. Mitfühlend legt ihr Olivia die Hand auf die Schulter: Hast du deine Kreditkarte schon sperren lassen?

Endlich ist Olivia gegangen. Sophie sitzt wieder allein im Wohnzimmer, dort, wo sie letzte Nacht gesessen ist. Die IKEA-Kiste steht nach wie vor auf dem Boden. Mit dem daneben liegenden Deckel erinnert sie Sophie an einen umgeworfenen und ausgeraubten Planwagen. Sie weiß nicht, woher diese Assoziation kommt. Wahrscheinlich von der Westernparodie, an die sie der stürzende Epileptiker erinnert hat. Vielleicht daher, weil sie sich so fühlt: nicht gerade umgeworfen, aber ausgeraubt. Und das, weil sie helfen wollte. Du bist zu gut für diese Welt, hat Olivia gesagt und gemeint: Du bist zu dumm für diese Welt. Was, wenn

Karli älter geworden wäre? Wäre er dann auch zu gut für diese Welt gewesen? Sophie zuckt mit den Achseln. Sie hat keine Ahnung, wer ihr Bruder gewesen wäre. Sie weiß nicht einmal, wer er gewesen ist.

Und offensichtlich soll sie das auch nicht herausfinden. Sie greift nach der Fernbedienung, dreht den Fernsehapparat auf und nach einer Minute wieder ab. Heute scheint es nur ein Thema zu geben. Trickbetrüger, wohin man sieht.

Wahrscheinlich will sie sich ablenken. Vielleicht will sie auch nur einen Grund haben, um die Kiste heute Abend nicht wieder in den Vorzimmerkasten räumen zu müssen. In jedem Fall steht Sophie auf und beugt sich über die geöffnete Kiste. Ihr Rücken schmerzt nicht. Doch der dumpfe Druck schwelt nach wie vor knapp oberhalb des Gesäßes. Als sie das Päckchen mit Briefen herausnimmt, ächzt sie. Als sie sich auf die Couch setzt, ächzt sie noch einmal. Dann löst sie die Schnur, mit der ihre Mutter die Briefe zusammengebunden hat, und schüttelt den Kopf. Es ist ein seltsames Gefühl, einen Knoten zu lösen, der in einem anderen Leben geschnürt wurde. Sophie hat die Briefe noch nie gelesen. Der Wunsch, ein Leben mit leichtem Gepäck zu führen, schließt das Lesen ererbter Briefe aus. Zumindest dachte das Sophie, als sie die Erinnerungskiste vor Jahren in ihren Vorzimmerkasten räumte.

Heute weiß sie nicht, was sie denken soll.

Sie öffnet das erste Kuvert und faltet den darin liegenden Brief auseinander. Der Brief ist mit dem 25. August 1965 datiert – wenige Tage vor Karlis Geburt – und mit auffallend ordentlicher Handschrift verfasst. Buchstabe ist emsig an Buchstabe gereiht. Jedes geschriebene Wort scheint dem

Verfasser ein kleiner Triumph gewesen zu sein, ein herzeigbares Ergebnis, dem durch gelegentliche Unterstreichung gebührend Geltung verschafft werden musste. Ein unterstrichenes Wort ist lang und ungewöhnlich: Sturmbootübung. Sophie spricht das Wort ein paarmal halblaut aus, bewegt dabei die Lippen wie bei einer Artikulationsübung. Plötzlich versteht sie: Sie selbst hat den Brief verfasst, vor einem halben Jahrhundert, beinahe zwei Jahrzehnte bevor sie beschloss, nur mehr mit leichtem Gepäck zu reisen. Sie verbrachte damals ein paar Sommertage bei Verwandten in Klosterneuburg. Wahrscheinlich, weil ihre Eltern in den Tagen vor Karlis Geburt Ruhe benötigten. Offensichtlich ging sie ins Kritzendorfer Strandbad. Da wurde ihr Badetag von einer Sturmbootübung des Bundesheeres gestört. Das schien der vierzehnjährigen Sophie erzählens- und empörenswert. Sophie hat dieses Ereignis vergessen, so wie sie den ganzen Sommer vergessen hat. Nun aber wirkt die unterstrichene Bezeichnung für ein militärisches Manöver wie ein Zauberwort, ein Sesam-öffne-dich für ihre Erinnerung. Sie sieht es wieder vor sich: den gehobenen Bug, die brodelnden, parallel verlaufenden Heckwellen, dazwischen Soldat neben Soldat und dazu das Dröhnen der Motoren. Doch kaum dass sie das Boot vor sich gesehen hat, wird Sophie unsicher: Ist das wirklich die Erinnerung an eine Sturmbootübung, die einen Badetag im Kritzendorfer Strandbad gestört hat? Ist es nicht wahrscheinlicher, dass Sophie dieses Bild aus einem Film kennt – *Apocalypse Now* vielleicht oder *Rambo II* – und das nun ihre Vorstellung als Erinnerung ausgibt?

Die Zügellosigkeit ihrer Vorstellung.

Kopfschüttelnd greift Sophie nach dem nächsten Brief:
Lignano, 3. Juli 1983.

Der Adressat ist ihre Mutter, der Absender Karli. Der
Brief beginnt beinahe förmlich mit einem Lob auf die
Kunstschätze Italiens, die Karli während der Maturareise
besucht hat. Von der goldenen Kassettendecke der Basi-
lica di Santa Maria Maggiore schwärmt er genauso wie
vom Grabmal des Mastino II. Gerade die Tabernakelform
dieses veronesischen Fürstengrabs, schreibt Karli mit dem
Pathos eines ausgezeichneten Maturanten, habe ihn zu
einer tiefen Erkenntnis bewegt. Er wolle sein Leben nicht
vergeuden. Er wolle es einer bedeutenden Sache widmen.
Die Ahnung, zu Außergewöhnlichem berufen zu sein, sei
ihm in den vielen Gesprächen, die er im Club Lichtenfels geführt habe, gekommen und habe sich in den letzten
beiden Wochen zur Sicherheit verdichtet: Ich weiß, dass
ich dem Ruf folgen muss! Was oder wer da ruft, wird im
Brief ebenso wenig erläutert wie das Ziel des Weges, den
Karli glaubt, gehen zu müssen. Denn schlagartig wird der
Brief banal, wenn auch herzlich: Er müsse nun aufhören,
schreibt Karli, die Handschrift nun merklich weniger
sorgfältig. Er habe sich mit einem Schulfreund zu einem
Tennismatch verabredet. Dem Freund schulde er dieses
Match. Eine Art *Abbitte*.

Wofür?

Auch das wird nicht weiter ausgeführt. Stattdessen: Freude auf ein Wiedersehen & viele Küsse, Karli.

Sophie hält inne. Schließlich stolpert ihr Blick wieder
nach oben. Langsam, langsam. Zeile für Zeile. Beim Datum
bleibt ihr Blick hängen. Jetzt versteht sie: Es ist das Sterbe-

datum Karlis. Aufgeregt greift Sophie nach dem Briefkuvert. Es ist nicht frankiert. Karli muss den Brief unmittelbar vor dem Tennismatch, das sein Herzversagen auslöste, geschrieben haben. Man fand den Brief dann wohl, als man seine Sachen zusammenpackte, und überreichte ihn, zurück in Wien, zusammen mit seinen Poloshirts und Souvenirs der Mutter.

Sophie schließt die Augen. Sie will nicht an ihre Mutter denken, nicht an deren Verzweiflung. Dazu fehlt ihr die Kraft, nein, der Mut. Sie legt das Kuvert wieder weg und greift noch einmal nach dem Brief. Mit verengten Augen konzentriert sie sich auf die am Briefende ungenau werdenden Schriftzeichen. Die abwärts taumelnden Zeilen. Wie Bretter über ein Moor legen sie einen Weg in die Uferlosigkeit, die Karlis Leben und all das, was es hätte werden können, ist. Aber der Weg führt nicht weit und Sophie muss vorsichtig auftreten. Sonst wird sie fallen und versinken, während Vorstellungen über Karli und den Ruf, dem er glaubte, folgen zu müssen, um sie irrlichtern.

Aber sie darf nicht versinken. Sie muss mit klarem Verstand dem Wegweiser folgen, der von diesem Brief aus auf einen Ort verweist, der sich in den letzten zwei Wochen als Fragezeichen in Sophies Denken verhakt hat. Noch einmal muss sie zum Club Lichtenfels fahren und Fragen stellen. Entweder dem Burschen oder dem smarten Mann mit der gut sitzenden Jeans.

Es ist der smarte Mann mit der gut sitzenden Jeans, der keine zwei Stunden später die Tür öffnet.

Ich muss mit Ihnen reden, sagt Sophie und hält dem Mann Karlis Brief hin wie einen Hausdurchsuchungsbefehl. Der Mann greift nach dem Brief, ohne ihn Sophie aus der Hand zu nehmen, und dreht ihn, sodass er den Adressaten lesen kann. Schließlich schüttelt er den Kopf: Tut mir leid, ich weiß nicht, wie ich Ihnen helfen soll.

Bitte. Es geht um meinen verstorbenen Bruder.

Der Mann betrachtet Sophie schweigend, Unlust und Neugierde gleichermaßen in seinem Blick. Noch bevor er etwas einwenden kann, sagt Sophie: In dem Brief erwähnt er den Club Lichtenfels als Ort intensiver Gespräche. Und nach einer kurzen Pause: Ich möchte einfach wissen, wer mein Bruder gewesen ist.

Der Mann bleibt regungslos stehen. Schließlich tritt er zur Seite, gibt den Weg frei: Ich habe aber nur ein paar Minuten.

Dankend betritt Sophie den Vorraum einer zweigeschossigen Wohnung, an dessen Ende sich eine Wendeltreppe hochschraubt. Überall dominiert dunkles Nussbaumfurnier. Das Tischchen mit dem Festnetztelefon zeigt dunkle Maserung auf dunklem Hintergrund. Ebenso die Türstöcke und die Wandvertäfelung. Kunstdrucke aus dem Codex Manesse heben sich davon hell ab: Walther von der Vogelweide, Wolfram von Eschenbach, Ulrich von Liechtenstein. Am Ende des Gangs glaubt Sophie eine Büste von Stefan George zu erkennen und vis-à-vis davon ein Porträt von Kaiser Maximilian I. Sicher ist sie sich jedoch nicht. Als sie den Kopf dreht, sieht sie, klein und schmucklos, einen Weihwasserkessel neben der Eingangstür. Ebenfalls aus Nussholz. Die Wohnung wirkt gediegen und exklusiv: ein

Ort für elitäre Gesten und Gespräche. Ohne ihre Neugierde zu kommentieren oder eine Erklärung abzugeben, führt der Mann Sophie in ein Zimmer gegenüber der Eingangstür. Mit einer Handbewegung lädt er sie ein, auf einem der beiden Ledersessel Platz zu nehmen. Zu trinken bietet er ihr nichts an und die Tür lässt er offen, als fürchte er unangemessene Intimität.

Also?

Mein Bruder hat in seinem letzten Brief den Club Lichtenfels erwähnt. Er habe dort seine Berufung gefunden, schreibt er.

Darf ich?

Der Mann nimmt den Brief, den Sophie nach wie vor in der Hand hält. Gespannt beobachtet ihn Sophie, versucht, an den Bewegungen seiner Augen Gedanken und Erkenntnisse abzulesen. Doch als der Mann den Brief zu Ende gelesen hat, meint er: Leider, ich weiß auch nicht, wovon die Rede ist. Der Brief ist sechsunddreißig Jahre alt. Sind Sie sicher, dass dieser Club Lichtenfels gemeint ist? Hat es den Club vor sechsunddreißig Jahren schon gegeben? Diesen hier?

Sophie nickt.

Aber das war eine ganz andere Zeit.

Gibt es niemanden, der mir von damals berichten könnte?

Der Mann schüttelt den Kopf.

Gibt es denn kein Register von aktuellen oder ehemaligen Mitgliedern?

Wieder schüttelt der Mann den Kopf. So etwas haben wir nicht. Und wenn wir ein Register hätten, wäre es selbstverständlich streng vertraulich.

Ja, aber was tun Sie hier? Ich meine, was ist der Club Lichtenfels? Warum schreibt mein Bruder, dass er dem Ruf folgen muss?

Der Mann deutet ein Lächeln an: Wir sind eine Art Nachhilfeverein. Wir helfen jungen Burschen, ihr Potenzial zu entfalten. Wenn Ihr Bruder wirklich diesen Club Lichtenfels gemeint hat, dann hat er vor allem an Freizeitaktivitäten teilgenommen: Fußball, Skifahren, Tennis. Diskussionen über Politik, über Geschichte, über Religion. Der Ruf, den er zu hören vermeinte, hätte von überall her klingen können. Wahrscheinlich hat er entdeckt, was er studieren wollte. Aber ich kann auch nur Vermutungen anstellen. Und wie gesagt, wir wissen ja überhaupt nicht, ob ihr Bruder diesen Club hier gemeint hat.

Sophie sieht den Mann fassungslos an. Seine Stimme dringt mit einem Mal gedämpft und unklar zu ihr, als habe ihr jemand eine Plastikhülle über den Kopf gestülpt. Sie atmet tief ein und tief wieder aus, versucht sich zu konzentrieren und nach einer Frage zu suchen, die mehr zeitigt als die ausweichende Glattheit ihres Gesprächspartners. Doch sie findet keine passende Formulierung. Findet nur Dumpfheit und Fassungslosigkeit. Aber selbst wenn sie eine Frage gefunden hätte, hätte sie diese nicht stellen können. Denn inzwischen ist der Mann aufgestanden und weist Richtung Tür: Ich muss jetzt weiterarbeiten. Es tut mir leid, Ihnen nicht helfen zu können.

Jetzt steht Sophie wieder auf der Lichtenfelsgasse, geblendet vom gleißenden Licht der Nachmittagssonne. Noch immer ist sie wie betäubt von der Leere des Gesprächs. Alles ist Hülle, nichts ist Inhalt gewesen.

Doch auf der Lichtenfelsgasse stehend, fühlt sie sich mit einem Mal befreit, als habe sie mit dem Schritt aus der Wohnung sich auch die Plastikhülle vom Kopf gezogen. Sie muss weg von hier. Sie beginnt zu gehen. Erst langsam, dann schneller, immer schneller. Schließlich so schnell, dass sie beinahe läuft. Und als ob ihre Gefühle von ihrer Schrittgeschwindigkeit abhingen, wandelt sich Befreiung in Wut. Mit jeder Beschleunigung wächst ihre Wut. Als sie bei der Straßenbahnhaltestelle ankommt, lodert Sophie vor Zorn. Denn Sophie hat sie satt: Männer, die einen glauben lassen, sie hätten die Antwort auf jede Frage. Männer, die glauben, jeder Rechenschaft entbunden zu sein. Männer, die glauben, mit Menschen spielen zu können wie Trickbetrüger.

Männer, die glauben.

In der Straßenbahn sieht sich Sophie nach Gegnern um. Sie ist bereit, jeden zu attackieren, der sich ihr in den Weg stellt. Doch niemand stellt sich ihr in den Weg. Unbeachtet setzt sie sich in den hinteren Teil des beinahe leeren Waggons. Unbeachtet sieht sie aus dem Fenster. Als ein Kirchturm in ihr Blickfeld rückt, überlegt sie für einen Moment auszusteigen. Das erste Mal, seitdem sie sich frühpensionieren ließ, hat sie das Bedürfnis, vor einem Altarbild zu knien. Denn sie will flehen, die Menschen mögen von ihrer Messiassehnsucht befreit werden. Vor allem aber mögen sie keinen Ruf mehr vernehmen außer einen, der mit Lunge und Stimmbändern erzeugt und von Haarzellen aufgenommen und in Nervenimpulse übersetzt wurde. Gegen die Macht der Vorstellung will sie beten. Für den Sieg der

Vernunft. In Gedanken sieht sie sich bereits knien und den Kopf in bittender Geste heben.

Da fährt die Straßenbahn in die Haltestelle ein.

Und Sophie?

Sophie bleibt sitzen und starrt weiter aus dem Fenster. Die Glocke kündigt die Weiterfahrt an, mit einem Ruck setzt sich die Straßenbahn in Bewegung.

Und Sophie fährt weiter, gleitet reglos auf der bereits gelegten Spur.

HINWEISE zu einigen Textstellen

Das *L'hotel di uomini non illustri* zitiert Giuseppe Pontiggias Roman *Vite di uomini non illustri*; in der deutschen Übersetzung: Pontiggia, G. *Vom Leben gewöhnlicher Männer und Frauen.* Hanser, 1995.

Der Satz aus dem Kapitel ZEICHEN – »Menschen waren wie Filme, die Jahre für ihre Entwicklung benötigten« – ist eine freie Übersetzung des Satzes »[P]eople were like photographs which took years to develop« aus Hanif Kureishis Erzählung »Goodbye, Mother«; zu finden in Kureishi, H. *The Body.* Faber & Faber, 2002. 159–206.

Ernesto Cardenals *Epigramm an Claudia* im Kapitel SCHWÄRME ist zitiert nach Hörtner, W. »Das Leben von Ernesto Cardenal: Der Geld-Gott als Feind der Menschheit.« Die Furche (22.1.2015). Web., 22.05.2023.

Die englischen Zitate aus dem Kapitel HÄNDE sind aus Richard Fords Erzählung »Fireworks«; zu finden in Ford, R. *Rock Springs.* The Harvill Press, 1996. 203–224. Der Titel HÄNDE selbst ist eine Anspielung auf Sherwood Andersons Erzählung »Hands«; zu finden in Anderson, S. (1997). *Winesburg, Ohio.* OUP. 11–17.

Inhaltsverzeichnis

DANK

Für Hinweise, Überlegungen und Zuspruch sei Andreas Baumgartner, Max Frei und Christian Teissl gedankt. Bernd Franz, Lisa Houska, Friedrich Wally und Thomas Wally haben frühe Versionen des Manuskripts gelesen und wichtige Vorschläge gemacht, wofür ich mich bedanke. Raimund Hofmann hat die Passage in juristischer Hinsicht geprüft – ich danke dafür. Mein besonderer Dank gilt Anabelle Assaf für vielfältige Ermutigung und Unterstützung, insbesondere bei der Verlagssuche.

Johannes Wally wurde 1978 in Wien geboren. Er lehrt und forscht an der Karl-Franzens-Universität Graz am Institut für Anglistik. Wally ist Autor von zwei wissenschaftlichen Monographien sowie von einem Erzählband und einem Roman. Er publiziert regelmäßig in Fach- und Literaturzeitschriften (u.a. in LICHTUNGEN und manuskripte), der Text „Fluchtlinien" wurde 2021 vom österreichischen Rundfunk (Ö1) gesendet. Seine Arbeit wurde mehrfach preisgekrönt, u.a. mit dem Literaturpreis der Stmk. Sparkasse für sein literarisches Debüt *Absprunghöhen* (Leykam 2014) und dem Josef-Krainer-Förderungspreis für *Secular Falls from Grace* (Wissenschaftlicher Verlag Trier 2015).